김성종 장편추리소설

부랑의 강

김성종 장편추리소설

부랑의 강

남도

등장인물

▶조동일 — R건설 상무이사.

▶소　희 — K여대 불문학과 4학년, 피살됨.

▶양인숙 — 조동일의 처.

▶조미혜 — 조동일의 딸.

▶소문호 — 소 희의 남동생.

▶최명호 — 조미혜의 애인.

▶김두식 — 형사.

차 례

불륜의 현장

그분의 길쭉한 턱에는 항상 면도로 밀어 버린 자국이 시퍼렇게 나 있다. 그 시퍼런 자국은 말상처럼 생긴 얼굴 전체를 차갑고 메마르게 만들어 주고 있지만, 한편으로는 매우 지적인 인상을 풍겨 주기도 한다.

소 희(蘇姬)는 그 면도 자국을 좋아한다. 그분의 품에 안겨 그 꺼끌꺼끌한 턱에 뺨을 비비고 있노라면 그 짜릿짜릿하고 어떤 때는 섬뜩하기조차 한 느낌이 발끝까지 스며드는 것이다. 거기서 그녀는 지성과 야성을 동시에 발견하기도 하고 또 한편으로는 40대 중년의 고독과 우수 같은 것을 느끼기도 한다.

오늘은 그분이 좀 늦는 것 같다. 약속 시간에서 15분이 지

났는 데도 아직 모습을 나타내지 않고 있다. 그녀는 약간 지루함을 느끼고 먼저 커피를 시켜 마셨다.

살롱 <까뮈의 집>의 커피 맛은 일품이다. 분위기도 우아하고 음악도 명곡만을 조용히 틀어 주고 있어 커피 맛을 한결 돋구어 주는지도 모른다. 푹신한 의자에 몸을 묻고 앉아 커피를 조금씩 음미하며 작은 목소리로 소곤거리는 남녀들의 모습이 여기저기 보인다. 소 희는 맞은 편 벽을 바라본다.

맞은편 벽 위에는 그녀가 좋아하는 알베르 까뮈의 사진이 걸려 있다. 바바리코트 차림인 까뮈의 표정이 아주 심각하다. 저 사진을 찍을 때 까뮈는 무엇을 생각하고 있었을까. 벽에는 그 밖에도 여러 가지 모습의 까뮈 사진들이 걸려 있다. 들리는 말로는 이 카페의 주인은 파리에 유학해서 프랑스 문학을 전공한 노처녀라고 한다.

벽에 걸린 까뮈의 사진 중에 제일 마음에 드는 것은 두 아이들과 함께 찍은 사진이다. 잔디밭 위에 뒹굴고 있는 아이들 곁에 앉아 까뮈는 지평선을 바라보고 있다. 얼굴을 약간 찌푸린 옆모습이 매우 인상적이다.

그분에게는 까뮈 같은 데가 있다. 그렇다고 그분이 소설을 쓰는 건 아니다. 문학과는 거리가 먼 분야에서 일하고 있지만 그분에게는 까뮈 같은 분위기가 있다.

그녀는 코트 사이로 손을 집어넣어 배를 가만히 눌러본다. 기분에 아랫배가 약간 부른 것 같지만 벌거벗는다 해도

아직 눈에 뜨일 정도는 아닌 것 같다. 오늘 아침 산부인과 의사가,

"임신 3개월입니다."

라고 말했을 때 그녀는 사형 선고나 받은 것처럼 심한 공포에 휩싸였다. 그러나 저녁때인 지금은 공포 따위는 씻은 듯이 사라지고 오히려 자랑과 기쁨만을 느끼고 있다.

그분한테 이 사실을 알리면 그분은 아마 깜짝 놀라시겠지. 몹시 기뻐하실 것이다. 그러나 한편으로는 당황하실 것이다. 이 사실을 그분에게 과연 알려야 할까. 문득 그녀의 하얀 얼굴에 그늘이 진다.

그때 입구 쪽에 중년 신사가 한 사람 나타났다. 그는 곧장 소 희 쪽으로 다가왔다. 감색 바바리코트에 감싸인 몸이 보통 사람들보다는 조금 커 보인다. 뚜벅뚜벅 다가온 신사는 소 희를 향해 부드럽게 웃으면서 맞은편 자리에 가만히 앉았다.

"오다가 누굴 좀 만났어. 오래 기다렸지?"

그의 다정한 목소리는 언제 들어도 포근하다.

"아녜요. 피곤하신가 봐요."

소 희는 그가 어딘가 조금 피곤해 보인다고 생각했다.

"음, 하루 종일 손님 접대하느라고……."

조동일(趙東一)은 담배를 피워 문 다음 커피를 시켰다. 그의 시선이 잠시 허공에 머문다. 소 희는 그 시선마저 놓치지 않겠다는 듯 집요하게 동일을 바라본다. 가정까지 있는 이

중년 신사를 만난 지가 벌써 1년이 넘는다. 그러나 만날수록 더욱 보고 싶고 새롭게 느껴지는 이유는 무엇일까. 굳이 그것을 사랑이라는 말로 표현하지 말자.

"참, 등록은 했나?"

동일이 허공에서 시선을 거두며 그녀를 바라보았다.

"네, 했어요."

그녀는 동일의 시선을 마주 쳐다보다가 곧 시선을 아래로 깔았다.

그 다음에 마땅히 감사하다는 말을 해야 하는 것을 그녀는 쑥스러워서 입을 다물어 버렸다.

이번 등록으로 그녀는 대학 4학년이 된 셈이다. K여대에서 불문학을 공부하고 있는 그녀는 집안 사정이 어려워 이번에 학교를 쉴까 하고 생각했었다. 그런데 어떻게 눈치를 챘는지 동일이 30만 원이나 돈을 마련해 주면서 반강제이다시피 등록을 하게 한 것이다. 상대가 누구이든, 또 이유가 무엇이든 남자로부터 경제적인 도움을 받는다는 것은 그녀의 자존심이 도저히 허락하지 않는 일이다. 그러나 이번의 경우, 동일이 만일 등록을 하지 않으면 만나지 않겠다고 위협하는 바람에 그녀는 하는 수 없이 그의 돈을 받은 것이다. 부끄러움과 고마움에 그녀는 잠시 얼굴을 들 수가 없었다.

탁자 밑으로 동일의 까만 구두가 불빛을 받아 반짝이는 것이 보인다. 그의 차림새는 언제 보아도 정갈하다. 머리끝에

서 발끝까지 티 하나 없이 깨끗하고 빈틈이 없다. 그렇다고 겉만 번지르르한 거리의 건달 같다는 말은 아니다. 그런 족속들과는 차원이 다른 그야말로 신사라고 할 수 있다. 찻잔을 놓는 소리에 소 희는 고개를 쳐들었다.

"저녁 식사나 하러 갈까?"

동일이 무릎 위에 포개 놓은 다리를 내려놓으며 물었다. 그의 다리는 온통 시커먼 털로 덮여 있다. 다리뿐만 아니라 가슴과 배에도 털이 많이 나 있다. 문득 그녀의 눈에 흰 머리칼이 보인다. 머리칼 하나 흐트러짐이 없이 깨끗하게 빗어 넘긴 머리에 오늘따라 유난히 흰 머리칼이 많이 보인다. 처음 그를 만났을 때는 저렇게 흰 머리가 많지 않았다. 일 년 사이에 흰머리가 많이 생긴 모양인데, 오늘은 유난히도 그것이 두드러져 보인다.

소 희는 말없이 동일을 따라 일어섰다.

거리는 이미 어두워져 있었다. 러시아워가 지난 시간이지만 거리에는 행인들이 넘쳐흐르고 있었다.

감색 바바리 차림의 동일의 뒷모습이 유난히 두드러져 보인다. 걷는 모습이 단정하면서도 중후해 보인다.

그들은 어느 일식집으로 들어가 창가에 자리를 잡고 앉았다. 창문으로 거리의 모습이 환히 내려다보인다. 동일은 사람의 눈을 꺼려하지 않는다. 딸 정도밖에 안 된 젊은 처녀와 데이트하는 남자라면 으레 남의 시선을 피해 으슥한 장소를

찾을 법도 한데 그는 전혀 그런 것을 개의치 않는다. 오히려 남이 보라는 듯이 이렇게 밖에서 들여다보이는 창가에 자리를 잡고 앉는다. 동일은 장어정식을, 소 희는 오뎅백반을 시켰다. 그는 식사가 오기 전에 맥주 한 병을 시켜 소 희에게 한 잔 따라 주고 나머지는 혼자서 모두 마셨다.

"오늘은 유난히도 예쁜데……. 한번 안아주고 싶군."

"아이, 부끄러워요."

소 희는 그를 가볍게 흘겨보았다.

그가 살짝 웃어 보였다. 소 희는 중년 신사의 손등에 난 긴 털을 하나 잡아당겼다. 동일은 손을 천천히 빼면서 23세 처녀의 갸름한 얼굴을 뜨겁게 응시했다.

풀어헤친 녹두색 코트 사이로 검정 셔츠에 감싸인 젖가슴이 갑자기 부풀어 오르는 것 같다. 그녀가 창밖으로 시선을 돌리자 긴 머리채가 코트 깃 위로 흘러 떨어진다.

창가로 젊은 연인들이 껴안듯이 하고 지나간다. 그들은 아무 거리낌 없이 당당하게 서로를 사랑하고 있는 것이다. 그런데 나는 가정이 있는 중년의 아버지 같은 사람을 사랑하고 있다. 이 불륜의 관계가 과연 언제까지 계속될지는 아무도 모른다. 두 사람 모두 거기에 대해서는 약속이나 한 듯 입을 다물고 있다.

후회하지는 않는다. 그렇다고 자랑스럽게 생각하는 것도 아니다. 단지 나는 이분을 사랑하고 있을 뿐이다. 그 외에는

아무것도 생각하고 싶지 않다. 그의 부인이 알면 아마 기절해 버리겠지. 그러나 어쩔 수 없다. 정말 어쩔 수 없는 걸. 나는 이분의 아기까지 배지 않았는가.

어느 새 그녀의 맑은 두 눈이 호소하듯 그를 바라본다. 무엇인가 말할 듯 망설이는 그녀의 표정에 동일이 상체를 앞으로 기울였다.

"무슨 할 말이 있는 것 같은데……?"

"아, 아니에요."

마침 직원이 식 사를 날라왔기 때문에 소 희는 딴청을 부릴 수가 있었다.

그들은 한동안 식사에 열중했다. 사실 소 희는 별로 식사하고 싶은 마음이 없었지만 그가 식사하는데 방해가 되지 않도록 하기 위해 열심히 먹는 척했다.

"학교 졸업하면 뭐 할 거야?"

그가 갑자기 엉뚱한 질문을 던졌다.

"글쎄, 뭐…… 취직해야겠지요."

소 희는 무심코 그렇게 대답했다.

"취직이라…… 어느 분야에?"

소 희의 대답에 동일은 약간 어리둥절해졌다. 그녀가 취직이라니…….

"글쎄 모르겠어요."

소 희는 지금까지 취직에 대해서 생각해 본 적이 없었다.

그와의 사랑에 빠진 탓은 아니지만 그냥 무심코 졸업할 날만 기다려 왔다.

"결혼은 안 하구?"

"해야겠지요."

그들은 즐겁지도 않은 웃음을 묘하게 웃었다.

식사를 하고 밖으로 나온 그들은 말없이 한동안 걷다가 자주 출입하는 호텔 앞에서 걸음을 멈추었다. 언제나 그러듯이 그가 소 희를 한 번 바라보고 나서 먼저 앞장서서 안으로 들어갔다. 소 희는 머뭇거리다가 이미 안으로 사라져 버린 그를 놓치지 않겠다는 듯 맹렬한 기세로 따라 들어갔다.

동일이 체크인 하는 동안 소 희는 엘리베이터 앞에 먼저 가서 그를 기다렸다. 엘리베이터가 열리자 그들은 그 안으로 들어갔다. 엘리베이터 속에서 그들은 말없이 서로를 바라보기만 했다. 그 침묵이 싫어서 소 희는 옆으로 다가가 동일의 팔짱을 끼고 어깨에 머리를 기댔다. 동일은 그대로 꼼짝 않고 서 있다.

그들의 방은 6층에 있었다. 방에 들어가자마자 동일이 그녀를 으스러지게 껴안고 키스를 퍼부었다. 그때의 동일은 정갈하고 빈틈없는 중년 신사의 탈을 벗어버리고 돌연 야수로 변한다. 이러한 돌변한 모습에 소 희는 놀라면서도 한편으로는 기쁨을 느낀다.

숨 막힐 듯 그들은 방 가운데 서서 입을 맞추고 있다가 10

분쯤 지나서야 포옹을 풀었다.

"어서 벗어."

그가 낮은 소리로 급하다는 듯 말했다.

소 희는 언제나 처럼 그가 보는 앞에서 먼저 옷을 벗었다. 코트를 벗어 의자 위에 던진 다음 스커트의 지퍼를 내리자 스커트가 밑으로 흘러 떨어지면서 코발트빛 삼각팬티에 가려진 하체가 드러났다. 동일이 숨을 죽인 채 눈부신 듯 그녀의 하체를 바라보는 동안 소 희는 치마에서 발을 빼어 한걸음 물러난 다음 셔츠를 머리 위로 뒤집어 뽑아 치마 위로 내던졌다. 그녀의 옷 벗는 스타일은 항상 똑같다. 그 똑같은 스타일을 동일은 언제나 신기한 듯 바라본다.

젖가슴이 풍만하기 때문에 그녀는 브래지어를 착용하지 않는다. 아니, 동일을 만나기 전까지는 브래지어를 사용했었다. 그런데 동일을 만난 후부터는 브래지어를 사용하지 않게 되었다. 동일이 브래지어 착용을 싫어했기 때문이다. 동일은 그녀의 젖가슴을 제일 좋아한다.

"이렇게 탐스러운 젖가슴은 처음이야."

그는 항상 이렇게 말하곤 한다.

그녀가 허리를 굽히고 팬티를 벗는 동안 젖가슴이 아래로 흔들렸다. 알몸이 되자 그녀는 몸을 바로 하면서 부끄러운 듯 웃었다.

이번에는 그녀가 동일의 옷 벗는 모습을 지켜보기 시작

했다. 동일은 차례대로 정확하게 옷을 하나씩 벗어 캐비닛 속에 걸어 놓는다. 양말까지도 그는 함부로 아무데나 던져 놓는 법이 없다. 이렇게 빈틈없는 사나이가 가정생활만은 제대로 해내지 못하고 있는 것이다. 아니, 아내가 보기에는 빈틈없이 해내고 있는지도 모른다.

동일은 소 희의 둥근 엉덩이를 몇번 쓰다듬다가 그녀를 번쩍 안아 들고 침대 쪽으로 다가갔다. 그의 털투성이의 가슴에 간지러움을 느낀 소 희는 몸을 움츠리면서 침대 위로 몸을 굴렸다.

중년의 사나이는 젊은 처녀를 몇 번씩이나 흥분의 도가니로 몰아넣을 만큼 완숙한 기교를 가지고 있었다. 첫 번째는 침대 위에서, 두 번째는 서서, 세 번째는 양탄자 위에서, 그는 여자를 사랑했다. 그리고 네 번째로 목욕탕에서 그녀를 범하려다가 그만두었다.

"아, 이젠 더 이상은 안 되겠는데……."

이렇게 중얼거리는 그를 소 희는 뒤에서 껴안고 얼굴을 비벼 댔다. 두 사람의 몸 위로 따뜻한 물이 쏟아지고 있는 동안 그녀는 임신한 사실을 말할까 하고 망설이고 있었다. 그러나 샤워를 끝낼 때까지도 그녀는 그 사실을 말하지 않았다.

"저도 힘들어요. 이젠 쉬고 싶어요."

"그러지, 좀 쉬자구."

정사를 치르고 남자의 품에 안겨 침대 위에 누워 있을 때

의 평화로움을 소 희는 즐겨한다. 남자가 천정을 향해 기분 좋게 담배 연기를 뿜어 올리고 있을 때 그녀는 남자의 가슴에 귀를 대고 심장의 고동 소리를 듣는다. 어느 때 갑자기 그 고동 소리가 멈추는 것 같이 느껴질 때가 있다. 그러면 그녀는 소스라치게 놀라 머리를 쳐들고 남자를 바라본다. 남자가 여전히 담배를 피우고 있는 것을 보고서야 그녀는 안심하고 아까보다 더 깊이 남자의 가슴을 파고든다.

"저기…… 사모님 어떻게 생겼어요?"

그녀가 이런 질문을 하기는 처음이다. 그들은 지금까지 상대방의 사생활에 대해서 아무것도 모르고 있었다. 묵계나 된 듯 서로가 아직까지 묻지 않았던 것이다. 그것을 지금 소 희가 깨뜨리고 있었다.

"그저 그래."

동일은 흥미 없다는 듯 싱겁게 대답했다.

"미인이에요?"

소 희는 평소의 그녀답지 않게 계속 물었다.

"옛날에는 그랬지."

그 말은 지금은 미인이 아니다. 사랑하지 않는다는 대답과 같았다.

"사모님을 사랑하세요?"

"이것 봐, 부부란 사랑이 있다고 해서 함께 살고 사랑이 없다고 해서 헤어지는 건 아니야."

침묵이 흘렀다. 무거운 침묵이었다. 소 희는 남자의 그것을 조심스럽게 쓰다듬어 주었다.

"자신을 나쁘다고 생각하세요?"

"아니, 그렇게 생각하지는 않아."

"가족이 몇이세요?"

"셋…… 딸이 하나 있어."

딸만 있다는 말에 소 희는 깜짝 놀랐다.

"어머, 그래요? 그럼 외딸이겠네요?"

"음 그런 셈이지."

소 희는 아들 하나 없는 동일이 갑자기 불쌍하다는 생각이 들었다.

"아들 갖고 싶지 않으세요?"

"갖고 싶지만 포기한 지 오래야."

소 희는 그 사실을 말해야 한다고 생각했지만 엉뚱한 질문만 했다.

"따님이 몇 살이에요?"

"소 희하고 동갑이야."

소 희는 입을 다물어 버렸다. 그녀가 그것을 잡은 손을 풀려고 하자 동일이 그녀의 손을 꽉 잡아 버렸다. 어느새 그것은 뜨겁게 솟아올라 있었다.

"동갑이라니까 놀란 모양이군. 그런 거 생각할 필요 없어."

"따님 예쁘세요?"

그를 닮았으면 예쁘진 않지만 귀여울 거라고 생각하면서 물었다.

"귀엽지."

"지금 뭘 하고 있어요?"

"금년에 학교 졸업했는데, 대학원에 진학한다나."

"뭘 전공했어요?"

"미술…… 조각을 전공했다는데, 그 애 작품은 너무 추상적인 것이라 난 도무지 이해하지 못하겠어."

조각을 전공한 23세의 외동딸, 얼마나 귀여울까. 이렇게 멋진지신 분을 아버지로 둔 그녀는 아마 이 세상에서 제일 행복할 것이다.

"나에 대해서만 묻지 말고 소 희에 대해서도 말해 봐."

이번엔 동일이 묻기 시작했다.

"듣고 싶으세요?"

"물론……."

"전 아빠가 안 계세요. 제가 어렸을 때 돌아가셨어요."

"아, 그래?"

동일은 놀란 듯이 중얼거렸다.

"지금 저희도 모두 세 식구예요. 엄마하고 남동생이 하나 있어요."

"동생은 뭘 하나?"

"S공대에서 건축학을 전공하고 있어요. 2학년이에요."

"수재인가 보군."

"머리가 좋은 편이에요. 그 애는 장학금으로 학교 다니고 아르바이트까지 하기 때문에 오히려 가계를 돕고 있어요."

소 희는 자랑스럽게 동생 얘기를 했다.

"똑똑한 청년이군. 그렇지만 그것 가지고는 생활비도 안 될 텐데……."

"그런 건 아실 필요 없어요."

소 희는 동일의 말에서 느껴지는 동정의 뜻이 싫었다.

"난 알고 싶은데……."

동일은 소 희의 자존심을 상하지 않도록 조심해서 말했다.

"엄마가 고생을 하고 계세요. 저희들이 학교만 졸업하면 괜찮아질 거예요."

엄마는 나를 착실한 딸로 알고 계시겠지. 그런데 나는 중년 사나이의 품에 이렇게 안겨 있다. 엄마가 이 일을 아시면 아마 기절하시겠지. 그렇지만 난 이것만 빼 놓으면 엄마의 둘도 없는 착실한 딸이다.

오직 하나 내가 이분을 사랑하고 있다는 것만이 죄라면 죄다. 그러나 이분과 헤어진다는 것은 생각할 수도 없는 일이다.

소 희가 어둠 속으로 사라지는 것을 보고 나서야 동일은

무심코 손목시계를 들여다보았다. 시계는 9시 10분을 가리키고 있었다.

그는 어쩐지 곧바로 집에 들어가기가 싫었다. 오늘뿐만 아니라 언제나 느끼는 일이다.

올해 나이 48세인 그는 엘리트 코스를 거쳐 그야말로 순풍에 돛 단 듯 사회적으로 상승 가도를 달려왔다. 작년까지만 해도 그는 재벌 그룹인 R건설 국제과 부장으로 해외 건설 사업을 총지휘했었다.

그것이 회사에 엄청난 흑자를 가져 오자 그는 즉시 이사(理事)로 승진되었고, 얼마 전에는 상무(常務)로 발탁되었다. 불과 1년 사이에 그는 그야말로 눈부신 발전을 한 것이다. 그를 부러워하는 모든 사람들은 그가 또 머지않아 전무(專務)로 승진할 것이라고 생각하고 있었다.

그는 가정적으로 빈틈없는 가장 노릇을 하고 있다. 시가 1억 원 상당의 고급 주택에 자가용까지 굴리고 있고 운전사와 가정부까지 두고 있으니 우선 경제적인 면에서 아내에게 만족감을 안겨 주고 있는 것이다. 거기다 그는 아내와 딸을 극진히 위해 주고 있으니 집안에 불만이 있을 리가 없다. 모범적인 행복한 가정, 남이 볼 때에도 그의 가정은 그렇게 보이고 있었다.

그런데 그가 젊은 처녀와 바람을 피우고 있는 것이다. 아내가 전혀 눈치 채지 못하게 감쪽같이 바람을 피우고 있는 것

이다.

아내는 그를 철석같이 믿고 있다. 아내뿐이랴. 그의 딸도, 장모와 장인도, 처재와 처남도, 회사 직원들도 그를 가장 모범적이고 가정적인 인물로 알고 있었다. 믿는 도끼에 발등 찍힌다는 말은 적어도 그에게만은 절대로 해당되지 않는 것으로 모두가 생각하고 있다.

이 모든 것이 그의 빈틈없는 성격과 노련한 제스처에 의해 이루어진 것임은 말할 나위도 없다. 만일 그가 어떤 범죄를 계획한다면 완전 범죄가 가능할 것이다. 그는 그런 능력을 갖추고 있었다.

운전사를 부를까 하다가 그는 택시를 타고 가기로 하고 택시 정류장에 늘어서 있는 사람들의 뒤로 다가섰다.

여간해서 줄은 줄어들지 않고 있었다. 그는 무심코 길 맞은편을 바라보았다. 길 맞은편은 극장이었는데, <나는 살고 싶다>라고 하는 미국 영화가 상영되고 있었다. 옛날에 한 번 들어왔던 것으로 매우 훌륭한 영화라는 말을 들었던 기억이 나서 그는 갑자기 그것이 보고 싶어졌다. 마지막 프로 시간이라 영화가 이미 시작됐겠지만 지금 들어가도 그렇게 늦을 것 같지는 않았다.

그는 택시 타는 것을 포기하고 길을 건너, 매표구에서 표를 한 장 산 다음 극장 안으로 들어갔다. 생각대로 영화는 이미 시작되고 있었지만 그는 10분도 못되어 스토리의 전개를

쫓아갈 수가 있었다.

흑백 영화로 수잔 헤이워드가 주연하고 있는데, 그녀는 억울하게 살인범으로 체포되어 사형언도를 받는다. 그녀는 무죄를 주장하면서 각계에 탄원을 내지만 그때마다 그녀의 주장은 묵살되고 만다.

여기에는 그녀를 진범으로 단정하고 사건을 흥미 위주로 몰아가는 신문기자들의 새디스트적인 기사가 많은 작용을 하게 되지만, 무엇보다도 법의 오류와 그 횡포가 가장 두드러지게 나타나고 있다.

대통령에게 보낸 탄원도 기각된 채 그녀는 마침내 가스실에서 사형집행을 당하고 만다. 그토록 살고 싶어 하는 수잔 헤이워드의 삶의 절규가 귀에 들리는 것만 같아 동일은 영화가 끝난 뒤에도 그 자리에 멍하니 앉아 있었다. 법의 횡포에 대한 분노가 치밀어 그는 거칠게 숨을 몰아쉬면서 극장을 나왔다.

시간은 10시 40분이 되어 있었다. 마지막 프로가 끝난 을지로의 밤거리는 귀가를 서두르는 사람들로 어수선했다. 그는 길을 건너 택시 정류장으로 천천히 다가갔다.

날아온 비보

동일의 아내 양인숙(梁仁淑)은 남편을 위해 빈틈없이 봉사하는 여자다. 남편에게 뿐만 아니라 자기 자신한테도 빈틈을 보이지 않는다. 그런데 그렇게 철두철미하고 치밀한 태도가 오히려 동일에게 거부 반응을 일으키게 하는지도 모른다. 완전무결한 것 보다는 어느 정도 결점이 있는 데에 인간적인 매력이 있는 것이다. 그런데 아내는 그렇지가 않다. 그가 손가락 하나 까딱하지 않아도 좋으리 만큼 그녀는 모든 것을 완벽하게 갖추어 놓고 있다. 구석구석마다 그녀의 손길이 뻗치지 않은 곳이 없다. 물론 대부분 가정부가 하는 일이지만, 가정부에게 그렇게 하도록 지시를 내리는 사람이 바로 아내인 것이다.

아침에 눈을 뜨면 아내는 언제나 먼저 일어나 있다. 언제나 깨끗한 차림에 곱게 화장을 하고 그를 위해 아침 준비를 하고 있는 것이다. 결혼한 지 20여 년이 지났지만 아내는 항상 새색시처럼 몸을 꾸미고 있다. 아내의 그러한 모습은 꼭 인형 같다. 사실 아내의 그 인형 같은 모습에 반해서 결혼했다고 해도 과언이 아니다. 그러나 세월이 흐르는 동안 그는 그 예쁘게 생긴 인형에 싫증이 났고, 이젠 보기조차 싫어진 것이다.

그러나 그는 자신의 그러한 감정을 절대 밖으로 드러내지 않는다. 그는 그답게 그것을 가슴 속에 꾹꾹 눌러 담은 채 언제나 착실한 남편으로 다정다감하게 아내를 대해 준다. 만일 감정을 밖으로 드러낸다면 그때는 가정의 파멸이 올 뿐이다. 그는 그것이 싫은 것이다. 그에게는 아무리 아내가 싫다 해도 20여 년을 함께 살아온 그녀를 버리고 소 희와 결합할 만큼 그런 무모한 배짱이 있는 것도 아니다. 그는 다만 가정에 금이 가지 않는 범위 내에서 처녀와 바람을 피우고 있을 뿐이다.

화장품 냄새에 그는 눈을 떴다. 창문으로 아침 햇살이 눈부시게 쏟아져 들어오고 있었다. 그는 하품을 하면서 아내를 바라보았다. 곱게 단장한 아내는 머리맡에 앉아 웃으면서 그를 내려다보고 있었다. 언제 보아도 인형 같은 얼굴이다. 마흔 다섯인데도 아내의 얼굴은 인형같이 예쁘다.

그 인형같이 예쁜 얼굴이 그는 싫은 것이다. 어떤 때는 그 얼굴에서 구역질마저 느낀다. 인형처럼 동그란 눈, 동그란 코, 동그란 입술 — 이런 단순한 미모에 반하는 것은 잠깐 동안일 뿐이다. 마치 서로 비슷비슷하게 성형해서 만들어 내놓은 여배우들의 얼굴처럼 금방 식상해 버리고 만다. 그렇게 빨리 식상해 버리는 이유는 얼굴에 개성이 없기 때문이다. 단순히 예쁘다는 것과 개성미가 있다는 것은 아주 뜻이 다르다. 예쁘지는 않지만 개성미가 있는 쪽이 훨씬 매력적인 것이다. 매력적인 여자의 얼굴이란 얼마나 보기에 좋은 것인가.

"커피 식겠어요."

아내가 낮고 부드러운 목소리로 말했다. 아내는 항상 그의 머리맡에 커피와 조간신문을 준비해 놓는다. 그러니까 그는 아침에 눈을 뜨면 머리맡으로 손만 뻗치면 되는 것이다.

그는 다시 한 번 하품을 하고 나서 몸을 뒤채어 엎드렸다. 그리고 손을 뻗어 커피 잔을 들었다. 그는 커피를 몹시 좋아해서 아침에 깨어나자마자 커피부터 마신다. 커피를 마심으로써 하루 일과가 시작되는 것이다.

"어제는 몹시 고단하셨나 보지요?"

아내는 조심스럽게 물었다.

"음, 정신없이 잤는데……."

그는 커피 잔을 입으로 가져가려다 말고 멈칫했다.

"왜 그렇게 늦으셨어요?"

아내는 다시 물었다. 그러나 이런 질문을 할 때의 아내는 별로 관심이 없다는 듯 겉으로는 무표정하다. 그러나 그 무표정 속에 바른 대답을 요구하는 집요한 추궁이 숨 쉬고 있음을 동일은 잘 알고 있다. 아내는 늦게 귀가하면 즉시 그 이유를 묻지 않고 뜸을 들였다가 이튿날 아침에 지나가는 말투로 가볍게 묻는다.

"음, 오랜만에 영화를 하나 보고 나서 술 한 잔 했지."

동일은 커피를 후르르 마셨다.

"어머, 그래요? 무슨 영화를 보셨는데요?"

아내는 앞으로 다가앉았다.

"<나는 살고 싶다>라는 미국 영화야."

동일은 별것 다 묻는다고 생각하면서 대답했다.

"아, 그거 말씀이군요. 저도 보고 싶었는데……."

아내는 누구와 함께 영화 감상을 했느냐고 묻지는 않았다. 자존심이 강하기 때문에 결코 그따위 질문을 하지 않을 것이다. 그는 찻잔을 놓고 신문을 집어 들었다

"영화 좋았어요?"

아내는 다시 물었다.

"음, 좋은 영화였어. 수잔 헤이워드가 주연인데 연기가 일품이었어."

"그럼 한번 가 봐야겠는데요."

아내는 보여 달라는 말은 하지 않는다. 젊었을 때처럼 애

교를 부릴 나이도 지난 탓인지 모른다.

"그래, 그런 영화는 당신도 한번 봐 둘 필요가 있겠지."

그는 돌아누워 문득 천정을 바라본다. 만일 내가 그 영화에서처럼 억울하게 살인 누명을 뒤집어쓰고 사형 언도를 받게 되면 어떻게 될까.

아마 그 주인공처럼

'나는 살고 싶다!'

라고 외치겠지. 얼마나 살고 싶을까.

'아이 워너 리브(I want to live)! 나는 살고 싶다!' 아마 나는 미쳐버릴 것이다.

그는 눈을 깊이 감았다가 떴다. 아내는 자리를 뜨고 없었다. 그는 신문을 들고 1면을 바라보았다. 1면 톱기사는 주한 미군 철수 문제였다. 미군 철수를 앞두고 국내에서는 찬바람이 일고 있었다. 정치 지도자들은 국민들의 안정을 요구하고 있지만, 국민 개개인의 얼굴에는 일말의 불안한 그림자가 깃들고 있었다. 그 역시 마음이 편치 않았다. 그러한 불안은 몹시 구역질나는 것이었다.

"아빠!"

그가 1면을 훑어보고 나서 2면으로 막 넘어가려고 할 때 문이 벌컥 열리면서 그의 딸 미혜(美惠)가 잠옷 바람으로 뛰어 들어왔다. 그녀는 다짜고짜 이불 속으로 파고 들어왔다. 성숙한 여인의 체취에 그는 잠시 어리둥절했다. 그러나 미혜

가 아무리 성숙했다고 하지만 그에게는 절대 딸 이상으로는 보이지 않는다. 소 희와 미혜는 동갑내기다. 그러나 그에게 있어서 두 처녀는 확연히 구별된다. 그는 팔을 뻗어 딸을 껴안았다.

"일찍 일어났구나."

"아빠, 저기……."

미혜는 고개를 돌려 동일을 바라보았다. 바로 코앞에 아빠의 얼굴이 있었다.

"음, 뭐야?"

아침부터 갑자기 뛰어 들어온 것이 심상치가 않다. 미혜는 그를 닮아서 아름다운 편은 아니다. 그러나 귀엽고 발랄한 데가 있다. 딸에게서는 언제나 싱싱한 풋과일 냄새가 난다. 머리까지 짧게 잘라 더욱 싱싱하고 발랄해 보인다.

이 점이 소 희와 다른 점이다. 소 희는 차가울 정도로 조용하면서도 내면 깊숙이 열정을 간직하고 있다. 그러나 미혜는 몸 전체로 열정을 발산하고 있다. 이 애가 누구를 닮았을까 하고 그는 가끔 생각해볼 때가 있다.

그들 부부는 모두 미혜 처럼 그렇게 감정 표현이 솔직하지가 못하다. 감정을 속에서 삭여 가며 이리저리 굴려 보다가 매우 조심스럽게 그것을 드러내 놓는 편이다. 그런데 미혜는 그런 면이 없다. 그녀는 모든 것이 직선적이고 노골적이다.

"아빠, 저하고 헤어져 살 수 있어요?"

동일은 가슴이 뜨끔해 온다. 이 애가 혹시 소 희와 데이트 하는 걸 본 게 아닐까?

"그게 무슨 말이지?"

동일은 조심스럽게 물었다.

"대답만 하세요. 헤어져 살 수 있으세요, 없으세요?"

미혜는 마구잡이로 대답을 요구했다.

"그야 헤어져 살 수 없지. 미혜가 없으면 난 정말 세상 살 맛 없어."

정말 미혜가 없으면 살 수 없을 거라는 생각이 들었다.

"피이…… 거짓말……."

미혜는 고개를 저었다.

"정말이야. 그런데 왜 그런 걸 묻지?"

"아, 헤어진다는 생각만 해도 저는 슬퍼요."

연극 대사를 외우는 것처럼 미혜는 중얼거렸다.

"인간은 어느 땐가는 헤어지기 마련이란다. 각오하고 있어야지."

"그런 게 아니에요."

딸의 말소리가 약간 심각하게 들렸다.

"그럼 뭐야?"

그는 딸의 머리를 가만히 쓰다듬어 주었다. 그렇지 않아도 그들 부부는 금년쯤에는 딸을 시집보내야겠다고 생각하고 있었다.

"아빠, 저 아무래도 유학 가는 게 좋을 것 같아요."

"아하, 그거 말이구나. 난 또 뭐라구. 그래서 이별이 슬프다는 거냐?"

동일은 귀엽기도 하고 어이가 없기도 해서 허허하고 소리 내어 웃었다. 그 소리에 아내가 방안을 들여다보고 얼굴을 찌푸렸다.

"망칙해라. 넌 다 큰 애가 어린애처럼 그게 뭐니? 걸핏하면 아빠 품에 안기고……. 이젠 아빠를 어려워 할 줄 알아야 하지 않겠니?"

"알았어요. 엄마."

미혜는 짓궂게 웃으며 일어나 앉았다가 어머니가 문을 닫자 도로 아버지 품 속으로 파고들었다.

"아빠, 저 유학 보내 주실래요?"

못 보내 주겠다고 하면 애들처럼 울기라도 할 것 같은 목소리였다.

"필요하다면 가야겠지. 특히 조각 같은 건 아무래도 파리 같은데 가서 공부하는 게 낫겠지."

미혜는 동일의 대답에 싱긋 웃었다. '그러면 그렇지. 내가 어떤 딸인데…….' 그러나 그녀는 걱정스런 얼굴로 아빠를 바라보았다.

"그렇지만 비용이 많이 들 텐데…… 제가 유학 가면 그만큼 아빠 고생이 심하실 거 아니에요."

"야아, 네가 내 걱정을 다해 주고……."

동일은 딸이 기특했다. 어리광만 부릴 줄 알았는데 내 걱정을 다해 주다니.

"아이. 아빠두…… 제가 아빠 걱정 안 해 드리면 누가 하겠어요?"

"그래, 네 말이 맞다. 비용 같은 건 염려하지 않아도 돼. 너 하나 유학 보낼 능력은 있으니까."

그는 보드랍고 따뜻한 딸의 어깨를 토닥거려 주었다.

"아빠, 그런데 제가 유학 가게 되면 떨어져 살아야 하지 않아요?"

"그건 그렇지. 그 정도야 감수해야지. 둥지에서만 클 수 있나? 훨훨 날아다니면서 견문을 넓혀야지."

"아이, 그래두 싫어요."

미혜는 도리질을 하다가 갑자기 정색을 하고 말했다.

"그럼 지금부터 유학 공부를 시작해야겠는데 어떡하면 좋지요?"

"뭘 어떡해?"

동일이 무슨 말이냐는 듯 물었다.

"유학 시험에 패스하는 게 쉽지 않을 거예요."

"그럼 공부를 해야겠지."

"아이, 공부하기 싫은데."

미혜는 얼굴을 잔뜩 찌푸리며 일어나 앉더니, 동일의 머

리맡에 놓여 있는 신문을 집어 들고 뒤척거렸다. 조금 후 그녀는

"어머, 이렇게 잘생긴 여자가 죽었어!"

미혜가 신문의 한구석을 들여다보며 중얼거렸다.

동일은 미혜의 말을 귓가로 흘리면서 누운 채로 담배에 불을 붙였다.

"어머머, 이럴 수가! 아이, 끔찍해!"

미혜의 목소리가 갑자기 커지고 있었다. 동일은 담배 연기를 내뿜으면서 한 손으로 배를 긁었다.

"뭔데 그러냐?"

미혜는 흥분된 목소리로 떠들었다.

"여대생이 살해됐는데요…… 아주 끔찍해요. 어쩜 이렇게 사람을 죽일 수가 있을까?"

"세상이 하도 흉흉하니까, 너도 몸조심해야 한다."

말을 마친 동일은 담배 연기를 가슴 깊숙이 빨아들였다가 내뿜었다.

"아빠, 요샌 왜 이런 끔찍한 사건들이 자주 일어나죠?"

"그만큼 세상이 험해진 거야. 인간의 존엄성이 상실되면 그런 사건이 자주 일어나게 돼."

동일은 엄숙하게 말했다.

"참, 이 여자 이쁘다. 이런 여자가 죽다니…… 아빠 이 여자 이쁘죠?"

"어디 보자."

미혜는 신문을 동일의 얼굴 앞으로 내밀었다.

동일은 신문을 받아 들고 살해된 여자의 사진을 들여다보았다. 그 순간 커다란 파도가 그의 시야를 세차게 후려쳤다. 그는 눈을 질근 감으면서 거칠게 숨을 한 번 몰아쉰 다음 도로 눈을 떴다. 신문을 쥐고 있는 그의 손이 후들후들 떨리고 있었다.

"아빠, 왜 그래요?"

미혜가 놀라서 묻자 그는 머리를 저었다.

"아, 아니다. 갑자기 머리가 어지러워서……."

"아빠, 혹시 그 여자 아는 사람 아니에요?"

"아, 아니 그럴 리가 있니."

동일은 신문을 내리면서 다시 눈을 감았다. 표정을 감추는 방법으로서는 눈을 감는 것이 제일이다. 가슴 속으로 태풍이 불어 닥치고 있었다.

"아빠, 어지러우세요?"

미혜는 걱정스런 얼굴로 아빠를 바라보았다.

"음, 약간……."

동일은 눈을 감은 채 조그맣게 고개를 가로저었다.

"어떡하죠?"

"좀 있으면 괜찮아질 거다."

"아빠, 혹시 혈압 높으신 거 아니에요?"

미혜는 눈을 감은 아버지를 주의 깊게 살폈다.

"글쎄……."

"병원에 한번 가 보세요."

"병원에는 무슨……."

"그래도 조심하셔야죠."

미혜가 근심스러운 표정으로 말했다.

"알았다."

미혜가 계속 말을 시켰지만 그는 입을 다물어 버렸다. 미혜는 그에게서 괜찮다는 말을 듣고서야 자리를 떴다.

딸이 밖으로 나가자 그는 급히 일어나 앉아 신문을 펴 들었다. 너무 거칠게 펴 드는 바람에 신문이 북하고 찢어졌다. 그는 찢긴 신문을 맞추어 들고 피살된 여자의 사진을 뚫어지게 들여다보았다.

"소 희! 이게 웬일이냐?"

그는 터져 나오려는 부르짖음을 겨우 집어삼키면서 몸을 부르르 떨었다.

"아니다! 이건 잘못된 거다! 그럴 리가 없다!"

그는 기를 쓰고 부정하면서 기사를 읽으려고 했지만 눈앞이 흐려지고 눈이 떨려서 읽을 수가 없었다.

동일은 집에 신문을 그대로 놓아둔 채 출근했다.

회사에 들러 몇 가지 필요한 사항을 지시하고 난 그는 간

부 회의도 거른 채 밖으로 나가 거리에서 조간 신문 세 가지를 샀다. 그리고 그것을 가지고 회사에서 멀리 떨어진 호텔 커피숍으로 갔다.

아침이면 호텔 커피숍에는 별로 사람이 없다. 동일은 구석 자리에 앉아 커피를 시킨 다음 가만히 심호흡을 했다. 아까 보다는 적이 마음이 가라앉아 있었다.

호텔 직원이 커피를 가져올 때까지 그는 꼼짝 않고 앉아 있었다. 얼어붙은 듯 그렇게 앉아 있던 그는 직원이 커피를 날라 오자 그제서야 몸을 조금 움직였다.

이윽고 커피를 모두 마시고 난 그는 천천히 호주머니에서 신문들을 꺼내어 그것들을 펴 보았다. 신문을 들여다보는 그의 두 눈은 처음에는 경악으로. 나중에는 공포로 뒤덮이고 있었다.

각기 다른 세 가지 조간 신문에는 간밤에 발생한 여대생 피살 사건이 대대적으로 보도되어 있었다. 굵직굵직한 제목들로 보아 신문사마다 그 사건을 센세이셔널 하게 취급하고 있음을 알 수가 있다. 각 신문에 실린 세 가지의 피살자 사진은 똑 같았다. 그것은 틀림없는 소 희의 사진이었다.

그는 흐려 오는 시야를 뿌리치면서 각 신문의 기사를 천천히 읽기 시작했다. 그리고 얼마 후 그것들을 모두 읽고 났을 때 그의 얼굴은 석고처럼 하얗게 굳어지고 있었다.

각 신문에 실린 여대생 피살 사건 기사는 거의 비슷했는

데, 그 내용은 대강 다음과 같았다.

▲ 속보 ＝ 2일 밤 11시 50분경, 서울 서대문구(西大門區) Y동(洞), 백화(百花)아파트 D동 305호에 거주하는 소 희(蘇 姬) 양(23세 · K여대 4년)이 예리한 흉기로 난자당해 살해되어 있는 것을 소양의 남동생인 소문호(蘇文鎬)군 (21세 S공대 2년)이 발견, 경찰에 신고했다.

남의 집에서 가정교사를 하고 있는 소 군에 의하면 사흘 만에 집에 돌아와 벨을 눌렀으나 대답이 없어 관리인에게 의뢰, 물을 열고 들어가 보니 소양이 죽어 있었다는 것이다.

소양의 얼굴은 예리한 흉기에 찢겨 거의 알아볼 수 없었고, 가슴과 복부에는 깊은 상처가 나 있었다. 뿐만 아니라 국부까지 도려져 있어서 시체는 차마 눈뜨고 볼 수 없을 정도로 참혹했다. 경찰은 이 엽기적인 살인 사건을 일단 정신이상자의 소행으로 보고 수사를 벌이고 있지만 아직 단서를 못 잡고 있다.

K여대 불문과에 재학 중인 소양의 학교 성적은 우수한 편이며, 평소에 착실하고 남자관계가 전혀 없는 것으로 알려지고 있다. 소양은 편모슬하에서 남동생과 함께 살고 있었는데 마침 소양의 어머니 이명순

(李明順) 씨(48세)는 시골 친정에 가고 없었다.

동일은 세 가지 신문을 모두 덮은 다음 천천히 담배를 뽑아 물었다. 담배에 성냥불을 붙일 때 손끝이 몹시 경련하고 있었다. 그는 한동안 멀거니 맞은편 벽을 바라보고 있었다. 맞은편 벽에는 벽을 거의 덮다시피 한 대형 동양화가 걸려 있었는데 그것은 웃통을 벗은 소년이 황소의 잔등 위에 올라앉아 피리를 불고 가는 그림이었다.

이윽고 동일은 고개를 숙이고 탁자를 내려다보았다. 그러자 뜨거운 눈물이 한 줄기 볼을 타고 주르르 흘러내렸다.

"소 희야…… 네가 죽다니…… 죽다니…… 믿어지지 않는다…… 아니야, 넌 죽지 않았어. 뭔가 잘못된 거야…… 그럴 리가 없어……."

그는 일어나서 카운터 쪽으로 비틀비틀 다가가 찻값을 치른 다음 밖으로 나갔다. 직원들이 비틀거리는 그가 이상하다는 듯 수군거렸다.

거리에 나서자 그는 갑자기 자신이 갈 곳이 없어진 나그네처럼 생각되었다. 어디로 갈까. 소 희네 집으로 달려가야 마땅한 것이다. 그러나 여러 가지 현실적인 문제들을 고려할 때 이 마당에 소 희네 집을 불쑥 찾아갈 수는 없었다.

그는 실로 미치도록 안타까웠다. 어디로 갈까. 어떻게 해야 하나. 아무리 부인해도 소용없는 일이다. 소 희가 죽은 것

은 확실하다.

어떤 미친놈이 그녀를 살해한 것이다. 칼로…… 칼로 죽인 것이다. 어떤 놈이 그랬을까. 내 손으로 그놈을 잡아 갈가리 찢어 죽이고 싶다.

일그러진 그의 얼굴에서 계속 눈물이 흘러내리고 있었다. 행인들이 이상한 듯 그를 바라보며 지나쳐 가고 있었지만 그는 그런 것에 상관하지 않고 가로수 옆에 기대서서 소리 없이 울고 있었다.

한참 후 그는 휘청거리는 걸음걸이로 목적지도 없이 걸어가기 시작했다. 두 손을 호주머니에 깊이 찌른 채 힘없이 걸어가는 그의 모습은 바로 어제 아름다운 처녀와 데이트할 때의 그 의젓하던 모습과는 너무도 대조적이었다.

한참 후 그는 어느 고궁에 와 있었다. 오전이라 고궁은 텅 비어 있었다. 그는 구석진 곳에 놓여 있는 벤치에 홀로 앉아 멀거니 하늘을 바라보았다. 그의 이러한 모습은 흡사 넋 빠진 사람 같았다.

사실 그는 넋이 빠져 있었다. 그 만큼 소 희의 죽음은 너무도 충격적이었던 것이다. 그것도 처참하게 살해되었기에 충격이 더 클 수밖에 없었다.

어느새 그의 두 눈에는 눈물이 가득 고여 있었다. 비로소 그는 소 희가 얼마나 자신의 가슴 속 깊이 자리 잡고 있었는가를 알 수가 있었다.

그러한 감정 상태를 사랑이라는 한마디로 표현하기는 싫다. 좀 더 다른 새로운 말로 표현하고 싶다.

그런데 소 희는 왜 살해됐을까, 신문기사만으로는 아직 자세한 것을 알 수가 없다.

두 시간 가까이 벤치에 앉아 있던 그는 갑자기 밖으로 나와 택시를 집어탔다.

“Y동 백화아파트로 갑시다!”

차 속에서 그는 더욱 가슴이 찢기는 것 같은 통증을 느꼈다. 소 희의 죽음은 그만큼 그에게 고통을 안겨 주고 있었다.

택시는 차량의 물결로 혼잡하기 이를데 없는 시내를 요리조리 피해 잘도 달려갔다.

그는 아파트에서 좀 떨어진 곳에서 차를 내려 아파트 D동 쪽으로 천천히 걸어갔다.

D동 앞에는 이미 경찰차와 앰뷸런스가 와서 서 있었다. 그 부근에는 많은 사람들이 몰려 서 있었다.

D동 3층의 어느 방에서 어떤 여인의 울부짖는 소리가 들려왔다. 그것이 소 희 어머니의 울음소리라고 생각하자 동일은 차마 그곳을 바라볼 수가 없었다.

동일은 문득 잘못 오인되어 자신이 체포될 지도 모른다는 생각이 들었다. 경찰은 지금 범인을 체포하기 위해 혈안이 되어 있다. 소 희와 관계가 있던 사람들은 모두 연행되어 조사를 받게 될 것이다.

그러나 우리들 관계만은 밝혀지지 않을 것이다. 그것은 우리 두 사람만의 비밀이었으니까 말이다.

나만 입을 다물고 있으면 나는 수사권 밖에서 안심하고 있을 수 있다. 사서 고생할 필요는 없지 않을까. 무엇보다도 나는 범인이 아니니까 말이다.

그런데 혹시 소 희가 수첩 같은데다 내 이름과 전화번호를 적어 놓았다면 어떡하지.

일단 경찰에 연행되어 조사를 받게 되면 불륜의 관계는 백일하에 드러나고 가정적으로나 사회적으로 파멸되고 말 것이다.

그는 몸을 떨면서 그곳을 급히 떠났다. 자신의 이해타산에 심한 구역질을 느끼면서도, 어쩔 수 없이 그는 거기에 따르고 있었다.

불안한 출국

물에 깨끗이 씻긴 피살자의 시체 위로 파리 한 마리가 어디선가 날아와 앉았다. 파리는 팔을 타고 부지런히 내려오더니, 허벅지 사이에 이르자 몸을 한 번 비비꼰 다음 뜯겨진 살점 속으로 들어갔다.

검시의가 고개를 끄덕이면서 시체 위로 시트를 덮자 그제야 둘러서 있던 사나이들이 몸을 움직였다. 긴장감으로 가득 차 있던 실내가 마치 고무풍선에서 바람이 빠지듯 맥이 풀리면서 어수선해지기 시작했다.

S경찰서 김두식(金斗植) 형사는 시체 검사실을 나오면서 한숨을 길게 내쉬었다. 형편없이 찢긴 시체를 보면 언제나 정육점에 내놓인 고깃덩어리 같다는 생각이 든다.

생명이 없는 시체, 거기에 말라붙은 피, 초점 없는 눈동자, 푸르스름한 빛을 띠는 손톱과 발톱, 거기에 끼어 있는 까만 때, 머리칼 사이에 붙어 있던 허연 비듬 조각들…… 이러한 것들을 보면 인간의 추악함이 그대로 느껴진다.

살아 있는 인간과 죽은 인간 사이의 차이는 이렇게도 엄청난 것이다.

그러나 방금 그가 보고 나온 시체에서는 인간의 추악함이 전혀 느껴지지 않았다. 오히려 그것은 그로 하여금 더 없이 연민을 느끼게 했다. 많은 시체들을 보았지만 그가 구역질 대신 연민을 느끼기는 이번이 처음이었다. 같은 여자 시체에서도 일찍이 그런 느낌을 받은 적은 없었다.

그런데 이번의 여자 시체만은 확실히 달랐다. 너무 아름다웠기 때문일까. 그렇게 아름다운 여자의 몸을 본 것도 처음이었다. 젖가슴, 허리, 둔부. 허벅지. 발가락…… 어느 하나 흠잡을데 없는 육체였다. 풍성한 흑발에 감싸인 갸름한 얼굴을 생각하자 그는 다시 한숨이 나왔다.

그런 얼굴이 갈가리 찢기다니 도무지 이해가 되지 않는다. 도대체 범인은 어떤 인간이기에 그런 얼굴에 칼질을 할 수 있었을까.

범인은 가슴과 복부를 깊이 치르고 국부까지 도려냈다. 그 잔혹한 짓에 냉혹한 사나이로 정평이 나 있는 김 형사도 몸서리를 치지 않을 수 없었다.

그런데 무엇보다 충격적인 것은 피살자가 임신 3개월이라는 사실이었다. 신문에는 피살자가 '평소 착실하고 남자관계가 없는 것으로 알려지고 있다' 라고 보도되어 있다.

그러나 그것은 사실과 다르다. 피살자는 분명히 임신 3개월이라고 검시의가 말했다. 다시 말해 이것은 피살자가 남자관계가 전혀 없었던 것이 아니고 남자와 깊은 관계를 맺고 있었다는 말이 된다.

그녀가 상대한 남자가 한 명인지, 아니면 그 이상인지는 아직 알 수 없다.

소 희가 살해되기 전에 남자와 정사를 가졌었다는 사실도 밝혀졌다. 검시 결과 그녀의 질(膣) 속에서 남자의 정액이 검출된 것이다.

그녀의 질 속에 정액을 쏟아 놓은 놈은 누구일까? 바로 그놈이 소 희를 농락하여 임신시키고, 끝내는 그녀를 죽인 게 아닐까?

그녀가 신문 보도와는 달리 남자관계가 깊었고 임신까지 했다는 사실이 충격적인 것은 아니다. 임신한 여자가 국부까지 도려내어져 살해당했다는 사실이 충격적인 것이다.

차도를 건너 김 형사는 다방으로 들어가 커피를 한 잔 시켰다. 다방 안은 별로 손님이 없이 한산했다. 그는 커피를 한 모금 마신 다음 의자에 등을 기대면서 눈을 깊이 감았다. 실내 음악은 조용하고 부드럽고 조금 애절한 느낌이었다. 피로

가 온몸을 덮쳐 왔다. 그는 언제나 피로에 시달리고 있었다.

강파르게 마른 얼굴에 광대뼈가 튀어나온 그는 경찰에 몸을 담은 지 금년으로 꼭 20년째가 되는 올해 나이 46세의 평범한 사나이였다. 언제나 점퍼 차림에 피곤한 모습의 그는 남의 눈에 별로 띄지 않는 것이 특징이라면 특징이다. 지금은 강력 사건들을 전담하고 있는 민완 형사로 자리가 굳혀졌지만 전에는 늘 이리저리 전근 다니느라고 고생이 많았다.

언제나 피곤해 보이고 모든 것에 흥미를 잃은 것 같은 이 사나이에게 민완 형사라는 말은 어쩐지 어울리지 않는지도 모른다. 그러나 외모와는 달리 그에게는 사냥개 같은 번득임과 날카로움이 있다. 그것은 좀처럼 밖으로 드러나지 않는 것이지만, 일단 일을 시작하면 그는 눈에 날을 세우고 집요하게 대상을 물고 늘어진다.

눈꼬리가 가늘게 째진 조그마한 두 눈은 피로 때문에 항상 붉게 충혈 되어 있다. 잔주름으로 덮인 얼굴이 그를 나이보다는 훨씬 더 늙어 보이게 해주고 있다. 노부모와 아내, 그리고 자식 넷을 적은 월급으로 먹여 살려야 하니 집안에 웃음꽃이 필 날이 없다.

부수입이라도 좀 있으면 좋으련만 그런 것도 없으니 죽으나 사나 쥐꼬리만한 월급에 의지할 수밖에 없다. 그렇다고 이 나이에 다른 직장으로 옮길 수도 없다. 그는 얼굴을 찌푸리면서 남은 커피를 마신 다음 몸을 일으켰다.

한 시간 후 김 형사는 S서로 돌아와 보고서를 작성했다.

▲ 제목＝살인 사건 발생.

① 내용＝혼자 집 보던 20대 여대생을 살해.

② 발견 일시 및 장소＝1978년 3월 2일 23시 50분경, 서울 서대문구 Y동 백화아파트 D동 305호.

③ 피해자＝소 희(蘇姬) (23세 · 여대생).

④ 피의자＝일체 불상(一切不詳).

⑤ 신고 경위＝피해자의 남동생인 소문호(蘇文鎬) (21세 · S공대 건축학과 2학년) 가 귀가하여 벨을 눌렀으나 응답이 없어 아파트 관리인과 함께 문을 열고 들어가 발견 신고한 것임.

⑥ 개요＝피해자는 K여대 불문과 4학년에 재학 중인 자로서 1978년 3월 2일 23시 전후하여 자택에서 날카로운 흉기로 안면과 흉부및 복부를 난자당하고 국부를 절단당한 끝에 살해당한 것임.

⑦ 조치＝서울 S경찰서 형사 과장 지휘 하에 현장 감식과 동시 현장 중심 범인 목격자 탐문과 우범자 상대 및 피해자 주변의 인물을 중심으로 범인 수사 중임.

보고서를 제출해 놓은 다음 김 형사는 두 시간 남짓 동안

소파에 앉아서 생각에 잠겼다. 범인을 수사하는 데 있어서 그는 놀라울 정도로 침착성을 보이고 있었다. 그는 결코 서두르지 않는다. 먼저 방향을 설정한 다음 거기에 잘못이 없는가를 거듭 검토하고 나서 수사에 착수한다.

천천히, 하나하나, 작은 것도 빠트리지 않고, 이것이 그의 수사지침이다.

두 시간 동안에 담배를 무려 열 대나 피우고 나서 그는 이번 살인 사건에 대해 어느 정도 방향이 잡히는 것을 느꼈다. 그가 생각한 것은 치정 관계였다.

첫째, 없어진 물건이 없는 것으로 보아 이번 사건은 강도 살인이 아니다.

둘째, 치한이 강간을 목적으로 달려들었다면 국부를 도려내면서까지 죽일 필요는 없었을 것이다. 그 경황에 여자를 때려눕히고 허둥지둥 도망치기에 바빴을 것이다.

셋째, 따라서 이번 사건은 어느 모로 보나 계획적인 살인임이 분명하다. 지문 하나 남기지 않고는 불가능한 일이다.

넷째, 그렇다면 범인은 왜 그녀를 계획적으로 살해했을까. 분명히 그만한 이유가 있을 것이다.

그 이유란 뭘까. 국부를 도려낼 정도라면 그녀를 몹시 증오했다고 볼 수 있다. 그리고 국부란 치정의 상징이다. 따라서 그것을 도려냈다는 것은 치정에 얽혀 증오 끝에 그랬을 가능성이 크다. 치정에 얽힌 살인이란 섹스의 심벌을 절단하는

등 엽기적인 경우가 허다하다.

최근 들어 남자에게 버림받은 여자가 저주 끝에 면도칼로 남성의 남근을 잘라 내는 사건이 자주 일어나는 것만 보아도 알 수 있는 일이다. 치정에 얽힌 살인 — 그렇다. 이것은 치정에 얽힌 살인이다.

그는 자리에서 벌떡 일어나 실내를 빙빙 돌았다. 그녀의 질 속에서 정액이 검출되었다는 것은 살해당하기 전에 남자와 육체관계를 맺었다는 것을 의미한다.

그 정액의 주인공이 범인일지도 모른다는 생각이 번개처럼 머릿속을 스치고 지나갔다. 벌써 두 번째 같은 생각이 그를 강렬히 뒤흔들어 주고 있었다. 놈은 그녀가 배고 있던 태아의 아비일지도 모른다. 놈을 체포하면 해결의 실마리가 풀리겠지. 김 형사는 담배를 집어던지고 벌떡 일어섰다.

사건 발생 후 이틀이 지났다.

조동일은 여느 때와 다름없이 출근했고, 어느 때보다도 더 아내와 딸에게 다정하게 대했다. 그러나 불과 이틀 사이에 그는 눈에 띄게 수척해 있었다. 우선 밤이면 잠이 전혀 오지 않는데다 식욕이 떨어지고 불안과 초조로 안정이 되지 않았다. 그는 자신의 변한 모습을 남이 눈치 채지 못하도록 온갖 신경을 다 썼다. 소 희의 죽음은 그야말로 비통한 일이었다.

그러나 그 비통한 감정은 이제 씻은 듯이 사라지고 그 대

신 경찰 수사의 손길이 자신에게 미칠지도 모른다는 생각으로 그는 전전긍긍하고 있었다. 자신의 그러한 생각이 수치스럽고 소 희에게 죄스러웠지만 그의 입장에서 볼 때는 어쩔 수 없는 일이었다.

그는 소 희와의 관계에서 단서가 될 만한 것들은 모두 없애고 만일의 경우에 대비해서 수사관에게 대답할 말까지 준비해 놓고 있었다.

신문은 연일 이번 사건을 크게 다루고 있었다. 보도 내용으로 보아 경찰은 아직 단서 하나 못 잡고 있는 것 같았다. 그러나 경찰을 믿어서는 안 된다. 신문에는 그렇게 보도되어 있지만 경찰은 이미 수사망을 좁혀 오고 있는지도 모른다.

그는 몸을 부르르 떨면서 창밖으로 시선을 돌렸다. 15층 아래 시가지의 모습이 한눈에 들어왔다. R그룹 빌딩은 높이가 25층으로 부근 일대에서 단연 위용을 자랑하고 있다. 그는 일어서서 창가로 바싹 다가섰다. 땅 위를 움직이고 있는 사람들의 모습이 흡사 개미떼 같다.

그때 문득 불길한 생각이 섬광처럼 머리를 스치고 지나갔다. 그것은 자신이 지금 서 있는 곳에서 창밖으로 몸을 던지게 될지도 모른다는 생각이었다. 만일 형사가 나타나 손목에 수갑을 채우려고 든다면 뛰어내릴지도 모르는 일이다.

그는 숨이 차오르는 것을 느끼면서 몸을 돌렸다. 그때 그의 후임으로 국제과 부장직을 맡게 된 사나이가 문을 열고 안

으로 들어서고 있었다.

"드릴 말씀이 있습니다."

"우선 앉으시죠."

그보다 나이가 더 많은 부장은 허리를 굽히며 공손히 말했다. 동일은 그를 소파로 안내했다.

"사우디로부터 연락이 왔습니다."

"그래요?"

그는 부장이 내미는 편지를 한동안 묵묵히 들여다보았다.

"아주 좋은 반응입니다."

부장이 들뜬 목소리로 말했다. 동일은 고개를 끄덕였다.

"그렇군요. 사장님과 상의한 뒤에 즉시 출국 수속을 밟도록 합시다."

그것은 사우디아라비아로부터 공항 건설을 요청하는 매우 놀라운 서한이었다. 국내 건설회사뿐만 아니라 외국의 유수한 건설회사들이 사우디로부터 그것을 따내려고 치열한 경합을 벌여 왔었다. 그 와중을 뚫고 마침내 R건설이 그 청부를 따낸 셈이었다.

그러나 동일은 하나도 기쁘지 않았다. 그전 같았으면 기쁜 나머지 어쩔 줄을 몰라 했을 것이다. 공항 건설을 청부맡았다는 것은 건설회사로서는 한마디로 호박이 넝쿨째 굴러들어온 것이나 다름이 없었다.

동일이 국제과 부장을 데리고 사장실로 들어가 편지 내용을 이야기하자 사장은 자리에서 벌떡 일어나서 그의 손을 붙잡고 흔들었다.

"정말 잘됐소. 이렇게 기쁜 건 처음이오."

"……."

동일은 아무 말도 안 했다.

즉석에서 맥주 파티가 벌어지고 회사는 온통 축제 분위기에 휩싸였지만 동일의 마음은 아무도 짐작할 수 없는 다른 곳에 가 있었다.

파티가 끝난 뒤 즉시 사우디 측과 계약을 맺을 회사 측 대표단이 구성되어졌다. 전무이사와 국제과 부장 및 차장 2명 등 팀은 모두 7명이었다.

동일은 생각 끝에 자기도 사우디에 다녀오겠다고 나섰다. 영어에 능통하고 협상의 명수인 그가 가겠다는데 말릴 사람은 아무도 없었다. 모두가 그의 출국을 환영했다.

그러나 동일이 갑자기 출국을 결심한 것은 다른데 목적이 있기 때문이었다. 그것은 질식할 것 같은 불안감에서 조금이라도 벗어나 보려는 안간힘이라고 할 수 있었다. 또한 수사의 손길에서 벗어나 보려는 발버둥이라고도 할 수 있었다. 만일 수사의 손길이 그에게 뻗친다면 그는 진범이 잡힐 때까지 귀국하지 않을 생각이었다.

사흘 뒤인 3월 7일 오후 3시, 동일은 급히 마련된 여권을

가지고 R건설 대표진에 섞여 사우디로 떠났다. 공항에는 아내와 딸 미혜가 나와 그가 탄 KAL기가 멀리 구름 속으로 사라질 때까지 송영대에 서 있었다.

아버지를 떠나보내고 어머니와 헤어져 명동으로 나온 미혜는 왠지 기분이 울적해 견딜 수가 없었다. 아버지는 자주 해외 나들이를 하시기 때문에 그때마다 그녀는 어머니와 함께 공항에 나가 아버지의 떠나시는 모습을 보곤 했었다. 백을 들고 공항을 빠져나가는 아버지의 모습을 볼 때마다 그녀는 항상 자랑스럽게 생각되곤 했었다. 그리고 아버지는 멋지고 훌륭한 분이라고 생각하면서 유쾌한 마음으로 돌아서곤 했었다.

그런데 오늘만은 달랐다. 왠지 아버지의 뒷모습이 쓸쓸해 보였고, 그래서인지 영원한 이별일 것만 같이 생각되는 것이었다. 만일 아빠가 돌아오시지 않는다면 어떡하지? 그것은 생각하는 것만으로도 견딜 수 없는 일이다. 그런데 내가 왜 그런 생각을 하지?

그녀는 침울한 눈빛으로 재떨이에서 피어오르는 담배 연기를 물끄러미 바라보고 있었다. 그녀의 맞은편에 앉아 있던 미남 청년이 조심스럽게 그녀를 들여다보듯 하면서 입을 열었다.

"왜 그래? 오늘 무슨 일이 있었어?"

미혜는 가만히 머리를 흔들었다. 청년은 탁자 위로 손을 뻗어 그녀의 손을 잡으려고 했다. 미혜는 그 손을 뿌리치면서 발딱 일어서서 살롱을 나와 버렸다.

"아니, 왜 그러는 거야? 무슨 일 때문에 그래?"

청년이 허둥지둥 따라오면서 물었지만 그녀는 입을 꼭 다문 채 내처 걸어가기만 했다.

청년은 큰 키에 훌륭한 체격을 가지고 있었다. 미혜의 키도 여자치고는 큰 편에 속하고 있었지만 청년과 나란히 서면 그의 어깨 높이밖에 되지 않았다. 얼핏 보기에 그는 운동선수 같았지만 사실은 유명한 과학연구소에서 원자력 연구에 종사하고 있는 과학도였다.

대학원까지 졸업하고 연구소에 들어간 그는 머지않아 국비 유학생으로 미국 유수의 대학원에 유학하도록 되어 있었다. 그전에 그는 해 둘 일이 있었다. 그것은 미혜와 결혼하는 일이었다. 아직 말은 꺼내지 않았지만 그의 마음은 콘크리트처럼 다져져 있었다.

그들이 서로 알게 된 것은 미혜가 대학 1학년 때, 그리고 청년이 대학 4학년에 재학 중인 때였다. 지금까지 4년 동안 그들은 열애했고 서로의 마음속에는 미래에 대한 행복한 설계가 은연중에 확고하게 자리하고 있었다. 그것은 고무풍선처럼 부풀어 올라 이제는 터져 버릴 단계에까지 와 있었다. 그렇게 되면 4년 동안 쌓이고 쌓인 열정에 두 사람의 육체는

단숨에 녹아 버릴 것이다.

최명호(崔明鎬)는 미혜를 따라 택시 정류장 쪽으로 걸어갔다. 미혜의 기분을 달래려면 잠자코 따라갈 수밖에 없다. 그녀는 미인은 아니지만 귀엽고 싱싱하고 발랄한 데가 있다. 그런 점이 미인 이상으로 그녀를 돋보이게 하고 있는 것이다. 육체도 아주 훌륭하게 발달되어 있다. 흠이 하나 있다면 고집이 좀 세다는 편이다. 그러나 그런 것까지도 그에게는 귀엽게 느껴진다.

미혜가 택시에 오르며 문을 닫으려고 하는 것을 명호가 제지했다. 미혜는 명호가 옆자리에 올라앉도록 내버려 두었다.

“뚝섬 쪽으로 가 주세요.”

미혜는 택시 기사에게 말한 다음 창밖으로 시선을 돌렸다. 차가 한참 달린 후 명호는 슬그머니 손을 뻗어 미혜의 손을 잡았다. 미혜는 손을 빼려다가 가만히 내버려두었다. 명호는 굳이 무슨 일이냐고 묻지 않았다. 미혜의 마음이 가라앉기를 그는 잠자코 기다렸다.

강변에서 차를 내린 미혜는 강변을 따라 걸었다. 아직 추위가 완전히 가시지 않아 강변 바람은 차가웠다. 바람에 미혜의 보랏빛 코트 자락이 펄럭였다. 짧은 머리카락이 바람에 헝클어지자 그녀는 손을 들어 자주 쓰다듬곤 했다.

한참 말없이 걷던 미혜가 추운 듯이 몸을 웅숭그리자 명

호는 그의 어깨 위로 팔을 돌려 그녀를 감싸 안았다. 그녀는 명호의 가슴에 푹 안기면서 가만히 강물을 바라보았다. 바람에 강물이 찰랑이는 소리가 들려오고 있었다.

"미안해요."

그녀가 나직이 중얼거리자 명호는 그녀의 머리칼을 쓰다듬어 주며 조용히 미소했다. 그때 휘파람 소리가 휙 하고 들려왔다. 멀리 포플러 나무 숲 사이에서 몇 명의 청년들이 이쪽을 바라보고 있는 것이 보였다. 미혜는 얼굴을 붉히면서 명호의 가슴에서 떨어져 나갔다.

"춥지?"

명호가 조용하게 물었다.

"괜찮아요."

미혜는 머리칼을 쓸어 올렸다.

"우리 저기 들어가 볼까?"

명호는 물 위에 즐비하게 떠 있는 한적한 식당들을 가리켰다. 그것들은 아직 제철을 맞지 못해서인지 몹시 을씨년스러워 보였다.

"그래요."

미혜가 고개를 끄덕이자 명호는 그녀를 감싸 안고 식당 쪽으로 걸어갔다. 식당 여주인이 오랜만에 손님을 본다는 듯 반갑게 그들을 맞았다.

그들은 강 쪽에 면한 방으로 안내되어 들어갔다. 방안은

연탄난로가 놓여 있어 훈훈했다.

문을 닫고 나자 명호는 미혜의 코트를 벗겼다. 목까지 올라오는 빨간 털 셔츠에 감싸인 미혜의 상체가 부끄러운 듯 모로 돌아갔다.

그 바람에 팽팽한 젖가슴이 조금 흔들렸다. 그 모습은 건강한 남자를 자극하기에 충분한 것이었다.

명호는 왼팔로 그녀의 가는 허리를 휘어잡은 다음 오른손으로 그녀의 젖가슴을 움켜쥐었다. 그리고 그녀의 입술을 맹수처럼 덮쳐눌렀다. 그녀는 도리질을 치다가 낮게 신음을 토하면서 그의 목을 끌어안았다.

"아이, 이러지 말아요."

"괜찮아. 가만히 있어."

한참이 지나 미혜가 숨이 막혀 그를 밀어낼 때에야 명호는 그녀의 입술에서 입을 떼었다. 그러나 그는 여전히 그녀를 포옹한 채 말했다.

"우리 결혼해."

"결혼?"

그녀는 멈칫하고 놀라며 그를 올려다보았다. 조금 후 그녀의 눈에는 기쁨의 눈물이 가득 차오르고 있었다. 그녀는 대답 대신 그의 목을 와락 끌어안았다. 명호도 그녀의 몸을 으스러지게 껴안았다.

"미혜, 사랑해."

미혜는 고개를 깊이 파묻었다.

"……."

"미혜, 이제 내 아내가 되는 거야."

명호는 그녀를 더욱 바싹 끌어안았다.

"당신이 저 남편…… 아, 몰라요."

그들은 몸부림치며 돌아갔다.

"오늘은 아빠가 사우디에 가셨어요."

한참 후 미혜가 말했다.

"아, 그래서 아까 그랬었군."

명호는 미혜의 볼을 두 손으로 쓰다듬어 주었다.

"아빠가 오시면 결혼 발표를 할래요. 사실은 저 파리로 유학 갈려고 했었는데……."

"결혼식을 올린 후 가도 되잖아?"

"싫어요. 떨어지는 건 싫어요!"

미혜는 고개를 저었다. 명호는 알았다는 듯 그녀의 등을 토닥거렸다.

"나도 싫어!"

그는 셔츠 속으로 손을 집어넣어 그녀의 매끄러운 살결을 더듬었다. 그녀의 몸은 뜨겁게 달아올라 있었다. 이윽고 그의 손이 브래지어를 헤치고 젖가슴을 잡자 그녀는 흥분으로 몸을 바르르 떨었다.

강변에 면한 창문으로는 붉은 낙조가 가득히 비쳐 들어

오고 있었다.

“식사 가져왔어요.”

종업원이 문을 두들기고 나서 말했다. 미혜는 병호의 가슴에서 얼른 떨어져 나왔다.

문이 드르륵 열리고 뚱뚱하게 생긴 아줌마가 찌개와 식사가 오른 쟁반을 들고 들어왔다.

“맛있어요?”

명호는 숟가락으로 찌개 국물을 뜨면서 물었다.

“물론이죠. 우리 집 찌개 맛 이곳에선 제일이죠.”

아줌마는 수다를 떨며 미혜를 힐끔 쳐다보았다.

“소주 한 병 주시오,”

명호의 주문에 미혜는 눈을 흘겼다.

“대낮부터 술 드시려구요?”

“한 잔만 할께!”

명호는 한쪽 눈을 찡긋하며 웃었다.

“좋아요. 딱 한 잔 만이에요.”

찌개 맛은 별로 좋은 편이 아니었다. 제철이 아니어서 그런 것 같았다. 그래도 두 사람은 맛있게 먹었다. 모든 것이 즐겁고 기쁘기만 했다.

사랑의 일기

소문호는 누나의 유품을 정리하면서 울었다. 안방에서 식음을 전폐하고 누워 있는 어머니가 들을까 봐 소리를 죽여가며 우느라고 얼굴이 붉게 달아올라 있었다.

조그마한 몸집에 안경을 끼고 있는 그는 누가 보아도 영리해 보일 정도로 전형적인 수재 형이었다. 집안이 가난한 대신 머리가 좋아 줄곧 장학생으로만 학교를 다닌 그는 지난날 누나와 함께 고생한 생각을 하자 더욱 눈물이 나왔다.

아버지를 일찍 여읜 그들은 홀어머니 밑에서 갖은 고생을 다하며 자랐다. 그것은 정말 눈물겨운 투쟁이었다. 그 투쟁에서 가장 크게 희생당한 사람은 바로 그의 어머니였다. 젊어서 청상과부가 된 그녀는 지금까지 수절하며 자식들을 키

워 오느라고 자신의 인생을 송두리째 자식에게 바쳤다.

지난날의 고생을 말해주는 듯 이제 마흔 여덟인 그의 어머니는 벌써 흰 머리칼이 많이 돋아나 있었고 나이보다는 훨씬 더 늙어 있었다. 그러나 그 어머니의 눈물겨운 고생도 이제 끝나려고 하고 있었다. 장성한 아들딸이 머지않아 대학을 졸업하여 사회에 나가게 되기 때문이었다.

그녀의 아들딸은 효성이 지극해서, 누나만 해도 어머니를 위해 결혼을 늦게 하겠다고 말할 정도였다. 그 생각을 하자 다시 울음이 터져 나왔다. 그는 흐느끼며 책상 위에 놓여 있는 누나의 사진을 바라보았다. 그가 보기에도 누나는 아름다웠다. 그 누나가 집에서 참혹하게 살해당한 것이다. 누가 무슨 이유 때문에 이렇게 아름다운 누나를 죽였을까.

고생도 끝나고 행복의 문턱에 들어서는 마당에 누나가 살해당했으니 이제 이 집안은 망한 것이나 다름없다. 무엇보다도 어머니가 문제다. 충격을 받은 어머니는 식음을 전폐하고 누워 있다. 홀몸으로 갖은 고생을 다하며 자식들을 키워온 어머니에게 더 큰 불행이 닥쳐온 것이다. 이것은 확실히 모순이다. 너무 큰 모순이다. 어딘가 잘못된 것이다. 신은 왜 한 사람에게 계속 시련을 안겨 주는가. 일생에 한번쯤은 행복을 안겨 주어야 하지 않는가.

그는 눈물을 뿌리며 누나가 보던 불문학 관계의 책들을 라면 박스 속에 하나하나 집어넣었다. 어머니를 위해 누나와

관계있는 것들은 하나도 남기지 않고 치울 생각이었다.

그때 초인종 소리가 울렸다. 그것이 몇 번 울리고 나서야 문호는 눈물을 훔치며 현관 쪽으로 나갔다.

밖에는 점퍼 차림의 비쩍 마른 중년 사나이 하나가 피곤한 모습으로 서 있었다. 사나이의 충혈된 눈이 날카롭게 그를 쏘아보았다.

"누구신지요?"

"실례합니다. 경찰에서 왔습니다.

"아, 그렇습니까?"

문호는 사나이가 내미는 명함을 받아 들었다. 김두식(金頭植)이라는 이름이 먼저 눈에 들어왔다. 그는 잠자코 사나이를 집안으로 맞아들였다.

그동안 여러 형사들이 뻔질나게 드나들었고, 그는 이제 그들의 질문에 답변하기도 지쳐 있었다. 그런데 지금 나타난 형사는 처음 보는 사람이었다. 형사는 소파에 앉아 집안을 둘러보더니 갑자기 생각난 듯,

"소문호 씨 되십니까?"

라고 물었다. 피곤에 젖어 든 아주 작고 조용한 목소리였다.

"네."

"이렇게 찾아와서 미안합니다."

그의 미안해 하는 태도에 문호는 부드럽게 말했다.

"괜찮습니다."

몹시 초라해 보이는 것이 여느 형사들과 다르다면 다른 점이었다. 그러나 눈초리는 써늘한 느낌이 들 정도로 차갑고 집요해 보였다.

형사는 잠시 망설이다가 말했다.

"어머님을 좀 뵙고 싶은데……."

"지금은 안 됩니다. 자리에 누워 계시기 때문에……."

문호는 완강하게 고개를 저었다.

"아, 그렇습니까. 많이 편찮으신가 보군요?"

김 형사는 안방 쪽을 바라보면서 말했다.

"네."

"그러시겠지요."

김 형사는 고개를 끄덕이고 나서 담배에 불을 붙였다.

"누님은 참 안됐습니다."

"……."

문호는 가만히 형사를 바라보았다.

"지금 학교 다니시죠?"

"네……."

"어느 학교 다니시나요?"

알고 있으면서도 다시 묻는 것 같아 문호는 퉁명스럽게 대답했다.

"S공대에 다니고 있습니다."

"아, 그렇지요. 좋은 학교에 다니십니다."

김 형사는 새삼스럽게 고개를 끄덕거렸다.

문호는 형사가 빨리 용무를 끝내고 돌아가 주기를 바랐다. 그러나 형사는 얼른 돌아갈 기미를 보이지 않고 있었다.

"나는 이번 사건을 최종적으로 맡게 된 사람입니다. 결국 나한테 떨어진 셈이지요."

"수고하십니다."

문호는 억양 하나 없이 말했다.

"뭐, 수고랄 거 있습니까. 직업이 그러니까 하는 수 없이 하는 거죠. 소 희 씨가 쓰던 방 좀 구경할 수 없을까요?"

문호는 말없이 일어나서 김 형사를 누나가 쓰던 방으로 안내했다.

그가 누나의 유품을 정리하느라고 방안은 잔뜩 어지럽혀져 있었다.

"좀 봐도 되겠습니까?"

김 형사는 문호의 대답을 기다리지도 않고 벌써 유품들을 뒤지고 있었다. 문호는 누나가 남긴 그 청순하고 아름다운 세계가 침범 당하는 것 같아 몹시 불쾌했지만 상대가 상대이니만큼 잠자코 지켜볼 수밖에 없었다.

김 형사는 빈틈없이 철저하게 유품들을 조사하고 있었다. 조금 전까지 피곤해 보이던 모습은 사라지고 눈초리와 몸의 움직임이 민첩해져 있었다. 그리고 옆에 사람이 있는 것을 전혀 의식하지 못하는 듯 점점 일에 몰두해 가고 있었다.

거의 두 시간 가까이 소 희의 유품들을 뒤지고 난 그는 책상 위에 그가 골라낸 몇 가지 물건들을 올려놓고 그것들을 다시 들여다보았다. 거기에는 선글라스, 수첩, 일기장, 만년필, 반지, 시계 등이 놓여 있었다.

"누님은 학교에 다니면서 아르바이트를 했나요?"

김 형사는 뒤적이던 소 희의 유품들을 놓아두고 문호를 돌아보았다.

"네, 번역 일을 좀 한 걸로 알고 있습니다."

"그 수입은 얼마나 됐나요?"

"겨우 용돈 정도 됐을 겁니다."

문호는 별걸 다 물어본다고 생각하며 대답했다.

"그렇다면 이런 건 무슨 돈으로 샀지요?"

김 형사는 선글라스, 만년필, 반지, 시계 등을 손가락으로 가리켰다.

"내가 보기에 이것들은 모두 값비싼 것들입니다. 이 선글라스는 독일의 마비스 제품으로 사오만 원은 줘야 살 수 있는 비싼 겁니다. 이 반지는 다이아가 박혀 있군요. 이 오메가 시계 역시 최신형으로 비싼 겁니다. 누나는 이런 것들을 어떻게 샀을까요? 이상하지 않습니까?"

형사의 지적에 그제서야 문호의 얼굴에 놀라움이 나타났다. 비로소 그는 새로운 사실을 알게 된 것 같았다. 지금까지는 너무나 비통하고 암담한 기분에서 아무것도 생각할 수가

없었던 것이다.

"글쎄, 그러고 보니까……."

문호는 머리를 긁적거리며 머뭇거렸다.

"확실히 이상하지요? 아르바이트로 겨우 용돈이나 벌어 쓴 누님이 무슨 돈으로 이 비싼 것들을 샀겠습니까?"

문호가 당황해 하자 김 형사는 조금도 틈을 두지 않고 계속 추궁했다.

"누님에 대해서 아는 대로 솔직히 말해 주십시오. 누님과 가까이 지낸 남자가 누굽니까?"

문호는 이 형사가 여느 형사들과는 다르다고 생각했다. 다른 형사들은 누나의 유품에서 별다른 이상을 발견하지 못하고 그대로 지나쳤는데, 이 형사는 그렇지가 않은 것이다. 차림새가 초라한 것과는 달리 날카로운 데가 있는 형사였다.

"그런 건 모릅니다. 누나는 남자와 사귀지 않은 걸로 알고 있습니다."

그는 정말로 누나가 어떤 남자와도 사귀지 않은 것으로 알고 있었다.

"누님 같은 미녀한테 남자가 없을 리가 있나요?"

문호의 안경이 번득했다. 누나의 순결이 의심을 받는 것 같아 그는 순간적으로 화가 치밀었지만 꾹 참았다.

"미녀라고 꼭 남자가 있으란 법은 없지요."

"그렇지요. 그렇지만 이 비싼 물건들을 뭘로 설명하겠습

니까? 소 군은 영리한 학생이니까 이해가 가겠지요."

"그럼 남자가 이것들을 누나한테 사줬다는 겁니까?"

"바로 그렇죠. 돈 많은 남자가 사줬다고 볼 수 있죠."

김 형사는 자신 있게 대답했다.

"그런 말씀 마십시오!"

문호는 참지 못하고 외쳤다.

"우리 누나를 그렇게 보지 마십시오! 정말 유감입니다!"

그러나 김 형사는 조금도 표정을 흐트러뜨리지 않고 문호를 바라보았다.

"오해하지는 마시오. 나는 누구를 좋게 보거나 나쁘게 보지 않으니까. 내 목적은 범인을 체포하는데 있소. 따라서 여러 가지 가능성을 생각해 보고 있는 것이오."

"하여튼 우리 누나는 남자한테 이런 걸 받을 정도로 타락한 여자가 아닙니다."

문호는 형사에게 금방이라도 대들 듯이 몸을 기울이면서 말했다.

"아하, 이거 학생이 많이 오해를 하는 것 같은데, 뭐 내가 누님을 타락했다고 말한 건 아니니까 기분 나쁘게 생각하지는 마시오."

김 형사는 사과하고 나서 일기장을 집어 들었다. 그러자 문호가 재빨리 그것을 낚아챘다.

"정말 이러지 마십시오! 이건 절대 누구한테도 보여줄 수

없습니다!"

"이것 봐요. 영리한 학생이 왜 그래? 이리 내요."

"안 됩니다. 이건 누나의 비밀입니다. 이걸 보겠다는 것은 처녀의 방을 엿보겠다는 것이나 다름없습니다. 저도 이 일기장은 보지 않았습니다. 앞으로도 보지 않을 생각입니다. 그것이 누나에 대한 예의라고 생각합니다."

문호는 일기장을 두 팔로 껴안았다.

"다른 형사들한테도 보이지 않았나요?"

"보이지 않았습니다. 감춰두고 있었습니다."

문호는 당연하지 않느냐는 듯 한 표정이었다.

"오늘은 재수 없게 나한테 걸린 거군요. 그러고 보니까 내가 운이 좋은 편이군. 할 수 없습니다. 내 눈에 띈 이상 그냥 넘어갈 수는 없습니다. 거기에 혹시 범인에 대한 단서가 있을지도 모르니까 어디 좀 봅시다.

김 형사는 다시 손을 내밀었다.

"안 됩니다."

문호는 완강히 거절했다. 김 형사는 다가서서 그의 어깨를 툭툭 쳤다.

"쓸데없이 고집 피우지 말고 이리 내요. 난 공무를 집행 중이니까, 방해하면 안 된다는 걸 모르시나?"

공무집행 중이라고 하자 문호는 기가 막히는지 형사를 쏘아보다가 일기장을 책상 위에 쾅하고 놓았다.

김 형사는 조금 미안한 생각이 들었다. 형사 노릇을 하자니 어쩔 수 없다. 본의 아니게 남을 귀찮게 대할 때가 많다.

그것은 책처럼 만들어진 고급 일기장이었다. 그것을 뒤적이던 김 형사는 갑자기 한 곳에 시선을 박고 한참 동안 들여다보더니, 이윽고 그것을 문호 앞에 디밀었다.

"자 여기를 좀 읽어 주실까?"

문호는 화가 머리끝까지 치밀었지만 꾹 참고 김 형사가 가리키는 곳을 들여다보았다.

누나의 글씨는 생긴 모습처럼 가냘프고 예뻤다. 거기에 다음과 같은 내용이 적혀 있었다.

> C를 사랑하지 않을 수 없는 것이 내 운명일까. C는 나에게 있어서 신(神)이다. 아니, 신 이상이다. 우리의 관계는 앞으로 어떻게 될까. 이대로, 이 상태로 늙지 않고 변함없이 지낼 수 있으면 얼마나 좋을까. 나는 부끄럽지 않다.

날짜를 보니 78년 1월 25일로 되어 있었다.

문호는 눈앞에 안개가 뽀얗게 서리는 것을 느꼈다. 그가 눈을 들어 김 형사를 바라보았을 때 그는 이미 누나의 수첩을 뒤지고 있었다. 조금 후, 그는 수첩을 자신의 호주머니 속에 집어넣으며 말했다.

"누님의 수첩과 일기장은 내가 좀 검토하고 난 뒤 돌려드리겠소. 괜찮겠지요?"

"……."

문호는 마치 한 대 얻어맞은 것 같은 기분이었다. 그는 입을 다문 채 거친 숨을 몰아쉬었다.

"누님한테 사귀는 남자가 있었다는 것은 이제 분명한 사실입니다. 이 일기장 말고도 더 분명한 사실이 있습니다. 정말 모르시나요?"

어차피 알게 될 사실이다. 내가 말한다고 해서 심한 짓이 되는 것은 아니다. 김 형사는 그렇게 생각했다.

"모릅니다."

"그럼 가르쳐 줄까요?"

"말씀해 보시지요."

문호는 확신했다. 절대로 우리 누나에게 남자가 있었을 리 없다.

"검시 결과…… 소 희 씨는 임신 3개월이었습니다."

"거짓말…… 거짓말하지 마십시오!"

"그럼 의사가 거짓말을 했나 보군요. 자, 그럼 이만 실례하겠소."

문호가 다시 뭐라고 말할 사이도 없이 김 형사는 방을 나가 현관 쪽으로 걸어갔다.

문호는 형사가 천천히 구두를 신고 그를 거들떠보지도

않은 채 현관문을 열고 밖으로 나갈 때까지 그 자리에 우두커니 서 있었다. 두 눈에는 어느새 눈물이 가득 고여 있었다. 그 눈물에는 슬픔과 울분이 맺혀 있었다.

밖으로 나온 김 형사는 담배를 피우며 천천히 차도 쪽으로 걸어갔다.

사건이 발생한 지 열흘이 지났지만 아직 단서 하나 못 잡고 있었다. 그런데 오늘 뜻밖에 큰 수확을 거둔 것이다. 이렇게 늦게야 수확을 거두게 된 것은 순전히 그의 잘못이었다. 그가 후배 형사들을 너무 믿었기 때문이었다. 젊은 형사들은 보고하기를 피살자의 유품에서 단서가 될 만한 것이 하나도 없다고 했고, 그는 보고를 그대로 믿고 있었던 것이다.

"망할 자식들……."

차도로 나온 그는 눈에 띄는 조그마한 지하 다방으로 들어가 커피를 마시면서 피살자의 수첩을 처음부터 하나하나 검토하기 시작했다.

수첩에는 모두 합해 50여 명의 전화번호가 적혀 있었다. 그러나 그들을 모두 찾아볼 필요도 없이 거기에는 그가 찾던 인물의 전화번호가 적혀 있었다. 그것을 보는 순간 그의 눈에 번쩍하고 불이 이는 것 같았다.

"C : 10—5151"

이것이 바로 그가 찾던 인물의 전화번호였다. <C>는 틀

림없이 소 희의 일기장에 적힌 그 <C>라는 인물과 동일 인물일 것이다. 왜 소 희는 떳떳이 이름을 적지 않고 C라고 썼을까. 아마 이름을 밝혀서는 안 될, 혼자만 알고 있어야 될 매우 비밀스런 인물이었기 때문이 아닐까. 비밀스런 인물이란 무엇을 뜻하는 것일까.

김 형사는 여기서 생각을 멈추고 카운터로 걸어가, 수화기를 집어 들고, 마치 고양이가 쥐를 잡아놓고 슬슬 어를 때와 같은 여유 있는 태도로 천천히 다이얼을 돌렸다. 10-5151을 차례로 돌리는 동안 그는 야릇한 쾌감이 전신에 전류처럼 흐르는 것을 느꼈다.

범인은 이제 독 안에 든 쥐나 다름없다. 서두를 필요 없이 천천히 체포해도 되는 것이다. 아아, 내 손으로 수갑을 채우기는 싫은데, 후배 형사를 하나 데려가서 수갑을 채우게 해야지. 도대체 미녀를 그런 식으로 죽이다니, 어떻게 생긴 놈일까. 김 형사는 꼭 범인의 얼굴을 보아야겠다고 다짐했다.

가만 있자. C가 범인이라고 단정할 수는 없지 않나. 아니야, 그럴 리가 없지. 서로 그토록 사랑한 사이였다면, 그리고 자기가 범인이 아니라면, 애인이 죽었으니 당연히 나타나서 조의를 표해야 마땅하지 않은가. 그런데 그놈은 어디에도 나타나지 않고 있다. 왜 안 나타날까. 범인이기 때문에 나타나지 않겠지. 체포될까 봐 겁이 나겠지.

신호가 가는 소리가 다르르르 하고 들려왔다. 그 소리는

쾌적하게 귀를 후비고 들어왔다. 이어서 찰칵하고 신호 떨어지는 소리와 함께,

"네, R건설입니다."

하는 아름다운 여자 목소리가 들려왔다.

"뭐, R건설이라구요?"

그는 얼떨결에 되물었다.

"네, R건설입니다. 누굴 찾으시나요?"

여자의 목소리는 여전히 친절하고 아름다웠다.

"실례했습니다."

김 형사는 수화기를 철컥 내려놓으며 얼굴을 찌푸렸다. R건설이라니, 이거 복잡해지지 않았나.

그 전화번호가 바로 C에게 직통으로 걸리는 줄 알았던 그는 적이 실망하지 않을 수 없었다. R건설이라면 R그룹 산하의 매우 큰 회사다. 거기에 알파벳 C로 시작되는 이름을 가진 사원들이 어디 한 둘인가.

그는 범인을 잡았다 놓친 기분이 들었다. 그러나 아직 놓친 것은 아니다. 범인은 그물 속에 들어가 있다. 그물 속에 들어 있는 고기 중 어느 고기를 골라내야 할지, 아직 그것을 알 수 없을 뿐이다.

자리로 돌아온 그는 앉은 자리에서 담배를 연거푸 세 대나 피워댔다.

난처하게 됐는데, 난처하게 됐어. 제기랄!

그는 다시 일기장을 들어다 보았다. 이제 보니 그 일기장은 작년 1월 1일부터 쓰기 시작한 것이었다. 그렇다면 그 전 일기장이 또 있다는 말이 된다.

그 학생이 숨겨 두고 안 내놓겠지. 하긴 이것이면 충분하겠지. 그는 소 희가 피살되기 전의 제일 마지막 일기를 읽기 시작했다.

1978년 3월 1일

내일은 병원에 가 봐야지. 아무래도 임신한 것 같다. 오늘 하루 종일 구역질만 느꼈다. 만일 임신했다면 어떡하나. C의 아이를 배다니, 아아 생각만 해도 가슴이 떨린다. 만일 임신이 확실하다면 어떡하나. C한테 말해야 하나. C는 떼라고 하시겠지. 그렇지만 그럴 수는 없다. 혼자 살더라도 아기는 낳아야지. 그분의 아기를 낳아 기르고 싶다. 정말 기르고 싶다.

사랑해요, 당신.

1978년 2월 4일

바람이 분다. 눈이 날린다.

우리는 산장에 앉아 있었다. C는 나를 무릎 위에 올려놓고 나를 사랑했다. 나는 그분의 머리 너머로 눈보라를 바라보고 있었다. 눈은 바람을 타고 산 너

머에서 우르르 우르르 몰려오는 것 같았다. 그분의 몸속으로 들어가 버릴 수 있다면 얼마나 좋을까. 그분이 나를 포옹해 줄 때면 나는 항상 그분의 몸속으로 들어가고 싶어진다. 포옹 해주는 것만으로는 참을 수가 없다.

사랑해요. 당신.

1978년 1월 1일

새해 첫날이다. 금년은 유별난 각오나 약속은 하지 말자. 이제 나도 나이를 먹는 것이 무서워진다. 이제 스물 셋이다. C는 마흔 여덟. C는 나보다 더 세월이 가는 것이 두려우시겠지. 우리는 스물다섯 살 차인 데도 세상에서 가장 어울리는 연인들 같다. 그분의 옆머리 밑에 서리가 앉은 듯 뽀오얗게 흰 머리칼이 돋아나는 것을 보고 나는 울었다. C가 왜 우느냐고 물었지만 차마 말할 수가 없었다. 아, 멋진 분.

사랑해요. 당신.

김 형사는 일기장을 덮고 급히 일어섰다. 48세 — 이건 매우 결정적인 단서다. 이름을 알아낸 것이나 다름없다. 범인은 이제 독 안에 든 쥐다.

다방을 나온 그는 택시를 집어타고 R건설로 향했다. R건

설…… 48세…… 희끗희끗한 머리…… 그는 생각을 굴리면서 회심의 미소를 지었다.

48세라면 처자식이 있는 놈이다. 그 나이에 젊은 여대생과 연애할 정도라면 돈푼깨나 있고 잘 생겼겠지. 그리고 회사에서는 아마 간부급에 속하겠지.

그는 옆구리에서 45구경 피스톨을 꺼내 철컥하고 장탄을 했다. 살인범이란 막판에 가서 무슨 짓을 할지 모르기 때문에 경계해야 한다. R건설에 가서 C를 확인하게 되면 본서에 즉시 지원 요청을 해야지.

15분 후, R그룹 빌딩 앞에서 차를 내린 그는 1층 홀로 들어가서 정면 벽에 붙어 있는 관계 회사들의 이름을 훑어보았다. R중공업, R전자, R통신, R섬유, R자동차…… R건설은 15층에 있었다.

R건설 인사과에는 많은 사람들이 있었다. 그들은 모두 바쁘게 움직이고 있었다. 직원들은 점퍼 차림의 초라한 중년 사나이를 누구 하나 거들떠보지도 않았다. 김 형사는 실내를 한번 조심스럽게 살피고 나서 입구 쪽에 앉아 있는 젊은 사원 옆으로 다가섰다.

"실례합니다. 여기 책임자를 좀 만나려고 왔는데요."

이제 갓 입사한 듯 보이는 젊은 사원은 먼저 아래위로 훑어보고 나서 기침을 한번 했다.

"과장님 말씀입니까?"

"네, 그렇습니다."

김 형사는 정중하게 대답했다.

"어디서 오셨나요?"

약간 귀찮다는 말투다.

이 햇병아리 자식 같으니. 김 형사는 신분증을 꺼내려다 말았다.

"경찰입니다."

이번엔 조금 강하게 대답했다. 언제나 그랬다. 수사차 누구를 방문할 때면 그는 처음엔 정중히 나섰다가 점점 말투를 세게 했다.

"네?!"

젊은이는 조금 놀라는 것 같았다.

"경찰에서 왔습니다."

김 형사는 젊은 사원을 노려보았다.

"아, 네…… 그런데 무슨 일로……?"

젊은 사원은 놀라움을 감추며 애써 태연한 모습을 꾸미고 있었다. 김 형사는 일류 회사에 들어와 희망과 야심에 차 있는 이 자존심 강한 젊은이가 문득 울안에 갇힌 원숭이 같다는 생각이 들었다. 대기업이라는 커다란 동물원 안에 갇혀 밖으로 나갈 수 없는 원숭이…….

"뭣 좀 조사할 일이 있어서 왔습니다."

이번엔 조금 퉁명스럽게 대답했다.

"잠깐 기다리십시오."

젊은 사원이 뒤쪽으로 돌아가 저쪽 창가에 자리 잡고 있는 안경 낀 사나이와 몇 마디 주고받는 동안 김 형사는 고개를 숙인 채 답배 꽁초를 구두 끝으로 지근지근 짓밟고 있었다.

꽁초가 마치 범인이라도 된다는 듯이.

과장은 풍채 좋은 중년 사나이로, 앞머리가 시원하게 벗겨진 데다가 금테 안경까지 끼고 있어서 꽤 위압감을 풍기고 있었다. 김 형사는 과장 쪽으로 다가갔다.

그가 다가온다는 것을 알고 있을 것인 데도 과장은 모른 척하고 창밖만 바라보고 있었다. 김 형사가 명함을 내밀자 그는 그것을 한번 힐끔 본 다음 회전의자를 구십도 각도로 천천히 돌리면서,

"아, 그러세요. 앉으시죠."

하고 말했다.

자기는 아무것도 걸릴 것이 없다는 그런 태도였다.

체 포

김 형사는 과장 앞에 마련되어 있는 소파에 조심스럽게 걸터앉은 다음 피곤한 어조로 용건을 이야기 했다.

"다름이 아니라…… 이건 비밀을 요하는 건데……."

"네, 말씀하십시오."

과장은 턱을 길게 빼면서 김 형사를 들여다보듯 했다. 김 형사는 담배를 뽑아 들고 그것을 만지작거리며 조그마한 소리로 말했다.

"중요한 사건 관계로 R건설 사원들의 신상카드를 빠짐없이 검토했으면 합니다."

"중요한 사건이라니, 그럼 우리 사원이 사건에 관련됐다는 겁니까?"

과장은 놀랐다는 듯 한 표정을 지었다.

"아닙니다. 지금 단계로는 뭐라고 말씀드릴 수가 없습니다. 단지 경찰로서는 협조를 해주셨으면 해서 왔습니다."

아무도 그들을 거들떠보지 않고 바쁘게 일만 하고 있었다.

"글쎄요, 원래 신상 카드는 외부에 보이지 않도록 되어 있어서……."

과장은 난처한 표정을 지었다.

"그래서 협조를 구하는 겁니다. 협조가 안 된다면 직권으로 조사하는 수밖에 없겠습니다만……."

마지막 한마디에 과장의 안경이 번득했다.

그는 금방 표정이 흐려지더니 부하 직원 하나를 불러 사원 신상카드를 모두 가져오라고 지시했다.

직원이 캐비닛을 열고 카드를 가져오는 동안 김 형사는 묵묵히 담배를 피우고 있었다. 과장은 형사를 상대하기 싫었던지 어디론가 전화를 걸고 있었다. 김 형사는 모욕을 느꼈지만 모른 체하고 담배 연기만 내뿜었다. 그는 어떠한 모욕에도 참을 수 있는 인내력을 지니고 있었다.

이윽고 직원이 한 아름이나 되는 신상 카드를 가져오자 그는 담배를 비벼 끄고 나서 송구스럽다는 듯 두 손을 마주 비벼 댔다. 그런 다음에 카드를 한 장 한 장 넘기기 시작했다.

그것은 어림잡아 수백 장은 되어 보였다. 그러나 그가 찾

는 대상은 분명했으므로 그는 하나하나 자세히 들여다보지 않고도 수월하게 넘어갈 수가 있었다.

두문자가 알파벳 C로 시작되는 이름, 그리고 48세의 사나이를 찾으면 되는 것이었다. 그는 거기에 해당되는 인물이 나올 때면 그 카드를 따로 뽑아 두었다.

그렇게 해서 두 시간에 걸쳐 그가 추려 낸 인물의 신상 카드는 모두 5장이었다. 그는 그 다섯 명의 이름을 메모지에 적었다.

① 최창만(崔昌萬) 47세, 관리실 차장.

② 차인식(車仁植) 48세, 총무과 과장.

③ 조동일(趙東一) 48세, 상무이사.

④ 채명구(蔡明九) 49세, 현장감독.

⑤ 천민우(千民宇) 47세, 운전기사.

나이가 일정하지 않은 것은 수사 범위를 넓게 잡았기 때문이다. 김 형사는 이 정도라면 이미 잡아 놓은 것이나 다름없다고 생각하면서 다시 담배를 한 대 뽑아 물었다.

"다 됐습니까?"

과장이 손목시계를 들여다보고 나서 물었다. 김 형사는 상체를 앞으로 기울였다.

"네, 대충 끝났습니다. 수고스럽지만 과장님께서 좀 도와주셔야겠습니다."

"난 지금 어디 좀 가볼 데가 있는데……."

과장은 손목시계를 다시 들여다보았다.

“잠깐이면 됩니다.”

김 형사가 조금 날카롭게 말하자 과장은 회전의자에서 일어나 소파로 옮겨 앉았다. 김 형사는 다섯 명의 신상카드를 하나하나 그에게 보였다.

“최창만, 이 사람은 지금 회사에 있습니까?”

“네, 있습니다. 부를까요?”

김 형사는 고개를 저었다.

“아, 좋습니다. 부를 필요까지는 없습니다. 차인식, 이분도 회사에 계십니까?”

“그 사람은 회사에 지금 없습니다.”

“어디 갔습니까?”

“병원에 한 달째 입원해 있습니다.”

“무슨 병인가요?”

“위…… 암인가 봐요.”

과장의 목소리가 갑자기 무거워졌다. 김 형사는 고개를 끄덕였다.

“조동일, 이분은 상무이사군요. 상무이사면 월급이 얼마나 되나요?”

“먹고 살 만합니다.”

과장은 적당히 대답했다. 김 형사는 다시 물었다.

“한 백만 원쯤 되나요?”

"뭐, 그쯤 되겠죠."

과장은 다시 시계를 들여다보았다. 그는 잘못 걸렸다고 생각하는 모양인지 입맛을 쩍쩍 다셨다.

"바쁘신데 이거 미안합니다. 이분 역시 회사에 계시죠?"

"조 상무님은 출장 중이십니다."

"어디로 출장 가셨나요?"

"사우디아라비아로 가셨습니다."

"사우디면 중동 지역 아닙니까?"

"네."

"언제 가셨나요?"

"며칠 안 됐습니다."

담배꽁초가 김 형사의 손가락 사이에서 굴러 떨어졌다. 그는 탁자 위에 떨어진 그것을 급히 집어 재떨이에 비벼 끄고 나서 과장을 똑바로 바라보았다.

"정확히 며칠날 떠났습니까?"

"에, 또…… 그러니까…… 잠깐 기다리십시오."

과장은 얼굴을 찌푸리며 일어서더니 자기 책상 위에 놓여 있는 메모지를 들고 소파에 돌아와 앉았다. 그리고 그것을 뒤적거리고 나서,

"3월 7일에 떠났습니다."

라고 말했다.

김 형사는 숨을 깊이 들이켰다. 그의 표정이 굳어지고 있

었지만 과장이 그것을 눈치 챌 리가 없었다.

"이분은 상당히 출세를 했군요?"

김 형사는 부럽다는 투로 말했다.

"네. 뭐, 그런 셈이지요."

그렇게 말하는 인사 과장의 표정에 질투의 빛이 역력히 나타났다가 사라졌다. 김 형사는 속으로 웃으면서 다음 카드를 들어 보였다.

"채명구, 그 사람은 두 달 전에 이란으로 떠났습니다."

과장은 물어보기도 전에 대답했다. 김 형사는 마지막 인물을 가리켰다.

"이 사람은?"

"천민우, 그 사람은 남산 터널 공사 현장에 나가 있습니다."

이젠 더 물어볼 것도 없었다.

"감사합니다. 실례 많았습니다."

김 형사는 메모지를 들고 일어섰다. 과장도 나갈 일이 있는지 그의 뒤를 따라왔다. 그들은 함께 엘리베이터를 탔다. 엘리베이터 걸 뒤에 서서 그들은 거북하게 침묵을 지켰다.

엘리베이터 밖으로 나와 헤어지게 됐을 때 김 형사는 과장을 불러 세웠다.

"잠깐…… 하나만 더 묻겠습니다. 조 상무님은 언제 돌아오시나요?"

과장은 김 형사를 잠깐 바라보고 나서 대답했다.

"계약관계로 갔으니까 곧 돌아오실 겁니다."

총총히 사라지는 과장의 뒷모습을 바라보면서 김 형사는 고개를 끄덕거렸다.

목이 말랐기 때문에 그는 1층 옆에 마련된 한 매점에서 사이다를 한 병 사서 꿀꺽꿀꺽 마셨다.

답답하던 가슴이 한꺼번에 확 풀리는 듯 한 기분이었다.

그는 벽에 잇대어 놓여 있는 긴 나무 의자에 걸터앉아 잠시 생각을 가다듬었다.

①번 사나이는 관리직 차장이다. 가능성이 전혀 없다고 볼 수는 없는 사나이다. 그러나 관리직이라면 제일 하위직이라고 할 수 있다. 이를테면 빌딩을 지키고 관리하는 직이다. 그런 직의 차장이라는 사나이가 아무리 여자에게 미쳤다고 마비스 안경, 다이아 반지, 몽블랑 만년필, 오메가 손목시계 등을 사줄 수 있을까. 하긴 뭐 사람의 일이란 알 수 없으니까 조사해볼 필요는 있겠지.

②번은 입원 중이라니 집어치워도 좋다. 명복을 빈다. 빨리 죽으나 늦게 죽으나 어차피 사람은 죽게 마련 아닌가.

③번은 조동일 — 이 사나이야말로 가장 가능성이 많은 작자다. 우선 상무이사라고 하니 계집애 하나쯤 데리고 놀 만한 여유가 있는 놈이다. 아까 사진을 보니 생긴 것도 멋지게 생겼다. 나와 비슷한 나이인데, 그 사나이와 나는 생활에 엄

청난 차이가 있다. 소위 그 사나이는 출세한 부류에 속하는 인물이겠지. 그런 사나이를 상대한다는 것은 불쾌한 일이다. 그러지 않으려고 해도 애들처럼 질투심이 솟는다. 그리고 애들처럼 물어뜯어 주고 싶다. 갈가리 물어뜯고 싶다. 그 사나이는 어떻게 해서 그렇게 빨리 출세하게 됐을까. 그리고 나는 왜 요 모양 요 꼴인가. 빌어먹을…….

조동일이란 사나이가 의심스러운 이유가 또 하나 있다. 사건 발생 닷새 후에 외국으로 나간 것이다. 수사의 손길이 무서워 해외로 도망친 게 아닐까. 만일 그 자가 귀국하지 않는다면 어떡한다?

④번 사나이는 두 달 전에 이란으로 떠났다니 조사할 필요도 없다.

⑤번은 운전사다. 47세의 운전사와 여대생의 사랑이라…… 도무지 어울리지 않는 장면이다. 그런 미모의 여대생이라면 의당 ③번 같은 고급스런 사나이와 관계를 가져야 어울리는 것이다. ⑤번은 집어치워도 될 것 같다.

결국 남은 것은 ①번과 ③번이었다. 김 형사는 ①번을 만나 보기 위해 슬슬 일어서서 수위 쪽으로 다가갔다.

"최창만 씨를 좀 만나려고 하는데…… 어디 계십니까?"

수위는 남루한 사나이를 아래위로 훑어보고 나서 턱으로 수위실을 가리켰다.

점퍼 스타일의 회사 제복을 입은 최창만은 수위실 안에

앉아서 주간지를 보고 있었다. 목례를 하고 신분증을 내보이자 최창만은 당황하는 기색이었다.

"무슨 일로 그러십니까?"

"좀 물어볼 말이 있어서 그럽니다. 어디 가까운 다방으로 좀 가실까요?"

최창만은 주간지를 둘둘 말아 쥐고 수위실을 나오는데 얼핏 보니 다리를 절고 있었다. 김 형사는 적이 실망했지만 내친김이라 그를 데리고 부근 다방으로 들어갔다.

최창만은 신경질적으로 생긴 얼굴에 겁이 많아 보였다. 찻잔을 드는 손길이 떨리고 있었고 계속 이쪽을 흘깃흘깃 쳐다보곤 하는 것이 몹시 불안한 모양이었다. 아무리 죄가 없는 사람이라도 형사가 보자고 하면 불안해한다. 그것을 잘 알고 있는 김 형사는 속으로 쓴웃음을 지으면서 소 희의 사진을 탁자 위에 내놓았다.

"이 여자 잘 아시죠?"

최창만은 소 희의 사진을 한참 들여다보고 나서 고개를 완강히 저었다.

"모르겠는데요. 처음 보는 여잡니다. 혹시 술집 같은 데서 봤는지도 모르겠지만……."

"다리는 언제부터 그렇게 됐습니까?"

최창만은 자기 다리를 한번 내려다보고 나서 그를 바라보며 말했다.

"6 · 25때 부상당했습니다."

"아, 그럼 상이군인이신가요?"

"네. 뭐, 그렇습니다."

다리를 절고 있는, 먹고 살기에 고달픈 이 사나이가 과연 여대생과 놀아났다고 볼 수 있을까.

김 형사는 머리를 흔들며 일어섰다.

따르릉, 전화벨이 울렸다. 딸 미혜와 함께 아침 식사를 들고 있던 양인숙은 가만히 일어나 전화기가 놓여 있는 홀 쪽으로 갔다. 수화기를 귀에 바싹 대고 긴장한 빛을 보였다.

이윽고 남편 동일의 목소리가 멀리서 희미하게 들려왔다. 그녀는 큰 소리로 말했다.

"저예요. 별일 없으세요?"

남편의 목소리는 담담했다. 반가워하는 말투가 아니었다.

"음, 별일 없어."

"일은 잘 됐구요?"

"응, 잘 됐어. 미혜는 잘 있나?"

"네, 지금 식사하고 있어요."

그때 미혜가 식사하다 말고 뛰쳐나와 전화를 바꿔 달라고 발을 동동 굴렀다. 인숙은 딸의 어깨를 탁 치면서 눈을 흘겼다.

"별일 없었지?"

별일 없었느냐는 질문을 남편은 벌써 세 번째 하고 있었다.

"네, 별일 없다구요!"

"혹시 나 찾아온 사람 없었어?"

"네, 없었어요. 누구 찾아올 사람 있나요?"

인숙은 무의식적으로 되물었다.

"아, 아니야."

동일은 황급히 부정했다.

"언제 귀국하세요?"

"16일쯤 귀국하게 될 거야. 다시 전화할께."

동일은 잘 있으라는 말도 하지 않고 전화를 끊으려 했다.

"잠깐 기다리세요. 미혜 바꿔 드릴께요."

인숙은 딸을 보고 웃으면서 수화기를 내주었다. 미혜는 언제나처럼 아버지한테 선물을 요구했다.

"뭘 사다 줄까?"

"아빠 맘대로 하세요. 그렇지만 싸구려 사오시면 싫어요."

미혜의 말투는 어리광부리는 아이들 같았다.

"그래, 그래. 알았다."

"아빠 오시면 저도 선물 하나 할께요."

"그래? 네가 나한테 선물을 하겠다니 무슨 선물이냐?"

"오시면 보여드릴께요."

"알았다. 기대한다. 엄마 말 잘 듣고 일찍 일찍 귀가해라."

"네 알았어요. 안녕."

모녀는 다시 식탁으로 가서 앉았다.

"국, 새로 뜰까요?"

며칠 전 새로 들어온 늙은 가정부가 조심스럽게 물었다. 50대의 가정부는 혈육도 없는 외로운 처지의 여자였다. 모녀는 고개를 저으면서 별로 내키지 않는 식사를 계속했다.

양인숙은 살이 찌는 것이 걱정이었다. 40이 지나면서부터 조금씩 살이 오르기 시작하더니 이제는 허리통까지 굵어져 몇 년 전의 옷들은 모두 입을 수가 없게 되었다. 아무리 식사를 적게 하고 요가라는 것을 해봤지만 살이 찌는 것을 막을 수는 없었다. 그녀는 하루에도 몇 번씩 거울 앞에 서서 자기의 몸을 비쳐 보며 한숨을 내쉬곤 했다.

미혜는 식사를 하면서도 애인 최명호를 생각하고 있었다. 결혼을 약속한 명호, 그와는 매일 만나 정열을 불태우고 있다. 아직 육체관계를 가지지는 않았지만 두 사람은 만나면 눈에 띄지 않는 곳에 가서 페팅을 즐기곤 했다. 그녀는 머리끝에서부터 발끝까지 몸을 떨게 하는 애무의 순간순간들을 생각하자 자기도 모르게 얼굴이 붉어진다. 이제 페팅은 막다른 데까지 다다른 느낌이다.

이제 조금만 더 진전하면 익을 대로 익은 두 사람의 육체

는 터져 버릴 것이다.

미혜는 자신이 더 이상 참을 수 없다는 것을 잘 알고 있었다. 그동안에도 몇 번이나 그에게 몸을 허락할까 하고 망설이곤 했었다.

그때마다 그녀는 아슬아슬하게 위기를 넘기곤 했었다. 어제만 해도 그렇다. 명호가 그녀의 웃옷을 모두 벗겨 놓고 아기처럼 젖가슴을 마구 빨아 대는 바람에 그녀는 거의 정신을 잃을 뻔했었다.

오늘 저녁에도 그와 만나면 우리는 또 페팅을 즐기겠지. 생각만 해도 가슴이 뛴다. 그가 근무하는 연구소에는 독신자들을 위한 아파트가 마련되어 있었다. 그 아파트에 들어가면 완전히 두 사람만의 세계가 되는 것이다. 어제는 그가 함께 목욕을 하자고 하면서 욕탕으로 끌어들이려는 바람에 정말 혼났었다.

오늘도 또 그러면 어떡하지? 발가벗고 함께 목욕한다는 것…… 아아, 생각만 해도 미쳐버릴 것 같다. 못 이기는 체하고 따라 들어갈까. 어머머, 이 계집애, 그러다가 임신이나 하면 어떡하려고 그러지. 몸을 허락해 버릴까. 안 돼. 결혼할 때까지는 안 돼. 그것은 신혼여행 가서 바쳐야 돼.

미혜는 수저를 놓고 일어섰다. 인숙이 걱정스러운 듯이 쳐다본다.

"왜 그렇게 식사를 안 하니? 어디 아프니?"

"아니……."

미혜는 고개를 살래살래 흔들며 자기 방으로 뛰어갔다.

3월 16일 오후 4시 조금 지나 S경찰서 형사과 데스크 위에 놓여 있는 전화벨이 요란스럽게 울렸다. 김두식 형사를 찾는 전화였다. 김 형사는 의자에 앉아 졸다 말고 수화기를 급히 받아 들었다.

"네……."

"오늘밤 10시 반에 조동일이 KAL기편으로 귀국합니다."

공항에 주재하고 있는 형사의 전화 연락이었다.

"알았어."

김 형사는 수화기를 내려놓고 기지개를 켰다.

마침내 기다리던 인물이 오늘 나타나는 것이다. 좀 바빠지겠는데. R건설의 상무이사니만큼 조심스럽게 다루지 않으면 안 되겠지. 그러나 일단 그가 범인으로 확인되면 그때 가서는 사정 볼 필요가 없다. 조동일, 각오해라. 내 손에 걸려든 이상 국물도 없다.

신문, 텔레비전, 라디오 등 온갖 매스컴이 떠들어 대겠지. 목욕을 하고 나서 저녁 식사나 일찍 해야지. 그리고 나서 슬슬 준비해도 늦지는 않을 것이다. 그는 수화기를 집어 들고 다이얼을 돌렸다.

아내가 전화를 받는다. 생활에 찌든 모습이 저쪽에서 "여보세요." 한다.

"음, 나야. 오늘밤 못 들어갈 것 같아."

김 형사는 피곤한 목소리로 말했다.

"알았어요."

아무런 감정도 없는 메마르고 기계적인 목소리가 전화 저쪽에서 들려온다.

"참, 돈은 어떻게 됐어요?"

아내는 그 말을 못했으면 정말 큰일이라도 날 뻔했다는 말투였다.

"내일 가불해서 가져갈께."

그는 수화기를 철컥 내려놓고 미간을 찌푸렸다. 가불이 없는 달이 없다. 쥐꼬리만 한 월급에 가불까지 하고 보니, 월급날 그가 받는 돈이야말로 술 한 잔 값밖에 안 된다. 물가는 하늘 높은 줄 모르고 뛰는데 월급은 제자리걸음이다. 왜 공무원 봉급은 이렇게 적을까? 선진국은 공무원 봉급이 일반 회사원 봉급보다 더 많다는데…… 이러다가는 매일 풀죽만 먹어야 될 것 같다.

10시 30분, 마침내 KAL기는 김포공항 상공에 들어섰다.

보잉기가 공항 상공을 선회하는 동안 동일은 창밖을 내다보고 있었다. 표정 없는 얼굴이었지만 그의 가슴 속에는 일

말의 불안한 그림자가 깃들고 있었다. 미리 이상 유무를 알아 본 다음 귀국하는 것이지만 혹시 알 수 없는 일이다. 영리한 수사관이 있어 쥐도 새도 모르게 공항에 나와 지키고 있다면 꼼짝없이 체포되는 거다.

어젯밤엔 꿈자리가 사나웠다. 그런 것을 믿지는 않지만 왠지 기분이 안 좋다. 비가 오기 때문일까?

그 날도 밤이 되면서 봄비가 소리 없이 내리고 있었다. 비를 맞으며 소 희와 함께 들판 길을 걷던 생각이 나자 동일은 눈을 감았다.

가슴이 쿡쿡 아려 왔다. 누구한테도 슬픔을 내색하지 않은 채 혼자 그것을 안고 괴로워하자니 미칠 것 같다. 더구나 불안에 떨어야 하니 그보다 더 고통스러운 일이 없다.

동행한 사원들은 이번 일이 순조롭게 이루어진 것을 자축하느라고 출발 때부터 술들을 마시고 있었다. 그들의 떠드는 모습을 보니 마치 개선장군들 같다.

충격을 느끼고 동일은 눈을 떴다. 거대한 기체가 활주로에 막 착륙하고 있었다. 그는 가슴이 두근거리는 것을 느끼고는 숨을 깊이 들이켰다. 아무 일도 일어나지 않을 것이다. 불안해할 필요는 없다. 아무리 영리한 수사관이라 해도 어떻게 나를 찾겠는가. 내가 소 희의 연인이었다는 사실은 아마 영원히 밝혀지지 않을 것이다. 그것은 지하에 있는 소 희와 나만의 비밀이다.

밤이 늦었기 때문에 출국 수속은 30분 만에 끝나고 동일은 동행한 사원들과 함께 출구 쪽으로 천천히 걸어갔다. 출구 저쪽에서 미혜와 아내가 손을 흔들며 웃고 있는 것이 보였다.

동일도 손을 흔들며 출구에 들어섰다. 바로 그때, 누군가가 그의 어깨를 툭 건드렸다.

"실례합니다. 조동일 씨 되시죠?"

동일은 눈에 확 불이 붙는 것 같은 기분을 느꼈다. 점퍼 차림의 초라한 사나이 하나가 차가운 시선으로 바라보고 있었다. 동일은 출구 한쪽으로 비켜서면서 조용히 대답했다.

"네, 그렇습니다."

"경찰입니다. 저쪽으로 좀 가실까요?"

사나이의 목소리는 차갑고 위압적이었다.

"무슨 일로 그러십니까?"

동일은 두근거리는 가슴을 진정시키면서 물었다.

"가서 말씀드리겠습니다."

동일은 처참한 기분으로 아내와 딸을 바라보았다. 아무것도 모르는 아내와 딸은 여전히 웃으면서 빨리 나오라고 손짓하고 있었다.

"여기서 말하시오,"

"안 됩니다."

강파른 사나이가 차갑게 말했다. 동일은 상대를 마주 쏘아보았다.

"여보시오 아무리 경찰이지만 아무 이유도 말하지 않고 이러는 법이 어디 있소. 나는 사회적으로 신분이 보장되어 있는 사람이니까 볼 일이 있으면 내일 봅시다. 비행기를 오래 타서 피곤하오."

자신이 약하게 나가면 안 되겠다 싶어 동일은 조금 큰소리로 말했다.

"여기서 이유를 말하지 않는 건 선생 자신을 위해서입니다. 할 이야기가 많으니까 가서 얘기합시다. 우리도 강제로 연행하기는 싫습니다."

건장한 사나이들이 금방이라도 달려들 것만 같아 하는 수 없이 동일은 금방 수그러졌다. 지체할 수 없다. 그들의 말을 따를 수밖에. 뭔가 눈치를 챈 모양이다.

"가족들을 만나게 해드릴 테니까 안으로 들어갑시다. 인사만 하시오!"

동일은 등을 떠밀려 도로 안쪽으로 걸어갔다. 조그만 방으로 들어가자 조금 후 가족들이 안내를 받고 나타났다.

눈치가 빠른 미혜는 방안의 분위기가 살벌한 것을 느끼고는 매달릴 듯이 하면서 다가왔다. 아내도 이상한 기미를 눈치 챘는지 얼굴이 창백해지고 있었다.

동일은 아내와 딸을 가까이 오게 했다.

"나는 일이 좀 있어서 나중에 들어갈 테니까 먼저들 들어가. 미혜야, 너한테는 예쁜 프랑스제 인형을 사 왔다. 그리고

여보, 당신한테는 목걸이를 사 왔어. 고급은 아니지만 아마 마음에 들 거야."

동일은 아내와 미혜의 등을 두드리며 조용히 웃었다. 막상 부딪치고 보니 그때까지의 불안은 씻은 듯이 사라지고 절망 끝에 오는 참담한 기분이 오히려 그의 마음을 침착하게 가라앉혀 주고 있었다.

"여보, 무슨 일이세요?"

"아빠, 왜 그래요?"

아내와 딸이 눈물을 글썽이며 물었지만 그는 대수롭지 않는 듯 내일 집에 돌아갈 것이라고 대답하고는 슈트케이스를 가족들에게 넘겨준 다음 사나이들을 따라 옆으로 빠져나갔다.

밖에는 검은 승용차가 대기하고 있었다. 사나이들에 둘러싸여 차에 오른 그는 차창을 통해 다시는 못 보게 될지도 모를 낯익은 대지를 바라보았다. 그때 문득 소 희와 마지막으로 만났던 날 밤 보았던 영화가 생각났다.

"나는 살고 싶다……."

솔직히 말해 그것은 지금의 그가 외치고 싶은 말이었다.

창 살

경찰서 2층의 그 방은 다섯평 남짓 되어 보였다. 바닥이 마룻장으로 되어 있는 그 방에는 아무 장식도 없었고, 다만 낡은 책상 하나와 의자 두 개만이 한 가운데에 덩그러니 놓여 있을 뿐이었다.

천정에는 촉수 약한 전등이 하나 매달려 있었다. 갓을 씌운 그 전등 밑에 동일은 멍하니 앉아 있었다. 뿌우연 불빛 탓인지 그의 얼굴은 영양실조에 걸린 듯 누르스름해 보였다.

그는 소 희와 마지막으로 헤어지던 날 밤 보았던 영화 <나는 살고 싶다>를 생각하고 있었다. 수잔 헤이워드의 절규를 그는 마음속으로 그리고 있었다.

'나는 살고 싶다. 정말 나는 살고 싶다. 나는 살아야 한

다!'

그 영화가 주는 불길한 암시에 그는 갑자기 전율하면서 눈앞이 캄캄해지는 것을 느꼈다. 그는 무릎 위에 놓여 있는 자신의 손을 내려다보았다. 자신의 손을 그렇게 유심히 들여다보기는 처음이었다. 마르고 긴 손은 죽은 손 같았다. 자신의 손이 아닌 것 같았다.

그는 벽시계를 보았다. 새벽 1시가 지나고 있었다. 아내와 딸은 지금 자고 있겠지. 아직은 나에게 무슨 일이 일어났는지 모르기 때문에 잠들 수가 있을 것이다.

전등갓에 붙어 있던 거미 한 마리가 갑자기 색상 위로 굴러 떨어지는 것이 보였다. 거미는 힘없이 허우적거리다가 그가 앉아 있는 쪽으로 느릿느릿 기어왔다. 그는 손들 들어 거미를 눌러 죽일까 하다가 도로 손을 떨어뜨렸다. 문득 그 거미와 자신의 신세가 비슷하다는 생각이 들었던 것이다.

그는 창문 쪽으로 시선을 돌렸다. 쇠창살로 가로막힌 저쪽은 짙은 어둠이었다. 그 어둠이야말로 이제 자신이 가야할 곳이라고 생각하니 그는 코끝이 시큰해졌다.

문이 덜컹하고 열리더니 점퍼 차림의 사나이가 들어왔다. 사나이는 입에 담배를 문 채 안으로 뚜벅뚜벅 들어서더니 동일은 거들떠보지도 않고 창문 쪽으로 다가서서 창밖의 어둠을 한동안 바라보았다.

동일은 초라하고 피곤해 보이는 그 사나이의 등을 공포

의 눈으로 바라보았다. 사람이 그렇게 두려워 보이기는 난생 처음이었다. 초라하고 피곤해 보이는 그 사나이에게는 사람의 폐부를 찌르는 듯 한 날카로움과 사람을 물어뜯는 듯 한 집요함이 있었다.

이윽고 사나이는 몸을 돌리더니 한동안 말없이 동일을 바라보았다. 그리고 나서 실내를 이리저리 거닐기 시작했다. 사나이가 움직일 때마다 마룻장이 삐걱삐걱 소리를 냈고, 그 소리는 동일을 견딜 수 없게 만들었다. 사나이는 가끔씩 길게 하품을 하곤 했다.

"참, 담배 피우시죠?"

갑자기 사나이가 책상 앞에 멈춰 서서 담배를 내밀었기 때문에 동일은 당황했다. 잠자코 담배를 받아 든 그는 사나이가 켜 주는 라이터 불을 받기 위해 앞으로 허리는 굽혔는데, 손끝이 마구 떨리고 있었다.

"생각 좀 해보셨나요?"

사나이가 들여다보듯이 하고 물었다. 동일은 담배를 깊이 빨면서 사나이의 시선을 피했다.

"이왕 이렇게 된 거 빨리 처리하고 잠이나 좀 잡시다. 조 선생도 여행으로 피로할 텐데 자야 하지 않겠습니까?"

동일은 사나이의 눈치를 보면서 조심스럽게 말했다.

"더 이상 할 말이 없습니다. 나는 내가 아는 범위 내에서 모두 말씀드렸습니다. 괴롭히지 말고 제발 내보내 주시오. 내

가 죄가 있으면 정당한 절차를 거쳐 구속하든가 하시오. 구속영장도 없이 이럴 수가 있나요?"

사나이의 손가락 사이에 끼어 있던 담배가 부러졌다. 그는 담배를 바닥에 떨어뜨리고 구둣발로 꽉 밟았다.

사나이는 맞은편 의자에 천천히 앉으면서 두 손을 책상 위에 올려놓았다. 심줄이 튀어나온 메마른 손이었다.

"구속영장은 곧 떨어질 겁니다. 영장이 떨어지지 않으면 물론 선생을 보내드리겠습니다. 지금 이것은 구속이 아닙니다. 그렇지만 구속은 시간문제입니다."

퇴색해 보이는 노리끼리한 두 개의 눈동자가 움직이지 않고 이쪽을 응시하고 있었다. 동일은 침을 꿀꺽 삼켰다.

"생사람을 잡아 놓고 이렇게 괴롭힌다면 변호사를 부르겠습니다."

"물론 변호사를 불러야겠지요."

노골적으로 냉소하는 빛이 사나이의 입가에 떠올랐다.

"이제부터 선생은 살아 날 궁리를 해야 하니까."

"좀 더 과학적이고 합리적인 수사를 하시오. 그러면 죄 없는 사람이 곤욕을 치르는 일은 없을 테니까."

동일은 분노를 느끼며 말했다. 김 형사는 담배 연기 사이로 눈을 찡그리며 그를 쏘아보았다.

"선생은 과학적이고 합리적인 두뇌를 가지고 있기 때문에 출세했겠지요. 그러나 나 같은 사람은 제대로 공부도 못했

고…… 솔직히 말해 과학적이고 합리적인 수사가 무엇인지도 잘 모릅니다."

사나이의 얼굴에 증오의 빛이 나타났다. 사회적으로 출세한 사나이에 대한 질투 같은 것인지도 모른다.

"그러나……."

사나이는 두서너 번 기침을 했다. 다음 말을 강조하기 위한 기침같이 들렸다.

"……지난 20년 동안 내 손에 걸려든 범인치고 무죄로 풀려난 사람은 하나도 없었습니다. 그것은 내가 옳았다는 증거이겠지요. 다시 말해 나는 실수한 적이 없습니다. 나는 실수를 싫어합니다. 내 별명이 뭔지 아십니까? 면도날입니다. 면도날로 정확하게 범인의 손발을 잘라 버리지요. 당신 같은 극악무도한 흉악범일 경우에는 내 면도날은 더 잘 듭니다. 아시겠습니까?"

이 사나이는 나를 증오하고 있다. 나를 체포하기 전부터 나를 증오하고 있었는지도 모른다. 동일은 창밖의 어둠을 바라보았다.

"협박하지 마십시오. 죄가 있으면 법대로 처리하면 될 거 아닙니까."

가슴은 온통 공포에 휩싸여 있는데 말은 도전적으로 나온다. 발악하고 있는 게 아닐까.

"내가 협박을 했다구요? 그렇게 생각하신다면 미안하게

됐습니다."

사나이는 약간 고개를 숙여 보였다.

"나는 극악무도한 흉악범이 아닙니다. 말을 함부로 하지 마시오!"

동일은 자신도 모르게 크게 소리쳤다.

갑자기 침묵이 흘렀다. 그때까지 냉소를 띄고 있던 김 형사의 얼굴이 석고처럼 굳어지고 있었다.

"가정을 가지고 사회적으로 출세한 자가 스물다섯 살이나 연하인 젊은 여대생을 농락한 끝에 가장 잔혹한 방법으로 살해했는데 흉악범이 아니라구요? 더구나 그 여자는 임신까지 하고 있었어! 왜 그 여자를 죽였죠? 그 여자가 아기라도 낳으면 당신은 끝장이겠지. 여자는 아기를 낳겠다고 버티고 당신은 아기를 떼라고 요구하고…… 그러다가 여자를 죽였나? 그렇지만, 아무리 그렇다고 여자의 국부를 도려내다니 좀 이해가 안 간단 말이야. 혹시 그 여자가 다른 남자의 애를 배는 바람에 질투 끝에 국부를 도려낸 게 아닌가? 아니지. 그렇지 않아요. 그녀의 일기장에는 당신에 대한 열렬한 사랑만이 쓰여 있었고, 분명히 당신 아이를 뱄다고 했어."

사나이는 동일을 증오하고 있었다. 조금도 뉘우치지 않고 대드는 동일을 당장 법정에 세우고 싶은 심정이었다.

"멋대로 해석하지 마시오!"

동일은 미칠 지경이었다. 내가 소 희를 죽이다니, 그리고

국부를 도려내다니 말도 안 된다. 말도 안 돼!

"멋대로 해석하다니, 그렇다면 한번 들어보시겠소?"

김 형사는 점퍼 주머니에서 일기장을 꺼내 펼쳤다. 동일은 공포의 눈으로 그것을 힐끔 보고 나서 창밖으로 시선을 돌렸다. 사나이는 잔인하게 읽어 나갔다.

"이것은 소 희 양이 살해되기 전날 마지막으로 쓴 일기니까 들어보시오. 내일은 병원에 가 봐야지. 아무래도 임신한 것 같다. 오늘 하루 종일 구역질만 느꼈다. 만일 임신했다면 어떡하나. C의 아이를 갖다니, 아아, 생각만 해도 가슴이 떨린다. 만일 임신이 확실하다면 어떡하나. C한테 말해야 하나. C는 떼라고 하시겠지. 그렇지만 그럴 수는 없다. 혼자 살더라도 아기는 낳아야지. 그분의 아기를 낳아 기르고 싶다. 사랑해요. 당신."

김 형사는 일기장을 덮고 나서 일어섰다.

"어떻습니까? 흐흐……."

동일은 책상을 주먹으로 쳤다.

"내가 어째서 C란 말이요? 도대체 이것도 수사라는 거요?"

김 형사는 동일을 내려다보며 손을 내저었다.

"고정하십시오. 몸에 해로우니까. 덮어놓고 선생을 C라고 보는 것은 아닙니다.우리는 R건설 인사과에 가서 사원 명단을 모두 조사했습니다. 그 결과 48세의 C라는 인물로 선생

이 지목된 겁니다."

"그렇다고 C를 조동일로 단정할 수 있나요? C라는 것은 별명을 표시한 것일 수도 있지 않습니까? 아무튼 나는 소 희라는 여자를 모릅니다. 그런 여자를 본 적도 만난 적도 없습니다. 제발 나를 보내 주시오!"

동일은 완강하게 고개를 저었다.

"부인하면 할수록 선생한테는 손햅니다. 엄연한 사실을 부인하는 자는 어리석은 사람이죠."

김 형사는 다시 비웃고 있었다.

"증거를 대시오! 내가 흉악범이라는 증거를!"

흥분하지 말아야 한다고 생각하면서도 동일은 어느새 흥분하고 있었다.

사나이의 손이 그의 어깨를 짚었다.

"선생을 지하실로 데려가 고문할 수도 있지요. 그렇게 하면 선생은 10분 안에 자백할 겁니다. 그렇지만 나는 그런 방법을 좋아하지 않습니다. 나는 선생의 마지막 양심을 믿습니다."

사나이는 휙 돌아서더니 문 쪽으로 뚜벅뚜벅 걸어갔다. 동일은 사나이가 문을 열고 사라질 때까지 그 뒷모습을 안타깝게 바라보고 있었다.

C가 분명히 조동일이라 해도, 조동일이 소 희를 농락했

다 해도 그를 살인범으로 단정할 수는 없는 일이다. 왜냐하면 증거가 없기 때문이다. 빌어먹을, 증거가 없는 것이다.

증거가 없는 살인범은 석방되기 마련이다. 놈은 경찰이 증거를 확보하지 못한 것을 알고 있다. 그래서 배짱 좋게 나오고 있는 것이다.

김 형사는 책상 위에 두 다리를 올려놓고 팔짱을 끼었다. 조동일이 살인범이라는 심증은 조금도 흔들리지 않는다. 그런데 증거가 없는 것이다. 어떻게 해볼 수 없을까. 놈은 사회적인 신분이 높으니 여러 방면의 실력자들과 교분을 맺고 있을 것이다. 그 사람들을 동원하면 놈이 석방되는 것은 시간문제다.

시계를 보았다. 9시가 거의 다 되었다. 잠 한숨 못자고 꼬박 밤을 새운 것이다. 소득은 하나도 없다.

문이 열리면서 누가 들어오는 소리가 났다. 잇따라 또 발자국 소리가 들려왔다. 출근 시간이 다 된 모양이다.

"어젯밤 댁에 안 들어가셨습니까?"

젊은 형사가 다가오며 물었다. 그는 핏발 선 눈으로 젊은 형사를 올려다보았다.

"못 갔어."

"자백했습니까?"

다른 형사가 물었다. 그는 고개를 저였다.

"커피나 좀 시키지."

"제가 혼 좀 내줄까요?"

젊은 형사가 주먹을 흔들어 보이며 물었다.

그는 손을 휘저었다.

"안 돼. 그 자는 종류가 달라."

"살인범인데 가릴 거 있습니까?"

젊은 형사는 손이 근질근질한 모양이었다.

"증거가 없어."

9시 10분이 되자 그가 지휘하는 10명의 형사들이 모두 출근했다. 하나같이 풋내기들이다.

"나가지들 말고 대기해. 30분에 회의를 가질 테니까."

시켜 온 커피를 마시는 동안 그는 줄곧 담배를 피웠다.

9시 30분에 과장이 나타났다. 그들은 곧 회의에 들어갔다. 자리에 앉자마자 과장은 김 형사를 질책했다.

"오늘이 벌써 17일 아닌가. 오늘 아침 J일보 사설 읽어봤어요? 바로 우리를 깐 거라고. 상부에서 틀림없이 말이 있을 거야. 어제 그자, 범인이 확실해요?"

"틀림없습니다."

김 형사는 자신 있게 대답했다.

"내 말은 기소할 수 있는 증거가 있느냐 이 말이야 증거가 있어요?"

과장은 김 형사를 바라보면서 책상을 두드려 댔다. 김 형사는 담배에 불을 붙였다.

"아직 증거가 없습니다."

과장은 튀어나온 배를 쓰다듬으며 얼굴을 찌푸렸다.

"그래 가지고 어떻게 하겠다는 거야? 체포했다고 상부에 보고할 수도 없잖아? 책임은 나한테 돌아온다고. 골치 아프게 됐는데……."

"죄송합니다."

김 형사는 발끝만 바라보았다. '그러나 두고 보면 알 것이다. 놈이 범인임에 틀림없다' 고 그는 자신했다.

"내가 직접 뛰면 좋겠는데…… 알다시피 난 경호 문제로 정신이 없다구."

아프리카의 어느 조그만 나라에서 국가 원수가 곧 한국을 방문하도록 되어 있었다. 그 경호 때문에 과장은 바쁘게 돌아가고 있는 것 같았다.

"하여튼 수일 내로 끝장을 내시오. 엽기적인 살인 사건이라 매스컴에서는 계속 촉각을 곤두세우고 있으니까 흐지부지 넘어갈 수가 없어."

"잘 알겠습니다."

김 형사는 힘없이 대답하면서 한숨을 내쉬었다. 과장은 못마땅한지 그를 힐끔 보고 나서 밖으로 나갔다.

그는 마시다 만 커피를 들여다보았다. 찻잔 속에는 비쩍 마른 얼굴이 들어 있다. 그가 침묵하고 있으니까 아무도 말하는 사람이 없다. 그는 얼굴을 들었다.

"피살자의 사진과 조동일의 사진을 뽑아서 시내 각 호텔을 돌도록 해. 철저히 빼놓지 말고 점검하도록 해."

"여관은 안 합니까?"

누군가가 물었다.

"여관은 필요 없어. R건설 상무라는 자가 시시하게 여관 같은 데서 정사를 벌였겠어? 여자는 3월 2일 밤, 남자관계를 맺은 후에 살해되었어. 여자의 질 속에서 정액이 검출되었으니까 분명해. 그러니까 특히 3월 2일을 중심으로 조사를 진행해. 자 모두 나가 봐."

의자를 치우고 일어나는 소리가 한동안 실내를 소란스럽게 만들어 주고 있었다.

그는 아까처럼 책상 위에 두 발을 올려놓고 눈을 감았다. 곧 잠속에 빠져들 것 같다. 문득 조동일의 말이 생각났다. 과학적이고 합리적인 수사를 하라고? 건방진 자식 같으니.

그때 전화벨이 울렸다. 세 번 울린 뒤에야 손을 뻗쳐 수화기를 집어 들었다.

"김두식 형사님 계신가요?"

여자 목소리에 그는 잠이 달아났다. 교양미가 느껴지는 조용한 목소리다.

"제가 김입니다만…… 누구신가요?"

"3월 2일 밤에 발생한 살인 사건을 담당하고 계시죠?"

여자는 신분을 밝히지 않고 다짜고짜 이렇게 물었다.

"그렇습니다."

느슨하게 풀린 목소리, 교양 있는 자의 점잔을 빼는 듯 한 목소리에 그는 구역질을 느꼈다.

"다름이 아니라 그 사건에 조언을 드릴까 해서 전화했습니다. 범인은 아직 체포 안 됐죠?"

"안 됐습니다. 지금 어디 계십니까?"

김 형사는 여자가 뭔가를 쥐고 있다고 생각했다.

"저는 지금 자리를 뜰 수가 없어요. 가게를 보아야 하기 때문에……."

그는 여자를 만나야 한다고 생각했다.

"위치를 가르쳐 주십시오. 제가 찾아가겠습니다."

김 형사는 이미 자리에서 일어서 있었다.

"명동으로 오시면 A호텔 뒤쪽에 '까뮈의 집'이라고 하는 살롱이 있어요. 바로 그 집이에요. 시간 나시면 그곳으로 찾아오세요."

전화는 끊어졌다.

한가로운 여자의 한가로운 말소리에 그는 갑자기 화가 치밀었다.

<살롱 까뮈의 집>은 그에게는 이질적이었다. 어둠침침한 조명, 조용히 흐르는 음악, 주로 나무를 구워서 만든 탁자와 의자. 작은 소리로 속삭이는 듯 한 모습들이 어쩐지 이방

지대에 온 것 같은 느낌이었다.

벽에 걸려 있는 까뮈의 사진을 바라다보았다. 과거에 그의 대표작을 읽은 기억이 난다. 별로 재미는 없었던 것 같다. 난해한 작품이었던 것 같다.

여자는 형사가 나타날 때까지 팔짱을 끼고 앉아 있었다. 헐렁한 회색 털 셔츠에 코발트빛 롱스커트를 입고 있었는데, 너무 말라 여자로서의 기능을 제대로 발휘하지 못할 것 같았다.

어깨까지 흘러내린 헝클어진 머리칼과 검은 테의 안경, 손가락에 끼고 있는 담배, 상대를 의식하지 않는 듯 한 태도 이런 것들이 전체적으로 퇴폐적인 분위기를 자아내고 있었다. 나이는 서른을 조금 넘은 것 같았다.

"김 형삽니다."

"네, 앉으세요."

여자는 김 형사를 선뜻 알아보고 그를 구석 자리로 안내했다. 김 형사는 푹신한 의자에 앉자, 여자를 바라보았다. 여자는 살짝 웃었다.

"드시죠."

웨이터가 날라 온 커피 잔을 김 형사 앞으로 살그머니 밀어주며 그녀가 말했다.

"감사합니다."

김 형사는 스푼으로 설탕을 떠서 찻잔 속에 쏟아 넣으면

서, 터져 나오는 하품을 목으로 꿀꺽 삼켰다.

"전…… 신문을 보고 깜짝 놀랐어요. 죽은 여자가 안면이 많이 있어서……."

김 형사는 스푼을 커피 속에 담근 채 그녀를 똑바로 바라보며 다음 말을 기다렸다.

"아는 사입니까?"

여자는 고개를 저으면서 그를 빤히 쳐다보았는데, 눈 화장이 너무 짙어서인지 눈동자는 흐릿해 보였다.

"아는 사이는 아니고, 여기 자주 오는 손님이었어요. 예쁘게 생겨서 인상에 남아요."

"분명합니까?"

김 형사는 다짐하듯 물었다.

"제가 왜 거짓말을 하겠어요."

여자는 약간 화난 얼굴로 그를 바라보았다.

그는 손바닥으로 의자 모서리를 비벼댔다. 여자는 숨을 한 번 들이켜고 나서 말했다.

"그 여자가 그렇게 살해되다니 믿어지지가 않아요. 너무 끔찍해서 생각하기도 싫어요."

여자는 어깨를 움츠렸다.

"여자는 여기에 혼자 왔습니까?"

"아니에요. 언제나 동행이 있었어요. 40대 중년 신사하고 언제나 만났는데…… 멋있는 남자였어요. 저 사람같이 생

긴 남자였어요."

여자는 턱으로 까뮈의 사진을 가리켰다. 김 형사는 갑자기 소변이 마려웠다.

"그 중년 남자를 기억할 수 있습니까? 막연히 말고 정확하게 말입니다."

"정확하게 기억할 수 있어요. 여대생과 중년 신사의 밀회였기 때문에 여기 올 때마다 눈여겨 봐 뒀어요. 나이 차이가 많은 데도 아주 썩 잘 어울렸어요."

부러워하고 있는지 질투하고 있는지 알 수가 없다. 여자란 알 수 없는 동물이니까. 그는 미소했다.

"왜 신고하지 않고 이제야 하셨습니까?"

그는 약간 따지듯 물었다.

"어머나, 지금 신고해 드린 것만도 저로서는 큰맘 먹고 한 건데요."

여자는 외국인처럼 손을 펴면서 한쪽 어깨를 으쓱했다. 그 제스처에 그는 역겨움을 느꼈다.

"경찰로서는 신고가 빠를수록 좋습니다."

김 형사는 담배를 한 대 꺼냈다.

"아, 그래요? 사실 골치 아플 것 같아서 그랬어요. 그런데 누가 그 여자를 죽였죠?"

"아직 모릅니다."

그는 담배를 입에 물고 탁자 위에 놓인 조그마한 성냥을

들었다. 까뮈의 얼굴이 박힌 성냥이었다.

"그 중년 남자를 아직 못 만나 보신 모양이죠?"

"못 만났습니다."

그는 담배를 한 모금 빨았다. 속이 시원해졌다. 이곳은 뭔가 답답하다. 이 여자도 그렇고.

"어머 이상하네요. 죽은 여자의 애인이라면 틀림없이 경찰을 찾았을 텐데……."

여자는 고개를 갸우뚱하며 이상하다는 표정을 지었다. 김 형사는 여자를 유심히 바라보며 대답했다.

"찾아오지 않았습니다."

"그럼 그 남자, 경찰을 피하고 있는 모양이죠?"

여자는 멋대로 추측하고 있었다. 그 남자에게 관심이 많은 모양이다.

"아마 그런 모양입니다. 에또, 그건 그렇고 한 가지 부탁이 있습니다."

"뭔데요?"

긴 턱에 손을 괴고 여자도 담배를 뽑는다. 여자의 손톱이 빨갛다.

"저하고 서까지 같이 가서 확인을 좀 해주셔야겠습니다. 용의자를 한 명 검거했는데, 혹시 그 중년 신사가 아닌지 확인해 주십시오."

"어머, 싫어요! 전 그런 짓 못해요!"

그녀의 손에서 담배가 굴러 떨어졌다. 그가 얼른 그것을 집어 주었다.

"아주 간단한 일입니다. 그 사람을 한번 보기만 하면 되는 겁니다."

여자의 반응에도 불구하고 김 형사는 조용하게 말했다.

"그래도 전 싫어요. 만일 그 남자라면 얼마나 저를 원망하겠어요."

그는 상체를 앞으로 기울였다.

"그럼 그자를 이리로 데려올까요? 수갑을 채워 데리고 들어오면 손님들이 불쾌하게 생각하지 않을까요? 그래도 괜찮겠습니까?"

여자는 입술을 오므리면서 담배를 깊이 빨았다.

한참 후 담배를 재떨이에 신경질적으로 비벼 끄면서 일어섰다. 김 형사도 담배를 끄고 나서 일어났다.

"멀어요?"

여자는 마지못한 듯 물었다.

"별로 멀지 않습니다."

김 형사는 일이 잘 풀리는 것 같아 기운이 났다.

밖으로 나와 택시를 집어타고 달리는 동안 두 사람은 서로 외면한 채 창밖을 바라보고 있었다.

그가 막 졸기 시작했을 때 택시가 서 앞에 도착했다. 김 형사는 앞서서 안으로 들어갔다. 여자는 멈칫하다가 그를 따라

안으로 들어갔다.

계단을 올라가 조동일이 들어 있는 2층 방문을 열었을 때, 그는 책상 위에 엎드려 자고 있었다. 인기척에 동일이 고개를 번쩍 들었다.

붉게 충혈된 두 눈이 안으로 들어서는 두 사람을 향해 두리번거렸다. 이윽고 여자를 알아보았는지 눈이 갑자기 커지면서 입이 벌어졌다.

동일과 시선이 부딪치자 여자는 약간 움찔하는 것 같더니 뒷걸음질을 쳤다.

"이 사람이 맞습니까?"

입가에 냉소를 흘리며 묻는 김 형사의 질문에 여자는 천천히 고개를 끄덕거렸다. 동일과 여자의 시선이 불에 닿은 듯 확 타올랐다.

여자가 몸을 돌려 밖으로 뛰어나갔다.

절망의 늪

<백화(百花)아파트 여대생 살해범 검거, 범인은 R건설 상무이사>

▲ 속보 = 백화(百花)아파트 여대생 살인 사건의 진범이 사건 발생 14일 만에 경찰에 체포되었다. 범인은 놀랍게도 현재 R건설 상무이사인 조동일(趙東一)씨(48세). 엽기적인 여대생 살해 사건으로 세인의 이목을 끌었던 이 사건은 진범이 가정까지 둔 48세의 유부남인 데다 사회적 신분이 높은 인물이었다는 점에서 또 한 번 세상을 놀라게 하고 있다.

경찰은 피살자인 소 희 양(23세 · K여대 4학년)이 살해되던 날 밤 조와 함께 있었다는 모 살롱 여주인 박 모

양의 진술과 남양호텔 프런트 계원인 김 모 씨의 진술을 토대로 조를 가장 유력한 용의자로 단정, 신병을 확보하고 철야 신문한 결과 조와 소 양이 1년 전부터 불륜의 관계를 가져왔다는 사실을 밝혀내고 이번 사건을 치정에 의한 엽기적인 살인 사건으로 단정했다.

경찰은 또한 이미 수집한 증거물인 피 묻은 칼과 손수건, 장갑이 조의 것임을 밝혀내는 한편 사건 발생 직후 피살자의 집에서 채취한 구두 발자국이 조의 것과 동일한 것임도 확인했다.

① 사건 경위 = 범인 조동일은 1년 전부터 K여대 재학 중이던 소 희 양(23)과 불륜의 관계를 계속 맺어 오다가 얼마 전부터 소 양이 임신한 사실을 알고는 고민해 왔다고 한다. 조의 자백에 따르면 소 양은 임신한 사실을 놓고 그에게 결혼해 줄 것을 강요, 만일 듣지 않으면 모든 것을 폭로하겠다고 위협했다 한다.

불륜의 관계가 세상에 밝혀질 경우 파멸될 것을 두려워 한 조는 생각 끝에 애인을 살해하기로 결심, 지난 3월 2일 오후 6시 40분경 명동 소재 모 살롱에서 소 양을 만나 저녁 식사를 한 후 자주 이용하던 남양호텔로 자리를 옮겨 애인과 마지막 정사를 나눈 다음 소 양을 그녀의 아파트로 데리고 갔다. 그리고 마침 아무도 없는 틈을 타 준

비해 온 잭나이프로 소 양을 살해했다.

그 후 범인 조는 수사의 손길이 자기에게 미칠 것을 우려, 사우디아라비아 공항 건설 계약 차 출국했다가 지난 3월 16일 귀국, 김포 공항에서 수사진에 의해 검거되었다.

② 범인 조의 주변 = 범인 조는 현재 나이 48세로 금년에 대학을 졸업한 딸과 부인이 있으며, R건설 상무이사인 만큼 생활은 부족함이 없이 풍족한 편이다. 수재로 알려진 그는 이른바 엘리트 코스를 거쳐 사회적으로 줄곧 상승 가도를 달려왔으며 머지않아 R건설 전무이사로 승진하도록 내정이 되어 있었다고 한다.

범인은 가정이나 직장에서 매우 모범적이었던 것으로 알려지고 있으며, 그런 만큼 가족이나 직장 동료들이 받은 충격은 한마디로 경악, 그것이었던 것 같다. 소식을 전해들은 조의 부인 양인숙 씨(45)는 졸도까지 했으며 현재 병원에 입원 중이다. 한편 R건설 사원들은 범인 조가 사람의 탈을 쓴 살인마였는지 몰랐다며 회사의 명예를 실추시킨 데 대해 몹시 분개하고 있다.

③ 문제점 = 왜 범인 조가 자기 애인을 그토록 처참하게 살해했는가 하는 점이다. 자신의 파멸을 두려워한

나머지 그녀를 제거했다는 사실은 일단 수긍이 간다고 하지만, 왜 그렇게 흉악무도한 방법으로 소 양을 난도질했는가 하는 점은 얼른 납득이 안 간다. 변태 성욕적인 정신 이상자이거나 원한에 사무친 자가 아니고는 그렇게 잔인하게 사람을 죽일 수는 없을 것이다.

경찰은 이 점에 대해 다음과 같이 말하고 있다. 범인 조는 한 때 소 양을 사랑했지만 플레이보이 기질 상 한 여자에게 빠질 리는 없었고, 따라서 애정이 식은 마당에 소 양이 임신까지 하여 결혼을 해주지 않으면 그들 관계를 폭로하겠다고 위협함으로써 소 양에 대한 증오심이 싹텄을 것이고, 거기에다 그의 변태적인 잔혹성이 가미되어 그와 같은 잔인한 범행을 자행했을 것이라는 것이다.

이 점에 대해서는 W의대 손경호(孫慶鎬) 박사(정신신경과 과장)도 대체적으로 시인하고 있다. 손 박사의 말에 따르면 가학성 변태 성욕자가 증오감을 품고 여자를 살해할 경우 순간적으로 여자의 국부를 도려내는 등 잔혹한 짓을 자행할 수가 있으며, 외국에는 그러한 예가 허다하다는 것이다.

④ 각계의 의견 = 여대생과 가정까지 둔 중년 남자와의 애욕이 빚은 엽기적인 살인 사건이라는 점에서 이번 사건이 사회 각계에 끼친 충격은 몹시 크다고 할 수 있다.

각계의 의견을 들어본다.

●김일문(金日文) 박사(H대 심리학 교수) = 한마디로 충격적인 일이다. 정상적인 정신의 소유자라면 그런 범행을 저지를 수 없을 것이다. 범인의 정신 상태를 감정해 볼 필요가 있다.

●박소동(朴素東) 씨(시사평론가) = 물질 만능, 배금주의, 쾌락주의가 빚은 치욕적인 사건이다. 상류층의 인사가 자기 딸 같은 여대생을 농락한 끝에 살해했다는 것은 현세대의 비도덕성을 단적으로 보여준 것이라고 하겠다. 한심스럽기 짝이 없다.

●문상초(文常草) 씨(시인) = 인면수심이 아니고는 그런 짓을 할 수 없을 것이다. 꽃다운 나이에 유부남에게 농락당하고 끝내는 살해되고 만 소 양의 영혼을 위로해 주고 싶다. 세상의 남성들이여, 반성하라.

●성준배(成準培) 씨(회사원) = 사회에 경종이 되기 위해서는 범인을 극형에 처해야 한다. 재판의 추이를 지켜보겠다.

⑤ 범인과의 일문일답 = 본사 기자는 범인과의 단독 인터뷰에 성공, 이야기를 나누어 보았다.

●문 = 지금 심정은 어떤가?

●답 = 괴로울 뿐이다.(얼굴을 찌푸리며 담배를 깊이

빨아 댄다.)

●문 = 소 양을 사랑했는가?

●답 = 사랑했다.(고개를 숙여 한숨.)

●문 = 사랑했다면 왜 그런 짓을 했는가?

●답 = 내 정신이 아니었던 것 같다. 더 이상 묻지 말라. 괴롭다.

●문 = 소 양이 불쌍하지 않은가?

●답 = 말할 수 없이 불쌍하다. 명복을 빌고 싶다. 나는 비겁한 놈이다.

●문 = 소 양은 임신 3개월이었다. 당신은 결국 두 사람을 죽인 셈이다. 그렇게 생각하지 않는가?

●답 = 그렇게 생각한다. 나는 죽어야 한다. 죽고만 싶다. (눈물을 감추려고 애쓴다.)

●문 = 마지막으로 하고 싶은 말은?

●답 = 소 양의 가족들에게 깊이 사죄한다. 직장 동료들과 내 가족들에게는 미안하다. 아내에게는 정말 미안하다. 나는 살고 싶다는 영화를 보여주고 싶었는데…… (눈을 깊이 감는다. 무엇을 생각하고 있는 것일까.)

미혜는 신문지를 미친 듯이 잡아 찢었다. 갈기갈기 찢으면서 울고 또 울었다. 눈앞에 보이는 것은 캄캄한 어둠, 절망뿐이었다.

이제 집안은 망한 것이다. 망해도 철저히 망한 것이다. 사회는 흉악한 실인범의 딸을 두고두고 멸시할 것이다. 아빠는 사형 당하실 것이 뻔하다. 아빠가 사형당하시다니!

파리 유학도, 최명호 씨와의 결혼도 이젠 물거품처럼 사라지고 말았다. 그녀 앞에는 조소와 멸시와 저주의 생애만이 남아 있다.

찢어진 신문 조각들이 마치 자신의 잔해처럼 발밑에 하얗게 깔려 있다. 증오의 눈초리 속에 떨고 있는 아빠의 모습이 눈앞을 스쳐 간다. 아빠, 미워요! 미워요! 미워요!

머리를 산발한 채 미친 듯 흐느낀다. 어깨가 격렬하게 흔들린다. 주먹으로 탁자를 후려친다. 감각이 없다. 찻잔이 굴러 떨어지며 산산조각이 난다. 머리칼을 쥐어뜯는다.

텅 빈 집안에서 그녀는 홀로 몸부림치며 흐느끼고 있었다. 어머니는 병원에 입원해 있고, 50대의 가정부는 살인범의 집안에서 더 이상 일할 수 없다고 하면서 나가 버렸다. 친척들이 몇몇 몰려오긴 했지만 서로 눈치를 보다가 이내 혀를 차면서 가 버렸다.

고독이, 뼛속까지 스며드는 고독이 전신을 압박해 온다. 누가 구원해 줄 사람이 없을까. 명호 씨, 구해 주세요. 저를 구해 주세요.

그러나 그분과도 이젠 이별이다. 만나서는 안 된다. 만날 수가 없는 것이다. 수화기를 들었다가 도로 놓아 버린다. 다

시 흐느낀다.

갑자기 배가 고파진다. 벌써 이틀째 아무것도 먹지 않았다. 이대로 죽어 버렸으면 좋겠다.

전화벨이 울었다. 누굴까. 전화 받기가 두렵다. 다시 울린다. 무섭게 울려 댄다.

눈물을 훔치며 수화기를 집어 들었다. 터져 나오려는 오열을 주먹으로 틀어막았다.

"아, 여보세요! 여보세요!"

성급한 목소리다.

"……."

아아, 명호 씨. 목소리만으로도 그분이란 것을 알 수 있다.

"여보세요! 여보세요!"

울음을 터뜨리며 그녀는 수화기를 철컥 내려놓았다. 가슴이 찢어지는 것 같았다.

다시 전화벨이 울었다. 몸부림치며 울어댄다. 수화기를 집어 들면서 울음을 삼켰다.

"여보세요! 여보세요!"

끈질기게 그녀를 찾고 있다.

"……."

"미혜! 미혜! 왜 대답하지 않아. 응? 미혜! 미혜!"

미친 듯이 불러 댄다. 그녀는 몸을 부르르 떨었다.

"안 돼요! 전화하시면 안 돼요!"

그녀는 울부짖었다.

"미혜! 무슨 말이야? 용기를 내! 용기를 내야 해! 그렇지 않으면 파멸이야!"

그도 신문을 읽었겠지. 구석구석 샅샅이 읽었겠지. 자기의 장인 될 사람이 흉악한 살인범이란 것을 알았겠지.

"미혜! 미혜! 내 말 안 들려? 대답해 봐!"

"안 돼요! 끊어요!"

동정을 받긴 싫다. 이제 모든 건 끝났다.

"만나! 지금 나오라구!"

"안 돼요! 만나면 안 돼요!"

미혜는 머리를 흔들며 마구 흐느낀다. 아아, 당신을 사랑해요. 그렇지만 우리 사이는 이제 끝난 거예요.

"집에 찾아갈 테니 기다려!"

노한 목소리가 귀를 때렸다.

"안 돼요! 오시면 안 돼요! 저를 잊어 주세요! 제발 잊어 주세요!"

"바보 같으니!"

전화가 철컥 끊겼다. 다시 고독이 뼛속 깊이 몰려온다.

한참 후 그녀는 거울을 들여다보았다. 산발한 머리와 눈물로 뒤범벅된 얼굴 모습이 꼭 미친 여자 같았다. 그대로 명

호 씨를 만날 수는 없다고 생각했다. 그에게 미친 여자 같은 모습을 보일 수는 없다.

여자의 본능이 그녀를 욕실로 떠밀었다. 세수를 한 다음 헝클어진 머리를 빗었다. 빗으면서 또 울었다.

옷을 갈아입고 집안을 대강 치웠다. 아버지의 물건들을 볼 때마다 눈물이 나왔다. 아버지가 마지막으로 선물한 프랑스제 인형 앞에서는 한동안 넋을 빼고 서 있었다. 그것은 빨강 이브닝드레스를 입은 여자 인형이었다.

마침내 초인종이 울렸다. 몇 번 울릴 때까지 그녀는 망설이며 서 있었다. 열어 주지 않으면 끝까지 버티고 있을 것이다.

가만히 밖으로 나가 문을 열었다. 격렬한 시선이 두 사람 사이에 오고갔다. 그녀는 자신이 죄인인 것 같은 기분을 느끼면서 고개를 떨어뜨렸다.

안으로 들어와 대문을 닫는 순간 최명호는 미혜를 와락 껴안았다. 그녀는 그의 품을 빠져나가려고 몸부림쳤다. 그럴수록 명호는 더욱 힘차게 그녀를 끌어안았다.

마침내 그녀의 몸에서 힘이 빠져나갔다. 무릎을 꺾으면서 허물어져내리는 그녀를 안아 들고 명호는 집안으로 들어갔다. 미혜는 애인의 품에 안겨 그칠 줄 모르고 흐느껴 울었다. 명호는 그녀가 실컷 울도록 내버려 두었다.

한참 동안 울고 난 미혜는 갑자기 명호를 뿌리치면서 물

러나 앉았다.

"이제 됐어요. 돌아가 주세요."

"무슨 말이야?"

명호는 손을 뻗어 그녀의 어깨를 껴안으려고 했다. 미혜는 또 뿌리쳤다. 명호는 안타까운 눈으로 그녀를 쏘아보다가 담배를 꺼내 물었다.

담배 한 대를 다 피울 때까지 그들은 말없이 앉아 있었다. 그는 현명한 청년이었다. 부서져 버린 애인의 가슴을 정상적으로 돌리기 위해서는 많은 시간과 노력이 필요하다는 것을 깨닫고 있었다.

"미혜의 심정이 어떻다는 것은 잘 알고 있어. 그렇지만 지금이야말로…… 이성과 용기가 필요한 때야."

그의 눈에도 눈물이 어른거리고 있었다. 미혜는 두 손으로 얼굴을 감싼 채 소리 없이 울기 시작했다.

"이제 이 집안을 지킬 사람은 미혜 혼자뿐이란 걸 잊지 말아야 해. 그렇지만 미혜는 외롭지 않을 거야. 내가 뒤에서 지켜 줄 테니까."

그녀는 고개를 흔들었다. 헝클어진 머리를 남자의 손이 가만히 쓰다듬어 주었다.

"돌아가 주세요. 제발…… 돌아가 주세요."

"돌아갈 수 없어."

"저를 잊어 주세요. 우리는 만나서는 안 돼요."

"왜? 왜 만나서는 안 된다는 거야? 내 사랑이 그렇게 값싼 것이었나?"

그는 은근히 화가 났다.

"아니에요. 그런 뜻이 아니에요!"

물론 미혜는 명호의 사랑이 얼마나 깊은가를 안다.

"자학하지 마! 자학해서는 안 돼! 어떠한 것도 우리들 사이를 떼어놓지 못해!"

명호는 거칠게 숨을 내쉬며 그녀를 와락 껴안았다.

"미혜! 사랑해!"

몸을 빼려던 그녀는 이 한마디에 저항을 멈추고 그의 가슴에 안겼다. 아, 이 가슴이 없다면 나는 어떻게 될까. 뭉클한 감동이 가슴을 쓸고 지나갔다. 감동한 나머지 몸이 떨리기까지 했다. 이분은 나를 여전히 사랑하고 있다. 그녀는 비로소 눈을 들어 명호를 올려다보았다. 남자의 얼굴은 창백하게 굳어 있었다.

"미혜, 용기를 가져."

미혜는 손을 뻗어 그의 가슴을 쓰다듬었다.

"아버지를 구할 사람은 미혜뿐이란 걸 잊어서는 안 돼!"

미혜는 몸을 빼면서 놀란 눈으로 그녀가 사랑하는 남자, 명호를 바라보았다.

"용기와 확신을 가지고 부딪치는 거야! 절대 피해서는 안 돼! 우리는 이겨야 해!"

손에 수갑을 차고 포승줄에 칭칭 묶인 아빠의 모습이 스쳐 간다.

왜 그 생각을 못했을까. 너무 엄청난 사실에 절망의 늪에 빠져 허우적거리고 있었다. 지금 명호의 말을 듣고서야 그녀는 비로소 아버지를 구해야 한다는 것을 깨달았다.

"아버지를 구할 수 있는 사람은 우리뿐이야!"

명호는 특히 '우리' 라는 말을 강조했다. 그렇게 말함으로써 그녀로 하여금 외로움을 느끼지 않고 힘을 얻게 하기 위해서였다.

"미혜, 아버지가 정말 사람을 죽였다고 생각해? 나는 믿을 수가 없어."

그녀는 다시 한 번 깜짝 놀랐다. 지금까지는 신문에서 읽은 대로 비판 없이 그대로 받아들이고 있었던 것이다. 그런데 명호가 그녀에게 빛을 가져온 것이다.

"아빠는 사람을 죽일 분이 아니에요!"

처음으로 그녀는 아버지가 살인범이라는 사실에 저항을 보였다.

"나도 그렇게 믿어. 미혜 아버지는 그럴 분이 아니야. 절대 그럴 분이 아니야."

아, 이이가 아빠를 그렇게 믿고 있다니. 나는 이이보다 못한 자식이야.

"아빠는 절대 그런 분이 아니에요! 우리 아빠가……, 뭔

가 잘못됐어요!"

명호는 미혜를 바라보며 고개를 끄덕였다.

"그 사실을 이제부터 우리가 밝혀내자구. 그렇지 않으면 아버지는 영영 구제받지 못 할지도 몰라."

명호는 그녀의 손을 꽉 움켜쥐고 흔들었다. 그는 여자의 얼굴에서 절망의 어두운 그림자가 사라지고 그 대신 어둠을 밝혀 보려는 의지가 서서히 반짝이기 시작하는 것을 놓치지 않고 바라보았다.

"아빠가 그 여자를 사랑했다는 것은 인정할 수 있어요. 그 점에서 저는 아빠가 미워요. 그렇지만 아빠가 사람을 죽이다니…… 그것도 처참하게 죽이다니, 저는 믿을 수가 없어요!"

명호는 고개를 끄덕거렸다.

"뭔가 잘못된 게 분명해!"

"제사 때였어요. 엄마가 산 닭을 한 마리 사 왔어요. 그리고 아빠한테 그것을 잡아달라고 했어요. 그렇지만 결국 못하시고 말았어요. 아빠는 그런 분이에요. 그런 분이 사람을 죽이다니. 믿을 수가 없어요!"

그녀의 얼굴에는 더 이상 눈물이 흘러내리지 않았다. 그녀는 무엇인가를 찾으려는 듯 두 눈을 계속 반짝거리고 있었다.

"미혜 아버지는 지금 사면초가에 빠져 있어. 모두가 적이

야. 모든 사람들이 증오의 눈으로 아버지를 바라보고 있어. 하루라도 빨리 아버지를 사형대로 끌고 가기 위해 발악들을 하고 있어. 우리는 그들과 싸워야 하는 거야. 끝까지 해보는 거야. 확신을 가지고 싸우는 거야. 뭔가 소득이 있을 거야. 자, 싸우자구. 어때 자신 있어?"

명호는 그녀를 절망에서 구해 내기 위해서는 용기를 불어넣어 줘야겠다고 생각했다.

미혜는 가만히 남자를 바라보다가 갑자기 그의 품에 몸을 던졌다. 그리고,

"해보겠어요. 싸우겠어요."

하고 중얼거렸다.

명호는 두 손으로 그녀의 얼굴을 감싸 쥐고 그 입술에 입을 맞추었다. 미혜는 눈을 감으며 생각했다. 이 남자는 정말 나를 사랑하고 있다. 만일 그렇지 않다면 이미 달아나 버렸을 것이다. 그의 집안에서도 물론 나와 결혼해서는 안 된다고 들고 나오고 있겠지.

그런 반대를 무릅쓰고 그는 나를 전과 다름없이 사랑해 주고 있다. 감사해요. 정말 감사해요. 고마워요. 그녀는 감동한 나머지 그의 가슴에 얼굴을 비비면서 흐느껴 울었다. 슬픔과 감동이 뒤섞인 울음이었다.

출렁이는 그녀의 어깨를 남자의 부드러운 손길이 마치 아기를 다루듯이 조심스럽게 어루만져 주고 있었다. 미혜는

더욱 슬프게 울었다.

"우리가 지금 제일 먼저 해야 할 일은 병원에 가서 슬픔에 쌓인 어머니를 위로해 드릴 일이야. 자, 미혜, 어서 일어나. 나가자구."

"그래요."

그녀는 울음을 그치고 일어섰다.

미혜의 어머니 양인숙은 침대 위에 죽은 듯이 누워 링거 주사를 맞고 있었다. 핏기 하나 없이 창백한 얼굴은 마치 굳은 석고처럼 보였다.

미혜와 명호가 다가갔지만 그녀의 시선은 멍하니 허공에 떠 있었다. 넋이 빠진 듯 한 모습이었다.

미혜는 어머니의 손을 잡고 가슴에 얼굴을 묻었다. 참으려고 했지만 울음이 터져 나왔다. 그러나 어머니는 반응을 보이지 않았다. 여전히 허공만을 멍하니 바라보고 있을 뿐이었다.

"엄마…… 엄마…… 정신 차리세요……."

그녀는 흐느끼며 어머니의 가슴을 흔들었다. 그러나 양인숙은 전혀 반응을 보이지 않았다.

명호는 침대 모서리에 서서 두 모녀의 모습을 안타까운 눈으로 바라보고 있었다.

양인숙은 눈을 감았다. 미혜가 계속 불렀지만 그녀는 눈

을 뜨지 않았다. 그녀의 깊이 감은 눈은 좀처럼 떠질 것 같지가 않았다.

"아빠가 그럴 리가 없어요! 우리 아빠는 절대 그럴 분이 아니에요!"

미혜는 큰소리로 부르짖었다. 그때 비로소 어머니의 눈이 떠졌다. 아무 감정도 담겨져 있지 않은 인형 같은 눈이 잠시 미혜를 바라보다가 도로 감겨졌다. 손이 위로 올라가더니 좌우로 흔들렸다. 부정의 뜻인지 거부의 뜻인지 알 수가 없었다.

명호가 미혜의 팔을 끌었다.

병실을 나온 그들은 담당 의사를 찾아갔다. 젊은 의사는 양인숙의 가족이라고 하자 금방 안색이 변하면서 냉담한 반응을 보였다.

"양인숙 환자 때문에……."

명호가 말을 끝내기도 전에 의사는 입을 열었다.

"퇴원시키세요!"

간단히 한마디 내뱉고 획 돌아앉는다. 두 사람은 깜짝 놀랐다. 명호는 밖으로 나가려다 말고 돌아섰다. 눈썹이 치켜올라가고 얼굴이 벌겋게 달아올라 있었다. 미혜는 두려운 얼굴로 두 사람을 바라보았다.

"좀 더 친절히 대할 수 없습니까?"

얼굴이 여자처럼 하얀 젊은 의사는 금테 안경 너머로 명

호를 힐끔 쳐다보았다.

"뭐, 잘못됐습니까?"

명호는 의사를 무섭게 노려보았다.

"분명히 잘못됐죠. 인간의 병을 고쳐 주는 의사가 손님을 그렇게 멸시하는 법이 어디 있소?"

의사는 여전히 냉담했다.

"당신들 같은 손님은 필요 없어."

명호는 화가 나서 의사에게 달려들었다.

"뭐라고? 건방진 자식!"

의사의 멱살을 움켜쥐고 들어 올리자 미혜가 달려들어 필사적으로 매달렸다. 명호는 상대를 밀어 버리고 나서 성난 목소리로 말했다.

"다시 그 따위 소리하면 입을 찢어 버릴 테다!"

의자 위에 동댕이쳐진 의사는 창백한 얼굴로 가늘게 떨고 있었다. 명호는 의사를 한동안 노려보다가 돌아섰다. 미혜는 씩씩거리는 명호를 이끌고 병실을 나왔다.

어머니와 딸

이튿날, 미혜는 혼자서 S경찰서를 찾아갔다. 난생 처음 그런데 가보는 만큼 정문을 들어서면서부터 가슴이 사뭇 떨려 왔다. 살인범의 딸이라는 생각 때문에 몸은 위축될 대로 위축되어 있었다.

모든 사람들의 시선이 자기한테만 쏠리는 것 같아 고개를 들 수 없었다.

"우리 아빠는 살인범이 아니에요."
라고 속으로 부르짖었지만 쓸데없는 짓이었다.

겨우 마음을 가다듬고 담당 형사를 만나기까지는 거의 한 시간이나 걸렸다.

살인과(殺人課)라고 쓰인 명패가 붙어 있는 방문을 노크

하자 아무 반응이 없었다. 조금 전에 입구에서 전화했을 때는 분명히 들어오라고 했었다.

세 번 노크한 뒤 그래도 반응이 없자 미혜는 손잡이를 돌려 보았다. 문이 소리 없이 열리면서 맞은편 창가에 비스듬히 앉아 있는 중년 사나이의 옆모습이 보였다.

사나이는 의자에 깊숙이 몸을 묻은 채 눈을 감고 있었다. 창문을 통해 들어오는 따뜻한 햇볕을 즐기며 자고 있는 것 같았다. 안으로 들어서서 가만히 문을 닫았다.

가슴이 마구 뛰고 있었다. 열 평쯤 되는 방에는 철제 책상이 두 줄로 나란히 놓여 있었고 한쪽 벽에는 자료 철이 가득 쌓여 있었다. 오른쪽 벽을 바라보다가 미혜는 흠칫 놀라 하마터면 핸드백을 떨어뜨릴 뻔했다.

그쪽 벽 위에는 댓 명쯤 되는 사람들의 얼굴 사진이 큼직큼직하게 붙어 있었는 데 그 중의 하나가 바로 아버지의 사진이었던 것이다. 아버지의 사진 위에는 X자 형으로 붉은 줄이 그어져 있었다.

의자가 삐걱하고 움직이는 소리가 났다. 미혜는 몸을 떨면서 소리가 난 쪽을 바라보았다.

중년 사나이가 상체를 일으키면서 하품을 했다. 곁눈질로 이쪽을 바라보고 있었다.

"깜박 잠이 들었나 본데……."

그는 하품을 하고 나서 머리를 흔들었다.

"……."

"미안합니다. 이리 오시죠."

미혜는 이제 걸음마를 배운 아기처럼 조심스럽게 걸어가 소파에 앉았다. 강파르게 깡마른 사나이는 담배를 피워 물고 그대로 책상 앞에 앉은 채로 의자를 돌려 그녀를 바라보았다.

"무슨 일로 오셨나요?"

조용한 목소리다. 그러나 충혈된 두 눈은 그녀의 구석구석을 살피고 있었다. 피로에 젖은 듯 한 초췌한 그 중년 사나이가 갑자기 무섭게 보였다. 미혜는 무릎 위에 올려놓은 핸드백을 두 손으로 꽉 움켜쥐었다.

"저기…… 김두식 형사님이신가요?"

"네, 그렇습니다만……."

담배 연기가 파랗게 피어오른다. 왈칵 눈물이 솟았다. 울어서는 안 된다고 생각하면서 입술을 깨물었지만 터져 나오는 울음을 막을 수는 없었다. 손수건으로 얼굴을 가린 채 한동안 흐느껴 울었다.

김 형사는 물끄러미 창밖을 바라보고 있었다. 여자가 우는데 대해서는 전혀 관심이 없다는 듯 한 태도였다. 상대가 아무 반응을 보이지 않자 미혜는 갑자기 부끄러워 얼굴을 들 수가 없었다. 형사를 힐끔 쳐다보았다. 형사는 묵묵히 담배 연기만 내뿜고 있었다.

"저…… 저희 아버지는…… 살인할 분이 아니에요."

겨우 입을 열어 말했다.

"아버지가 누군가요?"

김 형사는 여전히 창밖을 바라보고 있었다.

미혜는 흐윽하고 숨을 들이켰다.

"조…… 조…… 동…… 일 씨예요."

미혜는 겨우 아버지의 이름을 댔다.

"아, 그래요?"

그는 의자를 돌려 그녀를 바라보았다. 머리칼이 앞으로 흘러내렸다. 입에 물고 있는 담배 연기 때문에 얼굴을 잔뜩 찌푸리고 있다.

"바로 조 선생 따님이시구먼. 음…… 불안해하지 말고 편히 앉아요."

김 형사는 비로소 알겠다는 듯 고개를 끄덕거리고는 의자에서 일어나 소파로 자리를 옮겼다. 튀어나온 광대뼈 밑으로 그늘이 진다.

"아버지 일은 정말 안 됐어요. 나 역시 담당 수사관으로서 마음이 편치 않습니다."

"우리 아빠는…… 그럴 분이 아니에요!"

울부짖고 싶다. 손끝이 떨린다.

김 형사는 고개를 끄덕였다.

"물론 자식 된 입장에서는 그렇게 생각하시겠죠. 충분히 이해할 수 있습니다. 그렇지만 수사 결과는 그렇지가 않습니

다. 내가 조 선생을 일부러 잡아넣었다고 생각하면 잘못된 생각입니다."

"잘 알고 있어요. 그렇지만…… 우리 아빠는 사람을 죽일 분이 아니에요! 닭 한 마리도 못 죽이시던 분이에요!"

다시 울음이 터져 나왔다. 자신이 생각하기에도 비통한 울음이었다.

"선생님, 저의 아빠를 살려주세요! 아빠는 그럴 분이 아니에요! 사람을 죽일 분이 아니란 말이에요. 제발 아빠를 살려주세요! 선생님, 부탁이에요!"

세상에 태어나 누구한테 이렇게 애걸해 보기는 처음이다. 울음을 그치고 바라보니 형사는 계속 굳은 표정으로 앉아 있었다. 피 한 방울 나오지 않을 것 같은 그 냉엄한 모습에 그녀는 전율했다.

"잘 알겠지만, 나는 아버지를 살릴 수 있는 입장이 못 됩니다. 나는 직업상 사건을 수사했고, 그것을 상부에 보고했을 따름입니다."

"그, 그럼 우리 아빠는 어떻게 되나요?"

"재판을 받겠지요."

형사는 간단히 대답했다.

"재판…… 이요?"

"그렇습니다."

"재판을 받으면 어떻게 되나요?"

어리석은 질문이 자꾸 나온다. 형사는 다리를 포개고 다시 담배를 피워 물었다.

"재판 결과가 어떻게 나올지는 두고 봐야겠지요."

갑자기 증오심이 끓어오른다. 바로 이 사람이 아빠를 잡아넣은 사람이다. 미운 사람이다. 그러나 이 사람은 직업상 수사했다고 하지 않은가. 아, 미운 사람…….

"우리 아빠를 미워하시죠?"

미혜는 김 형사를 뚫어져라 노려보았다.

"아니오, 미워하지 않아요. 아버지가 저지른 죄를 미워합니다. 인간적으로 나는 아가씨 부친을 동정합니다. 나에게도 가족이 있으니까요."

"우리 아빠는 살인범이 아니에요! 왜 죄도 없는 우리 아빠를 살인범으로 모는 거예요."

미혜는 울부짖고 있었다.

"살인범으로 몰다니…… 천만의 말씀……. 아가씨가 남자라면 나한테 한 대 맞았을 거요."

쏘아보는 눈이 날카롭다. 슬픔이 사라지고 그 대신 적대감이 솟아올랐다.

"왜, 어째서 우리 아빠가 살인범이라는 거예요?"

"아가씨 이름이 미혜지? 미혜 양, 지금 여기서 그걸 떠져서 뭘 하겠소? 미혜 양 아버지 사건은 내 손을 떠나 검찰청으로 넘어갔으니까 할 이야기가 있으면 담당 검사를 만나 보도

록 하시오."

김 형사는 더 이상 대꾸하고 싶지 않았다.

"알겠어요. 이제부터 차례대로 모두 만나겠어요. 선생님은 우리 아빠를 살인범으로 체포하시면서 그 결과를 한번쯤 생각해 보셨나요?"

다시 눈물이 나오려고 한다. 입술을 깨물고 코트 자락을 비틀었다.

"나한테 인간적인 것을 기대하신 모양인데…… 그런 것을 생각하면 형사 짓을 할 수 없습니다. 우리는 법대로 행동할 따름입니다."

그는 볼펜으로 책상을 두어 번 두들겼다.

미혜는 절망적인 얼굴로 형사를 바라보았다.

"우리 집안은 이제 망했어요. 망해도 철저하게 망했어요. 선생님 덕분에……."

대꾸가 없다. 침묵이 무겁게 덮쳐 왔다. 형사는 어느새 눈을 감고 있었다. 무엇인가 깊이 생각하고 있는 것 같았다.

"선생님, 부탁이에요. 사건을 다시 수사해 주세요. 우리 아빠는 그럴 분이 아니에요."

움직이지 않은 것이 잠든 것 같기도 했다. 그러나 형사는 자고 있지 않았다. 그가 다시 눈을 떴다. 눈은 아까보다 더 충혈 되어 보였다.

"더 수사할 필요가 있다면 당연히 다시 해야겠죠. 그러나

움직일 수 없는 증거들이 있어서 어쩔 수 없습니다. 자, 그만 일어날까요?"

그의 손에는 여전히 볼펜이 들려 있다.

"그 증거들이란 신문에 난 것들인가요?"

미혜는 다급하게 물었다. 형사는 피곤한 듯 한숨을 길게 내쉬었다.

"대개 그렇게 보면 됩니다. 조동일 씨는 범죄 사실을 모두 시인했습니다."

그는 화가 난 표정으로 볼펜을 집어 던졌다. 볼펜은 책상 위를 굴러갔다.

"믿어지지 않아요! 믿을 수가 없어요!"

미혜는 일어서다 말고 비틀거렸다. 형사의 손이 그녀의 팔을 잡았다. 그녀는 반사적으로 그 손을 뿌리쳤다. 눈물로 앞이 잘 보이지 않았다.

"좋은 변호사를 선택해서 형량을 줄여 보도록 해 봐요. 지금 나 같은 사람을 만나 입씨름할 때가 아닙니다. 내가 드릴 수 있는 말은 그뿐입니다."

형사는 안 됐다는 얼굴로 충고했다.

"감사합니다. 잊지 않겠어요. 다시 한 번 만날 때가 있을 거예요."

미혜는 문을 열고 나왔다. 이를 악물고 전율하면서 어둠침침한 복도를 쓰러질 것처럼 비틀거리면서 걸어갔다. 상대

방은 너무 인상적이었다.

조동일은 변호사의 면회를 거절했다. 사식도 거절했다. 가족 면회마저도 거절했다. 철저히 혼자가 된 채 죽음 앞에 선 것이다.

흉악무도한 실인범인 만큼 그는 독방에 수용되어 있었다. 모든 것을 포기하고 죽음을 각오한 사람답게 얼굴 표정은 담담했다.

최명호와 함께 아버지를 면회 왔다가 거절당한 미혜는 안타까운 나머지 울음을 터뜨렸다. 아버지가 딸의 면회를 거절했다는 것은 무엇을 의미하는 것일까. 살인을 인정하고 심판을 받겠다는 것일까?

미혜를 겨우 달래어 다방으로 데리고 들어간 명호는 그녀가 울음을 그치기를 기다렸다가 이렇게 말했다.

"검사한테 부탁해 보면 만날 수 있을 거야."

그녀는 눈물을 닦고 고개를 쳐들었다.

"검사가 들어줄까요?"

명호는 미혜를 안쓰러운 얼굴로 바라보았다.

"잘 말하면 들어줄 거야. 내가 부탁해 볼 테니까 염려 마. 걱정하지 말고 좀 쉬어."

"아빠는 왜 거절하실까요? 사식도 안 받으시고 저까지 안 만나시다니, 이해할 수 없어요."

미혜는 아빠의 태도를 이해할 수 없었다. 스스로 범행을 인정한다 해도 그렇지, 절망의 순간에 사랑하는 딸을 만나려 하지 않다니…….“

“아마…… 참으시는 거겠지. 아버지가 미혜를 보고 싶지 않을 리가 있겠어. 그렇지만 자신의 모습을 보이고 싶지 않으시니까 그러시는 거겠지.”

명호는 그녀를 안아주고 싶었다. 너무도 불쌍한 여자. 너무도 가련한 여자.

“그럼 왜 사식까지 거절하셨을까요?”

“이것 봐. 지금 아버지 심정이 어떻다는 걸 알아야 해. 그런 입장에서 아무리 맛있는 음식이라 해도 어떻게 드시겠어?”

미혜는 식은 찻잔을 물끄러미 들여다보았다.

“그렇긴 하지만…… 변호사까지 거절했다는 건 아무래도 이해가 안 가요.”

명호도 거기에는 말문이 막혔다. 미혜를 위로해 줄 수 있는 적당한 말이 얼른 떠오르지 않았다.

“너무 그렇게 불길하게만 생각하지 마. 아버지가 아무리 거절하셔도 변호는 얼마든지 할 수 있는 거니까 염려하지 않아도 돼.”

“어쩐지 저는…… 아빠가 모든 걸 포기하신 것만 같이 생각돼요.”

그녀는 울고 있었다.

눈물이 찻잔 위로 후드득 떨어졌다. 불행이란 것이 실제로 무엇인지도 모른 채 귀엽고 발랄하게만 자란 그녀였다. 그러한 그녀가 세상에서 제일 가장 잔혹한 불행에 부닥친 것이다. 그것을 헤쳐 나갈 수 있는가 하는 것은 순전히 그녀의 능력에 달려 있는 문제였다.

"내일 내가 담당 검사를 만나 볼 테니까 기다려."

명호는 동정 어린 얼굴로 그녀를 바라보았다.

"바쁘신데 가 보세요."

미혜는 먼저 백을 들고 일어섰다.

명호는 황급히 계산을 하고 다방을 뛰어나왔다. 미혜는 벌써 저만큼 걸어가고 있다.

"미혜!"

"……."

"미혜, 바래다줄께."

명호는 미혜의 뒤를 쫓아 갔다.

"싫어요. 혼자 가고 싶어요. 가 보세요."

명호는 멍하니 서서 그녀의 뒷모습만 바라보았다.

미혜는 집에까지 바래다주겠다는 것을 거절하고 혼자 걸어갔다.

사건이 터지자 R건설은 상무이사에 그동안 제공했던 자가용을 몰수해 갔다. 퇴직금도 없이 아버지를 파면시킨 것은

물론이다. 아빠는 절해의 고도에 혼자 서 있다. 아무도 돌보는 이 없이 홀로 어둠속에 서서 자기를 집어삼키려는 거센 파도를 바라보고 있다. 아빠에게는 살아야겠다는 의지도 없다. 정말 아빠는 그 여자를 죽인 것일까. 그래서 자포자기 상태에 빠져 있는 게 아닐까.

현기증을 느끼고 가로수에 몸을 기댔다. 어지럽다. 쓰러지고 싶다. 아빠가 밉다. 보고 싶다. 울고 싶다. 외치고 싶다. 죽고 싶다. 멀리 가버리고 싶다.

아빠가 그런 짓을 했을 리는 없다. 그녀는 머리를 세차게 저었다. 그럴 리가 없다. 무언가 잘못된 것이다. 무슨 수단을 쓰든 아빠를 구해야 한다.

명호에게 미안한 생각이 들었다 유학을 앞두고 있는 그는 몹시 바쁜 몸이다. 그런데 오늘도 거의 하루 종일 그녀와 함께 시간을 보냈다. 말은 안 하지만 몹시 안타까울 것이다. 정말 그의 시간을 뺏고 싶지 않다. 그는 그의 갈 길로 가야 한다. 우리는 헤어져야 한다. 그와 만나서는 안 된다. 그런데도 그는 점점 사건의 핵심 속으로 파고들어 오고 있다. 그렇지만 결과는 뻔하다. 그는 불행해지고 말 것이다. 그래서는 안 된다. 우리는 헤어져야 한다. 아, 그이를 사랑한다. 우리는 사랑하는 연인이다. 세상에 그 누가 그이처럼 나를 사랑해 줄 수 있을까. 아, 그렇지만…… 사랑한다는 것만으로는 결합될 수 없다. 어떻게 하면 좋을까. 정말로 헤어져야 할까.

명호 씨의 집안에서 살인범의 딸을 며느리로 받아 줄 리가 없는 것이다. 훌륭한 집안의 아드님이 살인범의 딸과 결혼하다니, 상식적으로 생각할 수 없는 일이다. 만일 그이가 나와 결혼하려고 마음먹는다면 그는 집안과 결별해야 될 것이다. 그럴 수는 없다. 그에게는 훌륭한 집안의 딸들이 얼마든지 있다. 그이는 그런 여자들과 결혼해야 한다. 그이를 진정으로 사랑한다면 그이를 위해서 나는 물러나야 한다. 나에게는 이제 아빠를 구하는 일밖에 없다.

눈물이 볼을 타고 흘러내렸다. 행인들이 볼까 봐 고개를 숙이고 재빨리 눈물을 훔쳤다.

미혜의 어머니 양인숙은 거의 식음을 끊은 채 자리에 누워만 있었다. 병원에서 퇴원하고도 자리에서 일어나려고 하지 않았다.

어머니가 받은 충격이 어떻다는 것을 알고 있는 미혜는 어머니에게 아무 말도 하지 않았다. 그렇게 믿고 의지해 오던 남편이 딸 같은 여대생과 바람을 피웠다. 그 사실만으로도 충격적인 일이다. 그런데 남편은 살인까지 저지르고 흉악무도한 살인범으로 체포되어 세상을 떠들썩하게 했다. 회사에서는 쫓겨나고 집안은 하루아침에 폭삭 망해 버렸다. 그러니 어머니가 식음을 전폐하고 누워 있는 것도 무리는 아니다. 엄마는 자살해 버릴지도 모른다.

미혜는 어머니의 손을 잡고 가만히 얼굴을 들여다보았다. 핏기 없는 얼굴이 흡사 죽은 것처럼 보인다. 며칠 사이에 몹시 수척해지셨다. 엄마는 눈을 감고 있다. 손을 쓰다듬자 눈을 떴다가 도로 감아 버린다. 아무 말이 없다.

고독, 치욕, 증오, 절망…… 이 모든 것들을 한꺼번에 가슴에 안고 무엇을 생각하고 계실까. 엄마는 아빠가 저주스러울 것이다. 아빠의 배신에 치가 떨린 것이다.

엄마의 아빠에 대한 사랑과 정성은 옆에서 보기에도 극진한 것이었다. 그런데 아빠한테 배신을 당한 것이다. 배신의 아픔은 물론 클 것이다.

아빠가 밉다. 엄마는 아마 아빠를 만나시지 않을 것이다. 아니다. 아빠가 아무리 배신했다고 해도 죽음을 눈앞에 둔 아빠를 안 만나 보실 수 있을까. 엄마는 아빠를 용서해야 한다. 그리고 아빠를 만나야 한다. 만나서 아빠를 구할 수 있는 길을 찾아야 한다.

"엄마, 일어나서 뭣 좀 드세요."

손을 꼭 쥐고 겨우 말했다. 엄마가 왠지 처음 보는 사람처럼 느껴진다. 왜 그럴까. 아무 말이 없다.

"……."

"엄마, 뭣 좀 드세요."

"……."

"엄마 심정은 이해해요. 그렇지만 엄마가 일어나지 않으

면…… 우리 집안은…….”

미혜는 말끝을 맺지 못하고 끝내 흐느껴 울었다 그제서야 양인숙은 눈을 떴다. 인형 같은 눈이 딸을 물끄러미 바라본다. 미혜는 어머니 품속으로 쓰러졌다.

“엄마…… 엄마…… 아빠를 용서해 주세요. 네? ……아빠는 사형 받을지도 몰라요…… 용서해 줘요…… 그리고 아빠를 그대로 두면 사형 받을 거예요…… 엄마…… 아빠를…… 살려내야 해요.”

미혜는 말을 못하고 계속 흐느꼈다.

“용서할 수 없어. 내 눈에 흙이 들어가도 절대로 용서할 수 없어.”

엄마의 입에서 신음이 흘러나온다. 조용하면서도 단호한 목소리다. 엄마가 아빠를 얼마나 증오하고 있는지 알 수 있을 것 같다.

“엄마…… 아빠를 용서해 주세요. ……우리가 용서해 주지 않으면 누가 아빠를…… 용서해 주겠어요. ……엄마…… 제발…….”

미혜는 애걸했다.

“안 돼. 절대 못해.”

미혜는 엄마가 무서웠다. 아무리 아버지가 배신을 하고 살인을 했다고 이럴 수가 있을까?

“아빠는…… 아빠는…… 사형 받을 거예요…… 아빠를

구해야 해요."

"사람을 죽였으니 사형을 받아 마땅하지. 새파랗게 젊은 년을 끼고 재미를 보다가 죽이다니……."

미혜는 큰소리로 울었다. 아버지와 어머니 사이에서 어떻게 해야 할지 몰라 마구 울어댔다.

"아니에요! 아빠는 살인을 하지 않았어요! 엄마가 더 잘 아실 거예요! 아빠는 절대로 사람을 죽일 분이 아니에요! 아빠는 억울해요"

"잘잘못은 재판에서 가려질 거다. 네가 나선다고 해서 무엇이 어떻게 되지는 않아."

엄마는 너무도 냉정했다.

"그럼 엄마…… 엄마는 아빠가 사형 당하는 걸 그대로 보고 계실 셈이에요?"

미혜는 엄마를 올려다보았다.

"그 전에 내가 먼저 죽을 거다."

양인숙은 거침없이 말했다.

"아, 엄마! 안 돼요!"

미혜는 울부짖으며 몸부림쳤다. 절망적인 처절한 몸부림이었다.

양인숙은 딸의 울부짖는 소리를 들으며 도로 눈을 감아버렸다.

미혜는 자기 방으로 돌아와 통곡했다. 울어도 울어도 눈

물은 걷잡을 수 없이 흘러나왔다. 엄마는 정말 자살해 버릴지도 모른다. 모든 것을 잃어버린 지금 엄마가 택할 수 있는 길은 그것뿐일지도 모른다.

아, 그렇지만 그건 안 된다. 엄마가 자살하시다니, 있을 수 없는 일이다. 엄마마저 돌아가시면 결국 우리 집안에는 나 혼자 남는다. 나 혼자서 무얼 어떻게 하란 말인가. 엄마가 자살하면 나도 따를 수밖에 없다.

침대 위에 얼굴을 묻고 울었다. 정신없이 한참 울고 있는데, 누가 어깨에 손을 얹는다. 화들짝 놀라 돌아보니 어머니가 어느새 방안에 들어와 있었다.

미혜는 어머니 품속에 안기면서 더욱 서럽게 울었다.

어머니의 손길이 부드럽게 그녀의 등을 쓰다듬었다.

"이제 그만…… 그만 울어."

엄마는 조용하게 말했다.

"엄마, 아빠를 용서해 주세요. 네?"

"아빠를 용서해 줄 수는 없어. 그건 절대 안 돼. 그렇지만 아빠를 구하는데 노력은 하겠다. 너를 위해서라도…… 힘닿는 데까지……."

"아, 엄마. 감사해요!"

미혜는 겨우 울음을 그쳤다.

"네가 나한테 감사할 건 없어."

"그래도 엄마, 감사해요."

엄마를 이해할 수 있다. 지금 이 상태에서 아빠를 용서해 줄 수는 없으시겠지. 시간이 흐르면 증오감도 사라지고 결국 용서해 주실 것이다.

"아빠를 찾아가 봤니?"

인숙은 침대 위에 걸터앉으며 물었다. 미혜는 고개를 가로 저었다.

"못 만났어요. 만날 수가 없었어요. 아빠가 만나 주시지를 않아요."

"그러시겠지. 너한테 그런 모습을 보이고 싶지 않겠지. 부끄러울 테니까."

인숙은 알겠다는 듯 고개를 끄덕거리며 딸을 물끄러미 바라보았다.

"엄마, 엄마가 한번 아빠를 만나 보세요."

인숙은 단호히 고개를 저었다.

"나는 만나기 싫어. 내가 아빠를 만난다는 건 아빠를 용서해 준다는 뜻이야. 따라서 용서하는 마음 없이 내가 아빠를 만날 수는 없어."

미혜는 어머니의 손을 잡았다. 그 손을 들어 올려 거기에 볼을 비빈다.

"엄마, 아빠를 용서해 주세요. 부탁이에요."

"안 된다니까!"

갑자기 날카로운 소리가 튀어나왔다.

"그런 말 다신 하지 마라. 넌 아직 경험이 없으니까 내 심정이 어떻다는 걸 모를 거다. 배신당한 여자의 심정은 말로 표현할 수 없는 거다."

"죄송해요. 엄마."

미혜는 어머니를 바라보았다. 어머니의 눈에서 눈물이 주르르 흘러내리고 있었다. 어머니가 우는 것을 보기는 처음이었다. 심한 충격으로 얼어붙어 있던 가슴이 비로소 녹기 시작한 모양이었다.

"엄마, 울지 마세요."

미혜는 어머니의 두 손을 잡았다.

"미혜야…… 어, 어쩌면 좋으냐……."

"엄마……."

두 모녀는 서로 와락 껴안고 울음을 터뜨렸다.

식물 인간

검사(檢事) 면회는 거절되었다. 사회의 충격을 의식해서인지 검사는 누구의 간섭도 받지 않고 공정하게 이번 사건을 다스릴 생각인 것 같았다.

12호 검사실의 서기(書記)라는 사람은 뚱뚱했다. 젊은 남녀가 찾아온 용건을 이야기하자 그들을 한참 동안 그 자리에 세워 둔 채 하던 일을 계속했다. 한참 후 서기라는 사람이 하는 말이 검사 면회는 금지 되었으니 할 말이 있으면 자기한테 하라는 것이었다. 두 사람이 살인범의 가족이어서 그런지 태도가 몹시 살벌했다.

미혜와 명호는 더 이상 말도 못 붙여 본 채 그곳을 나왔다. 문을 닫으면서 미혜는 눈물어린 눈으로 문에 붙은 명패를 바

라보았다.

<검사 엄국환(嚴國煥)> — 어떻게 생긴 분일까. 날카롭고 무섭게 생겼겠지. 바로 칼자루를 쥐고 있는 사람이다. 아빠를 죽일 수도 있는 사람이다. 결코 접근할 수 없는 멀고 먼 곳에 있는 이방인처럼 느껴진다.

명호와 헤어져 곧장 집으로 돌아오니 어머니는 외출하고 없었다. 아무도 없는 텅 빈 집에 혼자 있으려니 외로움에 몸이 떨릴 지경이었다. 새삼 자신이 마주하고 있는 벽이 얼마나 두껍고 높은 것인가 하는 것이 느껴졌다. 아버지를 구하려고 발버둥치고 있는 자신이 어리석게 생각되기조차 했다.

이젠 눈물까지 말라붙어 버렸는지 슬픔이 북받치는 데도 눈물이 나오지 않는다. '어떻게 해야 하나. 이를 어떻게 해야 하나.'

두 시간쯤 지나 양인숙이 돌아왔다. 낯빛이 창백하다 못해 파리했다. 모녀는 탁자를 사이에 두고 소파에 마주 앉았다. 미혜는 걱정스런 눈으로 어머니를 바라보았다.

"변호사를 만나고 왔다."

인숙이 담담한 목소리로 말했다. 미혜의 표정이 갑자기 밝아졌다.

"일류 변호사야. 착수금으로 50만 원 주고 왔다."

미혜는 궁금했다.

"변호사가 뭐래요?"

인숙의 입에서 한숨이 가만히 새어나왔다.

"물어보나마나야. 그대로 두면 사형이란다. 사회에 충격을 준 사건이기 때문에 더욱 그렇다는 구나."

두 사람은 무거운 침묵 속으로 빠져들었다. 미혜는 목이 메어 말이 나오지 않았다. 한참만에야 겨우,

"그 변호사가 맡으면 아빠를 살릴 가능성이 있나요?"
하고 물었다. 인숙은 천천히 고개를 저었다.

"아무리 변호사라고 하지만…… 누가 이런 사건을 맡으려고 하겠니. 맡지 않으려는 것을 겨우 사정해서 부탁했다."

미혜는 애가 탔다. 변호사가 꺼리는 사건이라면 아빠는 어떻게 될까?

"그럼…… 가능성이 없나요?"

"내가 그걸 어떻게 알겠니. 하여튼 유명한 변호사이고, 힘써 주겠다고 했으니까 기대를 걸어 볼 수밖에 없지 않겠니."

창문으로 쏟아져 들어오는 햇빛에 눈물이 반짝인다. 어머니가 소리 없이 울고 있는 것을 보자 미혜는 금방 울음이 터질 것만 같았다.

하늘색 바바리코트에 감싸인 인숙의 몸은 후들후들 경련을 일으키고 있었다. 터져 나오는 울음을 억지로 참고 있기 때문에 그러는 것 같았다.

미혜는 어머니 곁으로 다가가 앉으며 그녀의 손을 가만

히 잡았다. 그러자 기다렸다는 듯이 인숙이 그녀를 껴안았다. 처절한 울음소리였다.

3월 30일 오후 2시, 첫 번째 재판이 열렸다.

동일이 체포된 지 2주 만이었다. 으레 수개월씩 기다려야 하는 여느 사건의 재판과는 달리 이번에는 매우 신속하게 열린 셈이었다. 비등하는 여론을 의식한 처사였다. 그래서인지 밀려올 인파를 소화하기 위해 장소도 비좁은 곳이 아닌 넓은 대법정으로 정해졌다.

재판이 열리기 두 시간 전부터 대법정 주변은 인파로 뒤덮이다시피 했다. 사람들은 서로 들어가려고 아우성이었다.

보도기관의 취재 기자들과 카메라 기자들은 센세이셔널한 사건의 추이를 하나도 놓치지 않고 집어 삼키겠다는 듯 의기양양하게 버티고 있었다. 모든 사람들의 표정이 하나같이 비슷해 보였다.

살인범이 법적인 절차를 거쳐 사형장으로 끌려가는 것을 확인하려는 천박하고 야만적인 심리가 얼굴에 번득이고 있었다. 그런 의미에서 그들은 모두가 한편이었다. 한편이기 때문에 저절로 뭉칠 수가 있었고, 그 뭉친 힘은 거센 파도처럼 법정을 휩쓸고 있었다.

2시 10분 전에 마침내 조동일이 나타났다. 특별 호송차에 실려 삼엄한 경비를 받으며 모습을 드러냈다. 법정 밖에

몰려서 있던 인파가 좌우로 갈라지면서 한 사람이 겨우 걸어 갈 수 있는 통로가 트였다.

차에서 내린 동일은 고개를 숙인 채 노도 속으로 밀려들어갔다. 메마른 얼굴은 온통 수염투성이였다. 뒤로 수갑이 채워진 데다 그것도 모자라 밧줄로 칭칭 동여매어진 그의 모습은 마치 생명이 없는 식물인간 같았다.

"저 새끼 죽여!"

누군가가 소리쳤다.

"이 살인마야!"

여러 사람이 부르짖었다.

"재판할 필요 없이 바로 죽이라구!"

여기저기서 증오의 함성이 터져 나왔다. 동일의 목이 더욱 꺾어지고 있었다.

"저런 놈은 광화문 네거리에 세워 놓고 각을 떠야 해!"

군중들은 흥분하고 있었다.

"그냥 죽여 버리면 안 된다구. 두고두고 괴롭히면서 죽여야 한다구!"

무엇인가가 날아와 동일의 뒤통수를 쳤다. 돌멩이였다. 그러나 동일은 고개를 들지 않았다. 아무것도 느끼지 못하는 듯 인파를 뚫고 법정 안으로 들어갔다.

미혜는 방청석 맨 앞줄에 앉아 있었다. 그녀의 왼쪽에는 명호가, 오른쪽에는 양인숙이 앉아 있었다.

아버지의 모습이 보이자 미혜는 뛰쳐 일어나려고 했다. 그러한 그녀를 명호가 제지했다. 명호의 손이 그녀의 손을 으스러지게 움켜쥐고 있었다. 여기저기서 카메라 플래시가 번쩍번쩍 터지고 있었다.

곧 이어 세 명의 판사와 담당 검사가 들어섰다. 미혜는 명호가 이끄는 대로 자리에서 일어섰다가 도로 앉았다.

장내는 순식간에 기침 소리 하나 없이 조용해졌다. 판 검사들이 재판 서류를 넘기는 소리만이 사각사각 들려오고 있었다. 이윽고 밭은기침 소리와 함께 수석 판사의 목소리가 장내를 울렸다.

"이름은?"

"조동일입니다."

침착하고 조용한 목소리였다. 동일은 서 있었다. 고개를 숙인 채 꼼짝하지 않고 서 있었다. 간단히 피고에게 인정 신문을 끝낸 수석 판사는 오른쪽 하단에 자리 잡고 있는 검사를 내려다보면서,

"검사, 질문하시오."

하고 말했다.

검사가 상체를 움직였다.

모든 사람들의 시선이 검사에게 쏠렸다. 미혜도 뚫어지게 검사를 바라보았다.

검사는 삼십 안팎의 젊은 사람이었다. 얼굴빛이 희고 미

남형이었다. 치켜 깎은 머리는 기름이 발라져 단정하게 빗질이 되어 있었고, 얼굴은 날카로운 인상은 아니었지만 빈틈이 없어 보였다.

목소리는 의외로 쉬어 있었다. 그리고 말투가 빨랐다. 그는 판사석을 한번 보고나서 시선을 피고 쪽으로 옮겼다.

●문 = 한 달의 수입은 얼마나 됐나요?

●답 = 백만 원 남짓 됐습니다.

●문 = 월급이 그렇다는 말인가요?

●답 = 네.

●문 = 상무이사라면 부수입이 많을 텐데 정확히 말해 보시오.

●답 = 부수입까지 합하면 2백만 원쯤 됐습니다.

●문 = 보너스는?

●답 = 일 년에 1천 5백 퍼센트였습니다.

●문 = 그 정도의 고소득이었으니 여대생을 농락하는데 용돈은 궁하지 않았겠군요. 그렇죠?

●답 = …….

●문 = 이 다이아 반지는 피고가 소 희 양에게 사준 겁니까?

●답 = 네.

●문 = 얼마짜립니까?

●답 = 20만 원 줬습니다.

●문 = 왜 사줬습니까?

●답 = 생일 선물 한 겁니다.

●문 = 부인되시는 분의 생일은 언젭니까?

●답 = 2월 5일입니다.

●문 = 지났군요. 지난 생일에 부인께는 무얼 선물하셨나요?

●답 = 선물은 못해 줬습니다.

●문 = 왜 못했죠? 못한 게 아니라 안 한 거겠죠?

●답 = 잊어 먹었습니다.

●문 = 이 몽블랑 만년필도 소 희 양에게 선물한 겁니까?

●답 = 네.

●문 = 이 마비스 안경도?

●답 = 네.

●문 = 이 오메가 시계도?

●답 = 네.

검사는 잠시 쉬었다가 계속했다.

●문 = 좋습니다. 본론으로 들어가도록 하겠습니다. 소 희 양과 언제부터 알게 됐습니까?

●답 = 작년 1월경이었습니다.

●문 = 1년이 넘었군요. 어떻게 해서 알게 됐나요?

●답 = 고속버스 속에서 알게 됐습니다.

●문 = 좀 더 자세히 말해 보시오.

●답 = 부산 가는 고속버스였는데, 우연히 같은 자리에 앉게 되었습니다. 그래서 알게 된 겁니다.

●문 = 그때부터 쭉 관계를 가져왔나요?

●답 = 네.

●문 = 육체관계는 어느 정도 가져왔나요?

●답 = 1주일에 한 번 정도씩 가졌습니다.

●문 = 소 희 양은 그때마다 순순히 육체를 제공했나요?

●답 = 네.

●문 = 죄의식은 없었나요?

●답 = 있었습니다.

●문 = 그러면서도 관계를 지속했나요?

●답 = 네.

●문 = 그 여자를 사랑했나요?

●답 = 네.

●문 = 어느 정도 사랑했나요?

●답 = 말할 수 없이 사랑했습니다.

●문 = 그렇게 사랑했으면서 왜 살해했나요?

●답 = …….

●문 = 부인은 사랑했나요?

●답 = 사랑하지 않았습니다.

●문 = 사랑은 지고(至高)의 가치라고 생각하나요?

●답 = 그렇지는 않습니다.

●문 = 피고의 가족 상황을 말해 보시오.

●답 = 아내와 딸이 있습니다.

●문 = 따님은 몇 살입니까?

●답 = 스물 셋입니다.

●문 = 따님은 사랑합니까?

●답 = 네.

●문 = 소 희 양은 몇 살이었습니까?

●답 = 스물 셋이었습니다.

●문 = 따님과 동갑이군요. 소 희 양은 지난 3월 2일 밤 자택에서 잔혹하게 살해되었습니다. 어떻게 살해되었는가 하는 것은 차마 여기서 말할 수가 없을 정돕니다. 그야말로 유례를 찾아볼 수 없을 정도로 엽기적인 살인 사건이었습니다. 소 희 양이 살해된 시간은 밤 11시 전후였습니다. 피고가 소 희양과 마지막으로 만났던 날짜는 언제였습니까?

●답 = 3월 2일이었습니다.

●문 = 그날 몇 시에 만나 몇 시에 헤어졌습니까?

●답 = 오후 6시 40분경에 만나 9시쯤 헤어졌습니다.

●문 = 처음 만난 장소는 명동에 위치한 <까뮈의 집>

이라는 살롱이었나요?

●답 = 네.

●문 = 거기서 나와 어디로 갔습니까?

●답 = 흑룡(黑龍)이라는 일식집으로 가서 함께 식사를 했습니다.

●문 = 다음은?

●답 = 남양 호텔로 갔습니다.

●문 = 거기서 접촉을 가졌나요?

●답 = 네.

●문 = 몇 번 접촉을 가졌나요?

●답 = 세 번이었습니다.

●문 = 그 다음에 어떻게 했나요?

●답 = 호텔을 나와 헤어졌습니다.

●문 = 그러고 나서 극장에 들어갔나요?

●답 = 네. M극장에 들어갔습니다.

●문 = 그 극장에서 무슨 프로를 상영했나요?

●답 = 미국 영화인데 <나는 살고 싶다>라는 영화였습니다.

●문 = 무슨 영화였나요?

●답 = 죄 없는 한 여인이 무고하게 사형 당하기까지의 이야기였습니다.

●문 = 극장에서 나온 것은 몇 시였습니까?

●답 = 10시 반쯤이었습니다.

●문 = 그것을 증언할 수 있는 증인이 있습니까?

●답 = 없습니다.

●문 = 좋습니다. 다른 곳에 들르지 않고 그 길로 바로 소 희 양의 집으로 갔습니까?

●답 = 네.

●문 = 10시 반에 극장을 나왔다면 11시 까지는 택시로 충분히 소 희 양의 집까지 갈 수 있습니다. M극장에서 소 희 양의 집까지는 택시로 15분 정도 걸립니다. 그렇지요?

●답 = 네.

●문 = 소 양 집엔 택시를 타고 갔습니까?

●답 = 네.

●문 = 몇 시쯤 도착했습니까?

●답 = 잘 모르겠습니다.

●문 = 소 희 양의 집에 그날 밤 소 양 혼자서 잔다는 걸 미리 알았겠지요?

●답 = 네.

●문 = 극장에 들어선 것은 알리바이를 만들기 위해서 그런 게 아닌가요?

●답 = ……

●문 = 좋습니다. 피고는 묵비권을 행사할 권리가 있

습니다. 따라서 누구도 자백을 강요해서는 안 됩니다. 대답을 하고 안 하고는 자유입니다. 여기 보시는 이것이 바로 소 희 양의 살해에 이용된 칼입니다. 이 칼에 묻은 혈액과 소 희 양의 혈액은 같은 A형이었습니다. 이 칼은 접었다 폈다 할 수 있는 잭나이프로 국산이 아닌 미제입니다. 이 칼을 본 적이 있습니까?

●답 = 네.

●문 = 피고의 칼인가요?

●답 = 네.

●문 = 피고의 진술에 따라 이 칼의 판매처를 조사해 본 결과 C낚시 상점에서 피고에게 작년 10월 3일에 이 칼을 판매했다고 합니다. 맞습니까?

●답 = 네.

●문 = 낚시가 취미입니까?

●답 = 네.

●문 = 왜 이 칼을 샀습니까?

●답 = 낚시할 때 사용하려고 샀습니다.

●문 = 이 손수건은 피고의 것인가요?

●답 = 네.

●문 = 이 손수건의 수는 누가 놓아준 겁니까?

●답 = 딸이 해준 겁니다.

●문 = 이 손수건에 묻은 혈액도 A형입니다. 이 가죽

장갑도 C낚시점에서 판매한 겁니다. 피고가 작년 10월 3일에 칼과 함께 구입했다고 하는데 사실입니까?

●답 = 네.

●문 = 이건 낚시용 장갑입니까?

●답 = 네.

●문 = 이 장갑에 묻은 혈액 역시 A형입니다. 여기에 수집된 증거물인 칼과 손수건, 그리고 장갑은 소 양의 아파트 쓰레기통 속에서 발견됐습니다. 이것은 소 양의 집에서 채취된 구두 발자국을 그린 겁니다. 이 구두를 기억하십니까?

●답 = 네.

●문 = 피고가 명동에 있는 D구둣방에서 구입한 건가요?

●답 = 네.

●문 = 피고인의 것이 분명한 이 구두를 이 그림에 맞춰 보겠습니다. 자, 보십시오. 딱 들어맞죠? 빈틈 하나 없이 들어맞죠?

●답 = …….

●문 = 이상으로 미루어 볼 때, 피고는 소 양을 살해할 계획을 미리부터 치밀하게 세웠습니다. 결코 우발적인 범행이 아니었습니다. 3월 2일 밤, 소 양과 마지막 접촉을 가진 후에 소 양과 헤어졌습니다. 그리고 알리바이

를 만들기 위해 M극장에 들어가 영화를 보았습니다. 그러나 피고는 그 알리바이에 그렇게 기대를 걸지는 않았던 것 같습니다. 왜냐하면 알리바이가 없더라도 피고는 완전 범죄를 자신했던 것 같습니다. 10시 반에 극장에서 영화를 보고 나온 피고는 그 길로 소 양의 아파트로 가서 소 양 혼자 있는 것을 확인하고는 계획대로 살해했습니다. 그리고 범행에 사용된 것들을 모두 쓰레기통 속에 버린 다음 집으로 돌아왔습니다. 3월 2일 밤 피고의 귀가 시간은 통금이 임박해서였습니다. 피고의 가족들이 모두 그 사실을 인정해 주었습니다. 그렇지 않습니까?

●답 = …….

●문 = 소 양은 임신 3개월이었습니다. 그 사실을 알고 있었습니까?

●답 = 네.

●문 = 소 양을 임신시킨 것은 피고의 짓이었습니까?

●답 = 네.

●문 = 그렇다면 임신까지 한 사랑하는 애인을 왜 그렇게 살해했나요?

●답 = …….

●문 = 경찰 신문 기록에는 소 양이 임신한 사실을 놓고 피고에게 결혼해 줄 것을 강요했다고 되어 있는데 그것이 사실입니까?

●답 = 네.

●문 = 결혼해 주지 않으면 모든 사실을 폭로하겠다고 소 양이 위협했다는 데 사실입니까?

●답 = 네.

●문 = 소양은 끝까지 아기를 낳겠다고 했다는 데 그것도 사실입니까?

●답 = 네.

●문 = 소 양과 결혼할 마음이 없었나요?

●답 = 있었습니다.

●문 = 그럼 왜 결혼하지 않았지요?

●답 = 아내와 이혼할 수가 없었기 때문입니다.

●문 = 아내에게 이혼하자고 말했습니까?

●답 = 안 했습니다.

●문 = 왜 안 했습니까?

●답 = 가정을 파괴할 수는 없었습니다.

●문 = 소 희 양과도 결혼하고 싶고 가정도 파괴할 수 없다는 말인가요?

●답 = 네…….

●문 = 소 양의 위협에 공포를 느꼈나요?

●답 = 네.

●문 = 피고는 R건설 상무이사로서 사회적으로 출세한 편에 속합니다. 따라서 소 양과의 불륜의 관계가 밝혀

지면 사회적 지위도 가정도 하루아침에 파탄이 된다는 것은 자명한 이치입니다. 피고는 그 사실을 두려워했습니다. 그렇지 않은가요?

●답 = …….

●문 = 사실이죠?

●답 = 네.

●문 = 결국 피고는 자신의 불륜 행위가 사회에 알려질 것을 두려워한 나머지 임신 3개월의 소 희 양을 잔혹한 수법으로 살해한 겁니다. 소 희 양은 가정까지 있는 피고한테 1년여에 걸쳐 농락당한 끝에 살해된 겁니다. 두 사람의 불륜의 관계는 은밀히 진행되고 있었기 때문에 피고는 완전범죄를 자신했을 겁니다. 그러나 치밀한 두뇌의 소유자인 피고는 만일의 경우에 대비해서 사건 직후 해외로 도피까지 했었습니다. 표면상으로는 R건설의 사우디아라비아 공항 건설 계약 차 출국했다고 하지만 R건설 측에 문의한 결과 피고는 대표단에 자청해서 참가해 떠났다고 합니다. 사실입니까?

●답 = 네.

●문 = 피고는 자신이 수사권 밖에 있다는 확신이 서자 귀국했습니다. 그리고 지난 3월 16일 김포공항에서 체포되었습니다. 이것은 W의대 신경정신과에서 내린 피고에 대한 정신감정 진단서입니다. 진단 결과는 가학성

변태성욕자로 밝혀졌습니다. 그러나 이것은 피고의 범죄 행위에 대한 참작이 될 수가 없습니다. 피고는 정상적인 정신 상태에서 범죄를 계획했고 그 계획에 따라 소 희 양을 살해했기 때문입니다. 끝으로 소 희 양의 일기장 한 부분을 발췌해서 읽어보겠습니다. 이것은 지난 2월 4일자 일기입니다.

"C는 나를 무릎 위에 올려놓고 사랑했다. 나는 그분의 머리 너머로 눈보라를 보고 있었다. 눈은 바람을 타고 산 너머에서 우르르 우르르 몰려오는 것 같았다. 그분의 몸속으로 들어가 버릴 수 있다면 얼마나 좋을까. 그분이 나를 포옹해줄 때면 나는 항상 그분의 몸속으로 들어가고 싶어진다. 사랑해요. 당신."

광란의 어둠

조동일이 법정에서 보여준 태도와 진술은 실로 충격적인 것이었다. 그는 범행 일체를 순순히 시인했을 뿐만 아니라 목숨을 부지하기 위한 자기 변명 따위는 일체 늘어놓지 않았다. 그는 살려는 의지를 완전히 포기한 듯 했다.

미혜가 받은 충격은 이만저만이 아니었다. 그녀는 현기증을 느끼고 쓰러질 뻔했었다. 마치 꿈을 꾸고 있는 것 같은 기분이었다.

아버지는 이미 죽음 속에 한 발을 들여놓고 있는 듯했다. 진술하는 모습에는 삶에 대한 미련이나 애착 따위가 조금치도 엿보이지 않았다. 검사의 질문을 너무도 단순히 시인하고 있었고 저항을 보이기는커녕 오히려 유도 심문에 동조하고

있는 듯이 보였다.

실로 충격적인 일이었다. 진술 내용 중 피살자인 소 희 양을 말할 수 없이 사랑했으며, 어머니를 사랑하지 않았다는 말도 충격적인 발언이었다.

그 말을 듣는 순간 어머니는 졸도 했고 법정에는 한동안 소요가 일어났다. 미혜 자신 역시 기절해 버릴 것 같았었다.

늙은 변호사의 발언은 형식적이었고 무기력하기 짝이 없었다. 능력을 발휘해서 피고를 살려야 되겠다는 의지는 전혀 보이지 않고, 정신착란 끝에 일어난 우발적인 범행일지도 모르니 정상을 참작해서 관대한 처분을 바란다는 것이 고작이었다.

어머니를 다시 병원에 입원시키고 나오면서 미혜는 한동안 허탈에 빠져 정원 벤치에 멀거니 앉아 있었다. 명호는 급한 일이 있어 먼저 갔다. 계속 충격적인 일을 당하다 보니 이젠 비통한 감정도 사라져 버리고 아무 느낌도 들지 않았다. 그저 멍청한 기분이었다.

볼 위로 어느새 눈물이 흐르고 있었다. 그런데도 가슴 속은 모래 바닥처럼 삭막하기만 했다. 이 상태가 며칠만 더 계속된다면 아마 미쳐버릴 것이다. 미쳐버리고 싶다. 미친 여자가 되어 거리를 휘저으며 돌아다니고 싶다.

검사가 읽어 준 소 희의 2월 4일자 일기 생각이 났다.

'바람이 분다…… 눈이 날린다…… 우리는 산장에 앉아

있었다…… 나는 그분의 머리 너머로 눈보라를 보고 있었다…….'

더 이상 생각이 나지 않는다.

그것은 한 폭의 그림 같은 내용이다. 사랑해요. 당신…… 이것은 아마 마지막 부분이었지. 얼마나 사랑했으면 일기의 내용이 그럴까. 그렇게 모범적인 가장(家長)으로만 보이던 아빠가 나와 동갑내기의 어린 여대생을 사랑하다니…… 도무지 믿어지지가 않는다.

미혜는 천천히 일어섰다. 해가 떨어지자 곧 어둠이 밀려왔다. 바바리코트에 두 손을 찌르고 반쯤 넋이 빠진 채 느릿느릿 걸음을 옮겼다.

모든 것은 끝난 것이다. 그렇지 않을까? 허우적거려 본들 쓸데없는 것이다. 자멸만이 있을 뿐이다. 전에는 자살하는 사람에 대해 이해가 되지 않았고 못난 짓이라는 생각이 들곤 했었다. 그러나 이제는 자살자들을 이해할 수 있을 것 같다. 얼마든지 이해할 수 있을 것 같다.

육교 위로 올라섰다. 난간에 기대서서 아래를 내려다보았다. 차량이 홍수처럼 밀려오고 밀려가고 있다. 뛰어 내릴까. 상체를 앞으로 기울였다. 한 순간이다. 그 순간만 지나면 이 세상과 작별을 고할 수 있다. 싸울 수 있다면 죽기보다는 싸우는 게 낫다.

그러나 이제는 싸울 수조차 없게 되어 버렸다. 법정에서

아버지의 진술을 듣기 전까지는 그래도 가느다란 희망에 매달려 아버지를 구해 보겠다고 발버둥을 쳐보았다. 그러나 법정에서 재판 과정을 지켜보고 난 지금은 그런 생각이 물거품처럼 사라져 버렸다.

움직일 수 없는 물증과 아버지의 범행 시인은 구명 운동이 쓸데없는 것임을 너무도 명백히 말해 주고 있었다. 아버지가 소 희 양을 살해한 것은 움직일 수 없는 명백한 사실로 드러나 버렸다. 옴치고 뛸 수 없는 엄연한 사실로 아버지를 칭칭 동여매고 있는 것이다. 그 사실을 어떻게 뒤집는단 말인가.

아빠, 아빠는 살인범이에요! 저는 부인할 수가 없어요! 아빠가 사형당하시더라도 어쩔 수가 없어요!

술 취한 놈팡이 하나가 그녀의 어깨를 툭 치고 지나갔다. 그녀는 다리 난간을 움켜쥐고 몸을 바르르 떨었다.

주위는 암흑이다. 빛이 흘러들어올 틈이라곤 조금치도 없는 암흑이다. 손을 휘저어 보고 구원을 요청해도 누구 하나 대답하는 사람이 없다. 입에서는 절망적인 신음 소리만이 흘러나오고 있다.

아빠, 아빠가 미워요! 저주스러워요! 그러나! 전 아빠를 사랑해요! 아빠가 저에게 심어 준 그 사랑을…… 위선으로 보고 싶지는 않아요! 아빠, 용서해 주세요! 제 힘으로는 아빠를 구할 수가 없어요! 저도 죽을래요! 아빠를 따라 죽을래요!

아, 만일…… 아빠! 아빠가 소 희 양을 살해하지 않았다고 분명히 부인해 주신다면 저는 누가 뭐래도 아빠를 구하기 위해 싸우겠어요! 죽도록 싸우겠어요! 죽도록 싸워 보겠어요! 그러나 아빠, 아빠는 모든 사실을 시인하시더군요. 아빠, 정말로 그녀를 죽였나요?

미혜는 난간을 붙잡고 겨우 걸음을 옮겼다. 그래도 무너져 버릴 것 같은 기분이었다. 계단을 가까스로 내려가다가 마지막에 가서 비틀했다. 몸뚱이가 땅바닥 위로 내동댕이쳐졌다. 차가운 감촉이 얼굴에 와 닿았다. 일어나야 한다고 생각했지만 몸이 말을 듣지 않는다. 의식이 가물가물해져 왔다.

아빠, 아빠를 따라갈래요! 저도 죽고 싶어요! 죽는 거…… 이젠 무섭지 않아요!

산뜻한 백색 자가용차 한 대가 육교 밑을 지나치려 하다가 멈칫하고 섰다. 이어서 슬그머니 뒤로 미끄러져 오더니 미혜가 쓰러져 있는 곳 옆에서 멈춰 섰다. 차의 뒷문이 열리더니 장발 청년 두 명이 뛰어내렸다.

"사람이 쓰러졌는데 구경만 하기요?"

안경을 낀 키 큰 청년이 몇몇 구경꾼들을 훑어보며 날카롭게 소리쳤다. 구경꾼들은 그 말에 아무 대꾸도 못한 채 머뭇거리기만 했다.

"자, 병원에 데려가지."

안경이 거침없이 말하자 세무 점퍼의 청년이 미혜의 상

체를 안아 일으켰다. 그들은 양쪽에서 여자를 가볍게 안아 들고 차 속으로 들어갔다.

차가 떠날 때까지 구경꾼들은 멀거니 서 있었다. 자신들의 소극적인 태도가 부끄럽다는 듯이.

조금 후 미혜를 태운 자가용차는 대학병원 정문 안으로 곧장 들어갔다.

그러나 본관 건물 앞을 그대로 지나쳐 후문으로 빠져나왔다. 일단 후문을 빠져나오자 자가용은 속력을 더해 다른 차들을 앞질러 달려갔다.

차 안에는 세 명의 청년이 타고 있었다. 운전대를 잡고 있는 장발이 뒤를 돌아보며 히히하고 웃었다. 뒷자리에 앉아 있는 두 명의 청년들은 그들의 무릎 위에 엎어져 있는 여자를 내려다보다가 바로 눕혔다.

미혜는 눈을 감고 있었는데, 입에서는 가늘게 신음 소리가 흘러나오고 있었다. 넘어질 때 다쳤는지 한쪽 뺨이 찢겨 피가 흐르고 있었다.

"완전히 기절하지는 않은 모양이야."

안경 낀 청년이 말했다.

"괜찮게 생겼는데……."

세무 점퍼가 침을 꿀꺽 삼켰다.

차 안은 금방 야욕의 숨결로 가득 차오르고 있었다.

미혜는 가는 신음 소리만 흘러나오고 있었지만 아직 몸

을 움직이지는 못하고 있었다. 몇 번 꿈틀거리다가 그대로 죽은 듯이 누워 있었다.

"어디로 가지?"

장발이 사거리 신호등 앞에서 브레이크를 걸며 물었다.

"왼쪽으로! 조용한 데가 있어."

안경이 지시했다.

붉은 신호등이 꺼지자 자가용은 왼쪽으로 커브를 꺾어 나갔다. 30분쯤 달리자 차는 시내를 완전히 벗어났다. 차도를 달리는 차량들의 불빛만이 가끔씩 보일 뿐 주위는 어둠 속에 잠겨 있었다.

자가용은 속도를 줄이면서 차도를 벗어나 밑으로 내려갔다. 아래쪽은 냇가였고 자갈로 덮여 있었다. 자갈밭 위로 굴러가던 차는 조그만 콘크리트 다리 밑으로 미끄러져 들어가 정거했다.

시동을 끄고 난 장발은 다급했던지 의자 등받이 위로 상체를 굽히더니 미혜의 스커트를 휙 걷어 올렸다. 삼각팬티만으로 중심이 가려진 하체가 환하게 드러났다. 눈빛처럼 하얀 살결이었다. 풍만했다.

"근사하다!"

장발은 침을 꿀꺽 삼켰다.

"임마, 라이트 끄라구! 멀리서도 보인다구!"

안경이 장발에게 눈을 부라리며 소리쳤다.

불을 끄자 차 속은 칠흑 같은 어둠이었다.

미혜는 희미하게나마 무슨 일이 벌어지고 있는가를 깨닫고 있었다.

그러나 소리를 지를 수도 움직일 수도 없었다. 마치 꿈속 같았다. 정신을 차리고 일어나야 한다고 생각하고 있었지만 마음대로 되지가 않았다. 눈을 뜨는 것만도 어려웠다. 이를 악물고 눈을 뜨려고 기를 썼다.

먼저 보인 것은 눈앞을 가로막은 시커먼 그림자였다. 뜨거운 입김이 확 끼쳐 왔다. 반사적으로 손을 들어 상대를 밀어젖혔다. 상대는 움찔하다가 더 세게 공격해 들어왔다. 위로 잔뜩 쳐들려진 다리를 내리려고 했지만 어떻게 된 것인지 꼼짝할 수가 없었다.

"안 돼…… 안 돼요……."

절망적인 중얼거림이 새어나왔다. 아무 힘도 없는 목소리였다.

"가만 있어!"

턱으로 주먹이 날라 들었다. 사정을 두지 않는 주먹질이었다. 문이 열리더니 밖에 있던 두 명이 안을 들여다보았다.

장발이 잭나이프를 펴들더니 미혜의 목에다 들이댔다.

"가만 있지 않으면 죽여 버린다! 떠들지 마!"

"아…… 아……."

미혜는 전신에서 도로 힘이 빠지는 것을 느끼면서 눈을

감았다. 의식이 가물가물해지고 있었다. 의식의 끝에 매달려 허우적거리고 있는 동안 첫 번째 남자가 내려가고 이번에는 다른 남자가 덮쳐 왔다. 장발이었다.

고통은 여전했다. 장발은 더 격렬했다.

미혜는 붙들고 있던 의식의 끝을 탁 놓아 버렸다. 자신이 지옥으로 떨어진다고 생각하면서 다시 의식을 잃었다.

미혜가 다시 의식을 차린 것은 추위를 느끼고서였다. 그녀는 벌거벗은 채 옷가지와 함께 다리 밑에 버려져 있었다.

일어나려고 하자 다리가 찢어지는 것 같아 움직일 수가 없었다. 앉은 채로 옷을 입었다. 절망의 끝에 다다랐다는 생각 때문인지 비참한 기분 같은 것은 들지 않았다.

아무 때나 죽을 수 있다는 생각이 그녀로 하여금 오히려 행동을 침착하게 해주고 있었다. 무서움도 슬픔도 없었다. 옷을 입고 비틀거리며 다리 밑은 빠져나와 물소리가 나는 쪽으로 걸어갔다.

쭈그리고 앉아 차가운 물로 세수를 하자 머릿속이 맑아 왔다. 지금까지 살아온 중에 그렇게 머릿속이 맑아 보기는 처음인 것 같았다. 그녀는 짐승처럼 땅바닥에 엎드려 정신없이 냇물을 삼켰다.

어디쯤인지 짐작조차 할 수 없었다. 시계마저 벗겨 가 버려 몇 시쯤인지도 알 수 없었다. 차도로 나와 서 있자니 경찰 순찰차가 나타났다. 몸을 돌려 피하려고 하자 차가 정지하면

서 경찰이 뛰어나왔다. 미혜는 몸을 잔뜩 웅크렸다. 그리고 한 발자국 뒤로 물러섰다.

"당신, 뭐하는 거요?"

"……."

미혜는 입을 다문 채 멍하니 경찰을 바라보았다. 미혜의 몰골을 보고 난 경찰은 혀를 끌끌 찼다.

"당신…… 당했군? 그렇지?"

미혜가 비틀하자 경찰은 그녀를 부축해서 차 속에 밀어 넣었다.

차 속에는 경찰이 세 명 있었다. 미혜가 타자 모두가 눈을 둥그렇게 뜨고 호기심어린 반응을 보였다.

"당한 모양이야. 어떤 놈들이 그랬지?"

미혜는 말없이 창밖 어둠을 바라보았다.

"이봐, 아가씨, 들리지 않나?"

누군가가 그녀를 흔들었다.

"들려요."

미혜는 가느다랗게 대답했다.

"어떤 놈들이 그랬어?"

"괜찮아요. 당하지 않았어요."

그녀는 찢어진 스커트 자락으로 허벅지를 가렸다. 경찰들은 그녀의 말을 믿지 않았다.

"거짓말하면 안 돼. 자, 아가씨, 어떻게 된 일인지 사실대

로 말해봐요."

그녀는 고개를 세차게 저었다.

"말할 게 없어요. 전…… 창녀예요. 그뿐이에요. 집에까지 좀 부탁해요."

경찰들의 입이 벌어졌다. 차가 달리는 동안 그들은 계속 질문을 퍼부어 댔지만 미혜는 강간당한 사실을 절대 털어놓지 않았다.

차가 집 앞에 도착하자 안에서 그녀를 기다리고 있던 명호가 뛰어나왔다. 경찰이 그에게 미혜를 데리고 오게 된 경위를 설명했다.

"그런 일을 당하면 누구나 다 정신이 이상해질 겁니다. 안정시키십시오."

경찰은 이렇게 말끝을 맺고 돌아갔다.

명호는 부들부들 떨리는 가슴을 가까스로 진정하면서 안으로 들어갔다.

"어떻게 된 일이야?"

"……."

미혜는 아무 대답 없이 비틀거리며 화장실 쪽으로 갔다.

미혜는 욕탕 속에 들어가 있었다. '쏴' 하는 물소리가 밖에까지 들려오고 있었다. 명호는 끓어오르는 가슴을 진정하면서 욕탕 앞에서 서성거리고 있었다.

한참을 기다려도 미혜는 나오지 않았다. 목욕탕 속에서

몸부림치는 게 아닐까? 문을 잡아당겨 보았지만 안으로 굳게 잠겨 열리지 않았다.

거의 한 시간이나 지나 미혜는 욕실에서 나왔다. 큰 타월로 몸을 감싸고 있었는데, 찬물로 목욕을 한 탓인지 파랗게 질려 있었다. 그녀는 명호를 외면한 채 곧장 방으로 들어갔다. 명호는 뒤따라 들어가 그녀를 가만히 껴안았다. 미혜는 그를 획 뿌리쳤다. 돌아서서 그를 바라보는 그녀의 눈에는 차가운 냉기가 서려 있었다.

눈물을 흘리는 쪽은 오히려 명호였다. 그는 눈물이 글썽한 눈으로 미혜를 바라보고 있었다. 무슨 말을 할 것인가. 무슨 말을 물어볼 것인가. 다시 손을 가져가자 미혜는 또 뿌리쳤다.

"돌아가 주세요. 제발…… 부탁이에요."

미혜의 입술이 가볍게 떨리고 있었다. 명호는 머리를 세차게 저었다.

"그러지 마. 우리는 한 몸이야."

이번에는 미혜가 완강하게 머리를 저었다.

"제발 부탁이에요. 돌아가 주세요. 그리고…… 다시는 찾아오지 마세요."

"무슨 말을 그렇게 하는 거야? 미혜가 나하고 한 약속을 벌써 잊었어!"

거세게 반항하는 미혜를 끌어안고 명호는 부르짖었다.

"정신 차려! 정신 차리라구!"

미혜는 울부짖었다.

"전…… 처녀가 아니에요! 세 남자가 저를 차 속에서 차례로……."

"그만! 듣고 싶지 않아!"

명호의 입술이 그녀의 입술을 덮쳤다. 들어야 해요. 하고 미혜는 소리치고 싶었다. 그러나 입이 명호의 입술에 막혀 말을 할 수가 없었다.

그녀의 몸이 침대 위로 쓰러졌다. 명호의 완강한 가슴이 그녀를 덮쳐눌렀다. 완강히 저항하던 미혜는 힘이 빠져 축 늘어져 버렸다. 그녀는 고개를 돌린 채 눈을 감았다. 명호의 뜨거운 입김이 귀에 와 닿았다.

"그런 건 아무것도 아니야! 그게 어떻단 말이야? 우리는 서로 사랑하고 있어! 그게 중요한 거야! 내가 그렇게 값싼 남자 인줄 알았어? 난 너를 사랑해! 네가 무슨 일을 당해도 난 너를 사랑해! 너와 헤어질 수는 없어! 너를 결코 놓치지 않을 거야! 아버지 일이나 생각해야 해! 너는 그런 것으로 고민하고 있을 처지가 아니야! 정신 차리란 말이야!"

미혜는 죽은 듯이 누워 있었다. 눈을 감은 채 아무 반응도 보이지 않고 있었다.

"아버지를 구할 수 있는 사람은 너뿐이야! 아버지는 죽어 가고 있어! 죽어 가고 있단 말이야! 강간을 당했다고 해서 이

러다니 정말 한심해!"

명호는 몸을 일으켜 의자에 털썩 주저앉았다. 그리고 담배를 꺼내 물었다. 손끝이 가늘게 떨리고 있었다.

"내일 우리 집 가정부를 데려다 놓겠어. 우선 집안을 치워야겠어. 꼭 돼지우리 같아."

그때 죽은 듯이 누워 있던 미혜가 몸을 일으켰다. 똑바로 서는 바람에 두르고 있던 타월이 흘러내리면서 벌거벗은 몸이 드러났다.

"보세요. 전 창부예요! 당신 맘대로 하세요! 전 창부란 말이에요!"

몸이 쓰러질 듯 앞으로 다가왔다. 바로 코앞에서 육체가 꿈틀거렸다. 명호의 눈에 불이 이는 듯했다. 그는 발작적으로 일어나 따귀를 후려쳤다.

"어리석은 계집애 같으니!"

미혜의 몸이 방바닥으로 데구루루 굴렀다.

미혜는 쓰러진 채 방구석에 머리를 처박고 움직이지 않았다. 육체의 선이 흔들리고 있었다.

"어리석은 것 같으니! 네가 그렇게 바보인 줄은 몰랐어! 다시는 찾지 않겠다!"

문이 열렸다가 쾅하고 닫히는 소리가 들려왔다.

쓰러진 채 움직이지 않고 있던 미혜의 입에서 마침내 흐흑 하는 소리가 흘러나왔다. 얼어붙어 있던 가슴이 풀리면서

봇물이 터지듯 울음이 터져 나왔다.

텅 빈 집에서 처녀가 벌거벗은 몸으로 쓰러져 무서운 고독감에 떨며 애처롭게 울고 있는 모습은 차마 눈뜨고 볼 수 없는 광경이었다.

피를 토하는 것 같은 미혜의 울음소리가 방안을 가득 채우고 있었다. 그녀는 울고 또 울었다. 방바닥을 손톱으로 긁으며 오열했다.

"명호 씨, 사랑해요! 가지 마세요! 부탁이에요! 제발 가지 마세요."

한참 정신없이 울고 난 그녀는 고개를 쳐들었다. 그리고 소스라치게 놀라 뛰어 일어났다. 간 줄 알았던 명호가 벗은 몸으로 방 가운데 우뚝 서 있었다.

명호가 팔을 벌리자 그녀는 총알처럼 그의 품속으로 뛰어들었다. 그리고 다시 울음을 터뜨렸다.

"미안해요! 용서해 주세요!"

다시 눈물이 쏟아졌다.

"미혜…… 실컷 울어! 얼마든지 울라구!"

벌거벗은 두 남녀는 으스러지게 상대를 서로 끌어안고 몸부림쳤다.

벽시계가 열두 점을 치고 있었다.

살인자의 딸

미혜는 눈을 떴다. 새벽빛이 창문을 통해 뿌옇게 들어오고 있었다. 옆구리에 따뜻한 감촉이 왔다. 명호는 벌거벗은 채 그녀의 곁에서 깊은 잠에 떨어져 있었다.

그녀는 명호가 깨지 않도록 조심스럽게 침대 밖으로 빠져나와 옷을 입고 정원으로 나갔다. 정원 잔디밭에 어느새 파란 싹이 돋아나는 것이 보였다. 정원수들도 싹이 돋아나고 있었다. 완연한 봄이었다. 모든 것이 시작되는 봄이었다.

그녀는 숨을 들이켰다. 차가운 새벽 공기가 가슴 깊숙이 스며들어 왔다. 어젯밤의 일이 마치 악몽처럼 생각되면서 눈앞이 침침해져 왔다. 나뭇가지에 돋아난 새싹에 코끝을 대고 눈을 스르르 감았다. 가슴 밑바닥에서 무엇인가 뭉클한 것이

치밀어 올랐다. 목이 뜨거워 왔다. 그녀는 세차게 머리를 내저었다.

쓰러져서는 안 된다. 일어나야 한다. 희망을 가져야 한다. 이 새싹처럼 봄을 맞아야 한다. 자기도 모르게 입술을 깨물면서 주먹을 꼬옥 쥐었다. 흥분으로 가슴이 떨려 왔다. 그와 함께 아버지가 사형 당하도록 내버려둘 수 없다는 생각이 전신을 뒤흔들며 덮쳐 왔다.

나 같은 것이야 만신창이가 되어도 상관없다. 아빠를 살려야 한다. 아빠가 그렇게 순순히 범행을 자백한데에는 무엇인가 말 못할 사정이 있기 때문이 아닐까. 고문 때문에 그런 게 아닐까. 아니다. 고문 따위에 아빠가 굴복할 리가 없다. 경찰도 이런 엄청난 사건을 해결하는 데 있어서 고문 같은 어리석은 짓을 자행하지는 않았을 것이다. 아빠한테 무엇인가 말 못할 비밀이 있는 게 아닐까. 그 비밀을 알아내야 한다.

육감이 가져온 막연한 생각이었다. 그러나 그녀로서는 놀라운 변화가 아닐 수 없다. 절망에 빠져 자살까지 생각했던 그녀가 이렇게 다시 소생할 수 있었던 것은 지난밤 세 명의 낯선 사내들에게 윤간 당한 사실이 결정적인 계기가 되었다고 볼 수 있었다. 흉악무도한 살인범의 딸이라는 사실, 거기다가 윤간까지 당했다는 사실은 한 연약한 처녀의 힘으로서는 도저히 감당할 수 없는 엄청난 시련이었다.

그 절망 속에서 헤어날 수 있는 길은 죽음밖에 없었다. 죽

음만이 그녀가 택할 수 있는 유일한 길이었다. 그러나 그녀는 죽지 않았다. 죽지 않고 다시 소생한 것이다. 절망의 밑바닥에 내동댕이쳐졌다가 구사일생으로 다시 일어선 것이다. 그것은 일종의 반사작용 같은 것이라고 할 수 있었다.

궁지에 몰린 쥐가 막판에 고양이에게 덤벼드는 것처럼 그녀 역시 절망의 벽에 머리를 부딪치며 일어선 것이다. 물론 여기에는 그녀의 애인인 최명호의 힘이 컸다고 볼 수 있었다. 최명호의 힘에 의지해서 그녀는 반사적으로 높이 솟구친 것이다.

"일찍 일어났군."

중얼거리는 소리에 미혜는 얼른 돌아섰다. 어느새 나왔는지 명호가 그녀 가까이 서 있었다.

"일어나셨어요?"

"응."

그의 손이 그녀의 어깨 위로 올라왔다. 유난히 얼굴이 눈부시게 보였다. 미혜는 시선을 얼른 돌리면서 자신의 초라함을 느꼈다. 어쩔 수 없는 일이었다.

"이제부터 시작하는 거야."

부드럽지만 힘이 있는 말이었다.

"……."

그 말소리에 그녀는 도망치고 싶었다. 어제의 절망감과는 다른 수치심이 몰려와 어찌할 바를 몰라 했다. 시선을 떨

어뜨린 채 겨우 이렇게 말했다.

"이제 저 혼자 할 수 있어요. 이젠 울지 않기로 했어요. 끝까지 해보겠어요. 비록 허황된 짓일지라도……."

미혜는 새싹을 바라보며 말했다.

"아니야. 허황된 짓일 리가 없어."

"제 염려는 마시고 돌아가서 일 보세요. 저 때문에 이렇게 시간 낭비하시는 거, 정말 싫어요."

명호는 나무라는 투로 말했다.

"그런 말하지 마. 공부가 문제가 아니야. 그런 건 아무래도 좋아."

미혜는 상대를 올려다보았다. 짙은 눈썹 밑에서 총기 있는 두 눈이 빛나고 있었다.

"미국에 가실 날짜…… 이제 한 달 밖에 남지 않았어요. 연구에 지장이 없도록……."

"쓸데없는 소리!"

남자가 외치듯이 말했다. 그의 얼굴빛이 붉게 달아오르고 있었다.

"우리 결혼해서 함께 미국을 가기로 했잖아? 나 혼자는 절대 갈 수 없어!"

"가셔야 해요. 혼자 가셔야 해요."

새소리가 들려왔다. 참새 한 마리가 머리 위로 날아갔다.

"가지 않겠어. 혼자 갈 수 없어!"

명호는 화를 냈다.

"……."

"사건을 함께 해결한 뒤에 함께 가는 거야!"

머리를 흔드는 그녀를 남자가 뒤에서 으스러지게 껴안았다. 미혜는 뿌리치지 않고 남자의 품속으로 파고들었다. 그들의 머리 위로 아침 햇빛이 막 눈부시게 쏟아지기 시작했다.

버스가 S공대 앞에서 멈춰 서자 미혜는 학생들을 따라 차에서 내렸다. 버스에서 내린 학생들이 학교 안으로 몰려 들어가는 것을 보고 그들 뒤로 슬금슬금 따라갔다.

햇빛이 포근히 내려 쬐이는 잔디밭 여기저기에 학생들이 앉아 있었다. 그녀를 향해 휘파람 소리가 들려왔다. 공과대학은 거의가 남학생들이고 그래서 젊은 여자가 나타나자 시선이 쏠릴 수밖에 없었다. 미혜는 고개를 숙인 채 급히 학생들의 앞을 지나쳤다.

S공대는 수재들만 모이는 곳으로 정평이 나 있다. 수재들의 따가운 시선을 느끼자 미혜는 저절로 몸이 움츠러드는 것을 느낄 수 있었다.

잘 가꾸어진 수목들 사이로 나지막한 붉은 벽돌 건물들이 띄엄띄엄 자리 잡고 있는 모습이 보였다. 갈림길에서 어디로 갈까 하고 망설이고 있는 그녀의 눈에 마침 벤치 위에 혼자 앉아 있는 여학생이 보였다. 안경을 낀 여학생이었는데,

고개를 숙인 채 책을 읽고 있었다. 인기척에 여학생이 고개를 쳐들었다.

"실례합니다. 건축과 건물은 어느 쪽에……?"

"저쪽이에요."

여학생이 손에 들고 있던 볼펜으로 재빨리 왼쪽 끝을 가리켰다. 그리고 다시 책 위로 시선을 내리깔았다.

건축공학과 건물은 우중충했다. 학생들의 활기가 그 우중충한 분위기를 지우고 있었다.

안으로 들어가 게시판에 붙어 있는 강의 시간표를 들여다본 다음 2층으로 올라갔다. 복도를 한참 걸어가 강의실 창가에 다가서서 안을 들여다보니 안은 텅 비어 있었다. 저쪽 구석진 창가에 학생이 혼자 앉아 있었는데, 이쪽으로 등을 돌리고 있어서 학생의 얼굴을 알아볼 수가 없었다. 담배 연기가 자욱이 피어오르고 있었다.

조심스레 문을 노크하고 안으로 들어가자, 학생이 뒤를 돌아보았다. 굵은 검은 테 안경을 끼고 있었다.

"건축과 2학년 강의실인가요?"

"네, 그렇습니다."

목소리가 작았다.

"학생을 좀 찾는데요."

"지금 휴강중이라서…… 누구를 찾으시는데요?"

"소문호 씨라고……."

안경이 번쩍하는 것 같았다.

"제가 소문호인데요."

작은 키였다. 목소리가 긴장해 있었다.

미혜는 가슴이 콱 막혀 한동안 말이 나오지 않았다. 그저 멍하니 학생을 바라보기만 했다.

학생이 다가왔다. 그리고 의아한 듯 그녀를 바라보았다. 안경 너머로 총기 어린 두 눈이 반짝거리고 있었다.

"제가 소문호인데요…… 무슨 일로 그러시는가요?"

여자 쪽에서 아무런 반응이 없자 공대생은 좀 큰소리로 물었다.

미혜는 차마 바라볼 수가 없어 시선을 떨어뜨렸다. 그 시선 속에 공대생의 손에 들린 두툼한 책이 들어왔다. 검정커버로 된 책이었는데 일기장 같기도 했다.

막혔던 가슴이 둑이 무너지듯 터지면서 걷잡을 수 없이 뛰기 시작했다. 갑자기 현기증이 일면서 공대생의 모습이 뿌우옇게 보였다.

"저, 저기…… 실례지만…… 드, 드릴 말씀이 있어서……."

숨이 차올라 제대로 말을 이을 수가 없었다.

"그래요? 실례지만 누구신지……?"

학생은 아무 영문을 몰랐다. 이런 미인이 그를 찾아올 이유는 없다.

"이따가 말씀 드리겠어요. 어디 조용한 데로 좀……."

미혜는 학생의 눈치를 살피며 핸드백 줄을 만졌다.

"네, 좋습니다. 이리 오시죠."

싹싹한 태도가 이미 슬픔을 극복한 모습이었다. 문호의 뒤를 따라가면서 그녀는 죄인처럼 끌려가는 심정이었다.

건물 옆으로 돌아가자 숲속에 벤치가 있었다. 미혜가 앉기를 기다려 문호도 그녀 옆에 나란히 자리 잡고 앉았다.

미혜의 머리는 점점 밑으로 떨어졌다. 차마 입을 열 수가 없어 머뭇거리는 그녀의 모습에 문호는 의혹에 찬 시선을 던져 왔다. 담배를 피워 물면서 다시 여자를 바라보자 겨우 들릴 듯 말 듯 한 목소리로,

"용서해 주세요."

하고 말한다.

"무슨 말씀인지?"

자기 누나를 살해한 살인범의 딸을 어떻게 생각할까. 분노 끝에 폭행을 가할지도 모른다. 그러나 당할 수밖에 없다. 무슨 변명을 할 수 있단 말인가.

"혹시…… 사람을 잘못 보신 거 아닙니까?"

미혜는 고개를 저었다.

"아니에요. 저는…… 사, 살인범의…… 딸, 딸이에요. 용서해 주세요!"

안경이 번쩍했다. 피우던 담배가 발치에 굴러 떨어지는

것이 보였다. 욕설과 함께 목덜미로 주먹이 떨어질 것만 같은 공포가 느껴졌다.

"용서해 주세요. 아빠를 대신해서 용서를 빌겠어요!"

눈물어린 눈으로 겨우 고개를 들고 공대생을 바라보았다. 아까와는 전혀 다른 무서운 눈이 안경 너머에서 그녀를 뚫어지게 응시하고 있었다. 이윽고 말없이 고개를 끄덕이더니 허공으로 시선을 돌렸다. 멍하니 허공을 바라본 채 말이 없다. 충격이 큰 것 같았다. 마침내 그가 허공을 바라본 채 입을 열었다.

"용서를 빌러 왔습니까?"

억눌린 듯 한 목소리였다. 그것으로 그가 분노를 참고 있다는 것을 알 수 있었다.

"네……."

미혜는 조그맣게 대답했다.

"그런 말은 듣고 싶지 않으니 돌아가 주시오."

"……."

고개를 숙이자 눈물이 후드득 떨어졌다. 울음소리를 낸다는 것은 실례다. 그의 분노를 자극할 뿐이다. 슬퍼해야 할 사람은 내가 아니라 바로 이 학생이다. 미혜는 무릎 위에 올려놓은 핸드백 손잡이를 비틀어 잡았다.

"돌아가 주세요. 우리는 서로 할 이야기가 없습니다."

문호는 고개를 돌렸다.

"제발…… 용서를 빌겠어요! 어리석은 짓인 줄 알면서도 이렇게……."

문호는 얼굴을 획 돌리더니 무섭게 그녀를 노려보았다. 그리고는 벌떡 일어서서 걸어갔다. 미혜도 덩달아 일어나 그를 따라갔다.

"잠깐! 드릴 말씀이 있어요!"

문호는 획 돌아섰다.

"도대체 왜 이러십니까? 나를 괴롭힐 셈이오?"

"죄송합니다."

미혜의 얼굴이 처참하게 일그러졌다. 눈물로 뒤범벅된 그녀의 비참한 얼굴을 보자 문호는 차마 그녀를 뿌리칠 수가 없는 모양이었다.

"무슨 할 이야기가 있다는 겁니까?"

"드릴 말씀이 있어요! 부탁이에요!"

"따라오시오!"

문호는 발길을 돌려 숲속으로 들어갔다. 그 뒤를 따라 붙으면서 미혜는 자신이 짐승 같다고 생각했다.

그들은 한참 동안 말없이 숲속으로 들어갔다. 나뭇가지마다 봄의 입김이 서려 있었지만 아직 잎이 자라지 않아 숲속은 삭막했다.

그들은 약속이나 한 듯 키 큰 포플러나무 밑에서 걸음을 멈추었다. 다람쥐 한 마리가 그들 옆을 스쳐 지나갔다. 남자

가 먼저 여자를 쏘아보면서 말했다.

"자, 이야기하시죠."

미혜는 공대생을 똑바로 보았다. 몸이 마구 떨려 왔다.

"이런 말씀드려서는 안 된다는 거 알고 있어요. 그렇지만…… 저는 각오하고 왔어요. 제가 아니면 안 된다는 걸 알고 있기 때문에……."

문호는 이해가 가지 않았다. 뭘 말하겠다는 건가.

"무슨 말입니까? 난 이해가 안 가는데……."

"저를…… 용서해 주세요…… 이런 말을 해도……."

미혜는 더듬거렸다.

"말해보시오!"

문호는 약간 신경질이 났다.

"저는…… 우리 아빠가…… 살인범이란 거…… 믿을 수가 없어요."

"그 말을 하려고 온 겁니까?"

"네……."

문호의 얼굴이 분노로 시뻘게졌다. 입에서 거친 숨결이 흘러나왔다.

"뻔뻔스럽게 감히 그런 말을 하다니!"

손에 들고 있던 책과 가방이 밑으로 굴러 떨어졌다.

"살인마야! 당신 아버지는 살인마야! 알았어? 살인마란 말이야!"

외침 소리가 숲속을 쩌렁하고 울렸다. 부르쥔 주먹이 금방이라도 그녀를 올려칠 듯 떨리고 있었다.

"다시 한 번 그런 말하면 죽여 버릴 테다! 꺼져! 당장 꺼져!"

미혜는 한 걸음도 물러서지 않았다.

"죄송해요. 저를 죽인다 해도 하는 수 없어요!"

무릎이 후들거리는 것이 금방 쓰러질 것만 같았다.

"뭐 살인범이 아니라구? 어디다가 대고 그런 말을 하는 거야?"

"용서해 주세요. 아빠가 죄가 없다는 게 아니에요. 그렇지만 살인만은 믿을 수가 없어요! 우리 아빠는, 그, 그럴 사람이 아니에요!"

미혜는 그의 대답을 듣고 싶었다. 살인만은 하지 않았다는 그녀의 말을 믿어 주길 바랐다. 그러나 공대생은 고개를 세차게 흔들며 소리쳤다.

"변명하지 마! 악마의 딸!"

두 사람은 부딪칠 듯 가까이 마주 섰다. 남자는 증오에 찬 눈으로 노려보고 있었고 여자는 걷잡을 수 없이 눈물만 흘리고 있었다.

"도와주세요! 부탁이에요!"

미혜는 두 손을 마주잡고 그를 바라보았다.

"도와 달라고? 나보고 도와 달라고?"

기가 막히는지 공대생의 입이 쩍 벌어졌다.

"뭘 도와 달라는 거야? 당신 아버지를? 그 살인마를 구해 달라는 거야?"

너털웃음이 터져 나왔다. 허공을 울리는 공허한 웃음이었다. 웃음 끝에 그의 눈에는 눈물까지 어른거리고 있었다. 그는 미혜를 무섭게 쏘아보았다.

"우리 누나가…… 우리 누나가…… 어떻게 죽었는지 당신이 알아? 아느냐 말이야?"

그것은 울부짖음이었다. 문호는 머리통 만한 돌덩이를 높이 쳐들더니 나무 둥치를 향해 그것을 힘껏 집어던졌다. 나뭇가지가 흔들렸다. 문호는 갑자기 땅바닥에 털썩 주저앉더니 울음을 터뜨렸다.

"누나! 누나!"

무릎을 모으고 그 위에 얼굴을 묻더니 격렬하게 몸을 떨어 댄다. 울음을 삼키느라고 무진 애를 쓰는 모습이 더욱 비통해 보인다.

미혜의 몸도 흔들렸다. 쓰러지지 않으려고 나무를 껴안으면서 숨을 죽였다. 망설이다가 자기도 모르게 소문호 앞으로 다가섰다.

소문호는 수재답게 처신할 줄을 알았다. 냉정을 되찾은 그는 미혜에게 거칠게 군것을 사과하고 그녀와 함께 학교를

나와 부근 다방으로 갔다.

그는 어느새 부끄럼 많은 내성적인 청년으로 돌아가 있었다. 레지가 커피를 가져올 때까지 입을 꾹 다문 채 그녀를 외면하고 있었다.

미혜는 기묘하고도 기구한 인연이라는 생각이 들었다. 더 이상 그를 괴롭히지 않고 돌아가고도 싶었지만 포기해서는 안 된다는 생각에 그대로 눌러앉아 차를 마셨다.

"그러고 보니까 우리는 공동의 피해자이군요."

문득 문호가 중얼거리듯이 말했다. 시선은 다른 곳으로 향하고 있었다.

미혜는 깜짝 놀랐다. 문호가 아까와는 달리 적의를 품지 않고 오히려 동정이 섞인 말투로 말하는 것에 그녀는 크게 감동이 되었다.

"용서해 주세요. 거듭 용서를 빌고 싶어요."

미혜는 다시 용서를 빌었다.

"아니에요."

그가 손을 저었다.

"그런 말은 듣고 싶지 않습니다. 댁이 그럴 필요는 없습니다. 참 성함은……?"

"미혜…… 조미혜라고 불러요."

미혜는 안도의 한숨을 쉬었다.

"저는 소문호라고 합니다."

"알고 있어요."

미혜는 고개를 조금 끄덕였다.

"저에 대해서는 미리 알아보셨나 보군요?"

"죄송해요. 약간 알아봤어요."

실내에는 조용한 명곡이 흐르고 있었다. 분위기 때문인지, 아니면 마음을 달리 먹은 탓인지 문호는 침착한 태도로 그녀를 대하기 시작했다.

"아버지가 지은 죄 때문에 자식이 고통을 당해야 할 이유는 없지요. 저는 우리 누나를 살해한 범인을 증오합니다. 할 수만 있다면 내 손으로 범인을 죽이고 싶습니다. 그러나 범인의 가족에 대해서는 조금도 감정이 없습니다. 당연한 논리이기는 하지만……."

조용한 목소리 뒤에 분노가 있었다. 그러나 그는 두 번 다시 그것을 내비치지는 않았다.

"감사합니다. 정말 뭐라고 감사드려야 할지…… 정말 고맙습니다."

미혜는 그의 지성인다운 얘기가 고마웠다.

"분명한 말을 듣고 싶습니다. 아까 아버지가 범인이 아니라고 말씀하셨는데 사실입니까? 어떤 증거라도 있습니까?"

눈이 빛나고 있었다. 하나라도 놓치지 않겠다는 듯 그녀를 응시하고 있었다.

미혜는 숨이 막혔다.

"증거…… 그런 것은 아직 없어요. 단지 제 생각일 뿐이에요. 그렇지만 저는 누구보다도 아빠를 잘 알고 있어요. 아빠는 살인을 저지를 분이 아니에요! 이런 말 들으면 화내시겠지만, 우리 아빠는 닭도 못 잡는 분이에요! 그런 분이 어떻게 그런 끔찍한 일을……."

문호의 얼굴 위로 곤혹의 빛이 스쳐 갔다. 그는 고개를 끄덕이면서 조심스럽게 말했다.

"그 심정 충분히 이해할 수 있습니다. 자식이라면 누구나 자기 아버지를 살인범이라고 생각하고 싶지 않겠지요."

"아니에요! 그게 아니에요! 우리 아빠만은 그럴 리가 없어요! 정말이에요. 용서하세요! 그렇지만 저는 살인범이란 거 믿을 수가 없어요!"

"증거가 없으면 사실을 뒤집을 수가 없습니다. 미혜 씨 아버지는 무턱대고 체포가 된 게 아닙니다. 움직일 수 없는 물증, 정황 증거, 그리고 자백 등이 미혜 씨 아버지를 범인으로 인정한 겁니다. 저는 법으로 처리할 수 있는 한 가장 무거운 형벌이 미혜 씨 아버지에게 내려지기를 바랍니다."

싸늘한 바람이 스쳐 가는 듯했다. 그는 저주하고 있었다. 미혜는 어지러워 오는 머리를 손으로 짚었다.

"도와주세요! 우리 아빠가 범인이 아니란 걸 수사관들에게 증명해 보이겠어요! 저는 지금 그 증거를 찾고 있는 거예요!"

미혜는 문호에게서 뭔가를 얻을 수 있을 것 같았다.

"저한테는 그런 증거가 없습니다. 오히려 해가 되는 증거들만 가지고 있습니다."

"그거…… 그거…… 혹시……."

미혜는 문호가 가지고 있는 검은 표피의 공책을 한 손으로 가리켰다.

"혹시…… 소 희 씨의 일기장이 아닌가요?"

문호는 일기장을 한번 내려다보고 나서 잠시 생각에 잠겼다가 말했다.

"그렇습니다. 누나의 일기장입니다."

미혜의 직감은 맞았다. 아까 이 학생은 강의실에서 혼자 앉아 누나의 일기장을 보고 있었다. 그것을 읽으면서 무엇을 생각했을까?

"죄송하지만…… 그걸 좀 빌릴 수 없을까요? 저도 읽어 보고 싶어요."

문호가 화를 낼까 봐 미혜는 조심스럽게 말했다.

"이걸 말입니까?"

문호의 눈이 커졌다. 그리고 표정이 심하게 일그러졌다. 금방이라도 분노가 일 것 같았다. 그러나 그는 끝까지 인내심을 보였다.

"돌아가신 소 희 씨한테 매우 죄스러운 짓인 줄 알고 있습니다. 싫으시다면 더 이상 요구하지는 않겠습니다. 기분을

상하게 해 드리고 싶지는 않아요."

어느 흑인 가수의 울부짖는 듯 한 노랫소리가 실내를 폭풍처럼 휩쓸고 있었다. 문호가 가방 위에 올려놓은 일기장을 집어 들었다. 손이 떨리고 있었다.

"여기서 무슨 증거라도 찾겠다는 겁니까?"

"먼저…… 모든 걸…… 모든 걸 알고 싶어요."

그녀는 죄인이 손을 내밀 듯 두 손을 앞으로 조심스럽게 뻗어 테이블 위에 놓여 있는 일기장을 들었다. 손이 마구 떨리고 가슴은 두근거리고 있었다. 금방이라도 문호가 일기장을 다시 낚아채 갈 것 같았다.

두 사람의 시선이 뜨겁게 부딪쳤다.

"제가 왜 누나의 일기장을…… 다른 사람도 아닌 당신한테 내주었는지…… 저도 잘 모르겠습니다. 마치 뒤통수를 한 대 얻어맞은 것 같기도 하고…… 하여튼 잘 모르겠습니다. 누나의 손때가 묻은 것이니 조심해서 다루어 주십시오. 그 속엔 누나의 인생과 사랑이 들어 있습니다."

미혜는 대답 대신에 고개를 숙여 보였다. 일기장 위로 떨어지는 자신의 눈물을 무슨 오물이나 되는 듯 그녀는 황급히 손으로 닦아냈다.

"그걸 읽어보시면 알겠지만…… 누나는 사랑을 위해 모든 것을 바쳤습니다. 남들이 비난해서 마땅한 사랑이었지만, 누나는 거기에 송두리째 자신을 던졌습니다. 누나의 잘못이

있다면 상대를 잘못 선택한 겁니다. 그러나 제가 터치할 게 못됩니다. 누나는 그 남자를 사랑하는데 있어서 추호도 후회 같은 건 가지지 않았던 것 같습니다. 그 사랑을 위해 목숨까지도 바칠 각오가 되어 있었던 것 갔습니다. 누나는 당신 아버지를 너무나 사랑한 것 같습니다. 너무나도 고귀한 것이죠. 그러나 우리 누나는 너무 불쌍해요. 불쌍한 누나…… 가엾은 누나…….”

문호의 안경 너머로 눈물이 번지는가 싶더니 마침내 볼을 타고 주르르 흘러내렸다. 미혜의 눈에서도 눈물이 흘러내렸다. 두 사람 다 소리 없이 울고 있었다.

다방 안엔 이제 조용한 음악이 흐르고 있었다. 모두들 음악을 들으면서 마주보고 있거나 머리를 맞대고 수군거리고 있었다. 모두 즐거운 표정들이었다.

슬프게 울고 있는 사람은 그들 둘뿐이었다.

사랑의 행로

모범적인 가장, 그렇게도 가정적이고 착실하던 아빠를 사랑의 소용돌이 속으로 몰아넣은 그 여자는 과연 어떤 여자일까. 그들은 정말 사랑했던 것일까. 고궁의 숲속 깊숙이 발길을 옮기면서 그녀는 줄곧 죽은 여자 생각을 하고 있었다.

이윽고 양지바른 벤치에 자리 잡고 앉았지만 선뜻 일기장을 펼쳐 볼 수가 없었다. 두 사람의 애정 행각을 적나라하게 들여다본다는 것이 어쩐지 두려웠던 것이다.

소 희는 과연 어떤 여자일까. 23세, K여대 불문과 4학년, 홀어머니 밑에서 남동생과 함께 어렵게 자랐다. 그녀에 대해서 알고 있는 것이 이것뿐이었다.

미혜는 숨을 한번 깊이 들이켠 다음 일기장을 펼쳐 들었

다. 눈앞에 안개가 서린 듯 흐릿해서 처음에는 글자가 잘 보이지 않았다. 한참 들여다보자 비로소 조금씩 글자의 형체가 드러나기 시작했다.

만년필로 쓴 글씨였는데, 가냘프고 예쁜 글씨였다. 흘려 쓴 구석이라곤 전혀 없는 또박또박 정성들여 쓴 글씨였다. 그것은 작년 1월부터 쓴 것으로, 그때부터 아버지와의 관계가 시작되고 있었다.

▲1월 15일

외로움을 감당할 수가 없었기 때문일까. 아니면 새처럼 훨훨 날아가고 싶었기 때문일까.

부산행 고속버스 속에 무작정 오른 나는 눈발이 휘날리는 차창 밖을 정신없이 바라보고 있었다. 그때 내 옆자리의 승객이 가만히 머리를 기대 왔다. 중년 신사였는데 어이없게도 졸고 있었다. 몹시 피곤한 모습이었기 때문에 나는 어깨를 빼지 않고 그대로 가만히 앉아 있었다.

신사는 마치 폭신한 베개를 벤 듯 안정된 자세로 기분 좋게 잠을 잤다. 문득 나는 그 신사의 머리를 가슴에 안고 있는 것 같은 기분이 들었다. 그러자 가슴이 뛰었다.

추풍령 휴게소에 이르렀을 때 신사는 눈을 떴다. 그리고 멋쩍어 하면서 나에게 사과했다. 나는 웃기만 했다. 그는 밖으로 나가 마실 것을 사 가지고 왔다.

그는 별로 말이 없는 조용한 신사였다. 턱에 나 있는 시퍼런 면도 자국이 인상적이었고 까뮈 처럼 지적인 분위기를 지니고 있었다. 뭘 하시는 분일까.

"아, 멋진데요."

신사가 눈발을 바라보며 중얼거렸다. 과거를 쫓는 듯한 조용한 목소리였다.

▲1월 16일

그를 만나야 할까. 버스 속에서 처음 만난 이름도 모르는 그 중년 신사를 만나야 할까.

망설이다가 20분이나 늦게 D호텔 커피숍으로 나갔다. 그는 가지 않고 앉아 있었다. 혼자서 칵테일을 마시고 있었다. 나는 가슴이 뛰었다. 웬일일까. 그는 부드럽게 웃으며 나를 자리에 앉게 했다. 자리에 앉자 뛰던 가슴이 가라앉았다. 포근한 기분이 나를 감싸기 시작했다.

우리는 저녁 식사를 한 다음 밤거리를 거닐었다. 그는 정말 멋진 신사였고, 나를 잘 리드했다.

아마 행복한 가정의 모범적인 가장이겠지. 굳이 그것을 물어볼 필요가 있을까. 그런 것에는 관심이 없는 듯 행동하는 게 좋겠지.

그의 대화 솜씨는 내가 지금까지 만나 본 사람 중 제일 훌륭했다, 자석에 끌리듯 나는 그를 졸졸 따라다녔다.

그래서는 안 되는 줄 알면서도.

최고급 나이트클럽에서 그는 나를 완전히 황홀경 속에 몰아넣었다. 춤이 서툰 나를 능숙하게 이끌어 나가면서 그는 겨울 바다에 대해서 이야기했다.

▲ 1월 17일

세 번째 만났을 때 그는 나에게 명함을 한 장 건네주었다. 명함을 들여다 본 나는 깜짝 놀랐다. 그가 그 정도의 인물인지는 몰랐었기 때문이다.

우리는 쾌속 여객선을 타고 한려수도(閑麗水道)로 나갔다. 눈발이 날리고 있었고, 바람까지 불고 있어서 날씨가 좋지 않았다. 그러나 나는 겨울 바다에 흠뻑 빠져 있었다.

광란하는 바다의 물결에 배가 나뭇잎처럼 흔들렸다. 나는 쓰러지지 않으려고 C의 팔에 매달렸다. 그는,

"만일 파도가 배를 삼키면 어떻게 하지?"

하고 말하면서 웃었다.

나도 따라 웃으면서 그와는 오래 전부터 알고 지내온 것 같은 생각이 들었다.

높이 치솟는 흰 물결 위로 갈매기 한 마리가 외롭게 울부짖으면서 날아가는 것이 보였다. 파도가 창문을 덮칠 듯 밀려오는 바람에 나는 비명을 질렀다. 바다가 더욱

거칠어지자 승객들이 모두 불안해하기 시작했다.

마침내 배는 운행을 포기하고 충무(忠武)에 닻을 내렸다. 바다가 잘 때까지 갈 수 없다는 것이었다. 그러나 바다는 쉽게 잠들 것 같지 않았다.

부두에 면한 찻집에서 커피를 마시며 앉아 있자 금방 어둠이 몰려왔다. 발이 묶였다는 생각이 들었지만 불안 같은 것은 일지 않았다.

택시를 타고 한참을 올라가자 언덕 위 숲속에 별장같이 생긴 여관이 있었다. 바다가 바로 한눈에 들어왔다.

방안에는 연탄난로가 놓여 있었고 난로 위에는 물 주전자가 김을 뿜으며 끓고 있었다. 방 한쪽에 놓여 있는 침대를 보는 순간 나는 갑자기 불안감에 싸였다. 어쩔 줄 몰라 창가로 다가가서 어둠에 잠긴 바다를 바라보았다. 눈보라에 창문이 흔들렸다. 지층을 두드리는 파도 소리에 몸이 떨리는 것 같았다.

갑자기 방안의 불이 꺼졌다. 나는 못 박힌 듯 그 자리에 서 있었다. 어깨 위에 그의 손이 올라오는 순간 내 몸속으로 전율이 스쳐 갔다. 그러나 나는 뿌리칠 수가 없었다. 그가 나를 감싸 안았고 그 꺼끌꺼끌한 턱으로 내 얼굴을 밀어 대기 시작했을 때 나는 눈을 감으며 무너져 버렸다.

줄곧 파도 소리를 들으며 나는 그의 품속에 안겨 있었다. 내 방황하던 영혼이 비로소 닻을 내리고 편안히 숨

쉬고 있음을 나는 느꼈다. 그는 나에게 남성이 무엇인가를 처음으로 일깨워 준 사람이었다. 그의 신분, 나이, 가정, 이런 것은 나에게 아무런 의미도 부여하지 못했다. 나는 순수하게 남자를 받아들인 것이고 최초의 사랑을 느낀 것이다. 그뿐이다. 그것이 전부였다.

밤새 우리는 침대 속에 묻혀 사랑했다.

창문을 두드리는 바람소리, 지층을 흔드는 파도 소리, 칠흑 같은 어둠, 그 속에서 우리는 원시적인 사랑을 즐겼다.

아, 나는 사랑하리라. 끝없이 사랑하리라.

▲ 1월 18일

잠자는 바다 저쪽 수평선 위로 배가 한 척 지나간다. 갈매기 한 마리가 하늘 높이 떠 있다. 방안에 햇빛이 가득하다. C는 아직 잠들어 있다. 이대로 여기서 그와 함께 살면 얼마나 좋을까.

미혜는 일기장을 덮고 눈을 감았다. 마치 불륜의 현장을 목격한 것 같아 얼굴이 화끈거려 왔다. 자기도 모르게 머리를 흔들었다. 그럴 수 없는 일이다. 그런데 그것은 엄연한 사실이었다. 실로 무서운 일이었다. 차마 더 이상 아빠의 일기장을 볼 수가 없었다.

그러나 보아야 했다. 그녀는 다시 일기장을 펼쳐 들고 읽기 시작했다.

한 시간이 지나고 두 시간이 지났지만 그녀는 그 자리에 꼼짝하지 않고 앉아서 일기를 읽었다.

일기는 거의가 아버지와의 애정 관계로 일관되어 있었다. 사랑이라는 말이 그렇게 진하게 느껴지는 글을 그녀는 일찍이 읽은 적이 없었다. 일기의 끝부분은 언제나 '사랑해요, 당신.' 이라고 되어 있었다. 죽은 여자에 대한 아버지의 사랑이 여자의 글을 통해 생생히 전해져 왔다.

그러자 불현듯 어머니가 불쌍하게 생각되었다. 동시에 죽은 여자에 대해 질투심이 솟아났다. 소 희가 밉살스럽게 생각되었다. 문득 그녀의 눈이 빛났다. 그녀는 숨을 멈추고 뚫어지게 일기를 들여다보았다.

▲ 12월 4일

C와 관계를 가진 지 1년이 다되어 간다. 내가 우리들의 관계를 일기로 쓰고 있다고 하자 그도 틈틈이 일기를 쓴다고 했다. 내가 보여 달라고 하자 그는 웃어넘기기만 했다. 조금 있다가,

"그런데 그걸 숨겨 둘 곳이 마땅치 않단 말이야."

하고 말하는 바람에 나도 소리 내어 웃었다. 사랑해요, 당신.

이것은 전혀 새로운 사실이다.

미혜는 지금까지 아버지가 일기를 쓰는 것을 본 적이 없었다. 일기 내용으로 보아 아빠가 일기를 쓰신 것이 틀림없는 것 같다. 가족들 몰래 일기를 쓰셨겠지. 그리고 아무도 모르는 곳에 숨겨 두셨겠지. 어디다 숨겨 두셨을까. 그 일기를 반드시 찾아내야 한다.

일기의 마지막 장이 남았다. 어느새 해가 지고 있었다. 그녀는 소 희가 피살되기 전날 쓴 맨 마지막 일기를 서둘러 읽었다.

▲3월 1일

내일은 병원에 가 봐야지. 아무래도 임신한 것 같다. 오늘 하루 종일 구역질만 느꼈다. 만일 임신했다면 어떡하나. C의 아이를 갖다니, 아아, 생각만 해도 가슴이 떨린다. 만일 임신이 확실하면 어떡하나. C한테 말해야 하나. C는 떼라고 하시겠지. 그렇지만 그럴 수는 없다. 혼자 살더라도 아기는 낳아야지. 그 분의 아이를 낳아 기르고 싶다. 정말 기르고 싶다. 사랑해요. 당신.

미혜는 일기장을 덮고 일어섰다. 현기증이 일었다. 배에서 꼬르륵하는 소리가 들려왔다.

천천히 걸음을 옮기면서 마지막 일기를 생각했다.

3월 1일자 일기 내용으로 보아 그때까지 소 희는 자신의 임신 사실을 아직 확인하지 않은 것이 분명하다. 그날은 임신 가능성을 느끼면서 다음날 병원에 가서 진찰을 받아 볼 생각이었던 것 같다.

그렇다면 그녀는 다음날, 그러니까 그녀가 피살된 3월 2일에야 비로소 병원에 가서 임신 사실을 확인했다는 것이 된다. 그날 소 희가 아빠를 만난 것은 저녁때였다. 그때 그녀는 임신 사실을 아빠한테 털어놓았을까. 털어놓았다고 치자. 그리고 그것 때문에 두 사람이 다투었다고 치자. 소 희는 아기를 낳아 기르겠다고 우겼을 것이고 아빠는 아기를 떼지 않으면 안 된다고 주장했겠지.

그런데 과연 재판정에서의 진술처럼 그녀가 임신 사실을 놓고 결혼 해주지 않으면 모든 사실을 폭로하겠다고 아빠를 협박했을까. 그녀의 일기 어디에도 그런 사악한 점은 보이지 않는다. 일기는 처음부터 끝까지 아빠에 대한 사랑, 존경, 사모로 가득 차 있다. 질투를 느낄 정도로 그녀는 아빠를 사랑하고 있었다. 그러한 그녀가 아빠를 협박하다니. 도저히 믿을 수 없는 일이다.

재판정에서 드러난 것처럼 그녀가 아빠를 협박했다고 치자. 3월 2일에야, 그것도 그녀가 살해되기 불과 수 시간 전에야 임신 사실을 알게 된 아빠가 아무리 심한 협박을 받았다고

해서 그 당장 살의를 품을 수가 있을까. 살의를 품고 그것을 실천에 옮기기까지는 적어도 많은 갈등과 함께 상당한 시일이 걸릴 것이다.

협박을 받자 분노 끝에 소희를 살해했을까. 아니다. 그럴 리가 없다. 빈틈없는 아빠가, 닭 한 마리도 못 잡는 아빠가, 이성적인 아빠가 분노를 참지 못해 순간적으로 사랑하는 여인을 그토록 무참하게 살해했다는 것은 아무리 생각해도 믿을 수 없는 일이다.

만일 아빠가 그녀를 살해할 결심을 했다면 미리 계획을 세우고 치밀하게 실천에 옮겼을 것이다. 3월 2일 바로 그날, 소 희가 임신한 것을 알게 되고, 그것으로 협박을 받고, 그래서 수 시간 후에 그녀를 살해했다는 것은 있을 수 없는 일이다.

미혜는 가슴이 울렁거려 걸음을 옮기기조차 어려울 정도였다. 아버지가 범인이 아닐 것이라는 그녀의 믿음은 틀림없었다. 아버지가 살인범이 아닐 가능성을 처음으로 찾아냈기 때문에 그녀의 흥분은 클 수밖에 없었다.

최명호는 고개를 숙인 채 꼼짝도 하지 않고 앉아 있었다. 부모의 따가운 눈초리를 견디어 내느라고 그는 숨이 막힐 지경이었다.

그는 비교적 유복한 가정에서 고생 모르고 자란 외아들

이었다. 그의 아버지 최인국(崔仁國) 박사는 일류 종합병원의 외과 과장이었다. 명호가 외아들이자 맏이였고, 그 밑으로는 여동생이 둘 있었다.

어머니 박 씨는 하나뿐인 외아들을 훌륭히 키우기 위해 갖은 극성을 다 부려 온 드센 여인이었다. 그녀는 아들을 공부만 하도록 길렀다. 치맛바람 덕분은 아니겠지만 아무튼 아들은 부모의 기대에 맞게 일류 엘리트 코스를 거쳐 유명한 과학 연구소의 원자력 연구원이 되었고 곧 미국 유학의 장도에 오르게 되어 있었다.

이제 미국에 건너가서 박사 학위만 하나 따오면 아들에 대한 모든 소원은 이루어지는 셈이다. 딸들이야 대학만 졸업시키면 얼마든지 좋은 가정의 신랑감들에게 처분할 수 있으니 걱정할 게 없다.

그런데 어처구니없게도 아들에게 문제가 생긴 것이다. 그것도 심각한 문제가 발생한 것이다.

박 씨는 남편을 힐끔 쳐다보았다. 최 박사는 묵묵히 파이프만 빨아 대고 있었다. 아들과 아버지는 너무나도 많이 닮았다. 50대가 넘은 남편은 아직도 젊은 여자들이 다시 쳐다볼 정도로 미남이다.

요즘은 눈이 나쁜지 안경을 끼고 있다. 남편에 비해 부인 박 씨는 살이 몹시 쪄서 드럼통 같은 모습이다. 마침내 박 씨는 분노를 터뜨렸다.

"당신은 남의 일처럼 담배만 피우고 있기에요? 이게 보통 일인지 아세요?"

최 박사는 잔기침을 하면서 담배파이프로 재떨이를 똑똑 두드렸다.

"아, 그러고만 있지 말고 뭐라고 말씀 좀 하세요! 어떻게 했으면 좋겠어요?"

박 씨는 목소리가 높아 갔다.

"글쎄, 문제는 문제야."

최 박사는 걱정이라는 듯 중얼거렸다.

"출국 날짜가 열흘밖에 안 남았다구요. 이제 와서 안 가겠다니, 이런 노릇이 어디 있느냐구요."

박 씨는 아들을 원망스러운 듯 흘겨보았다. 그러나 아들은 고개를 숙인 채 꼼짝도 하지 않고 있었다. 그녀의 말을 듣고 있는지 없는지 알 수 없었다.

"남녀 간의 사랑이란 귀중한 거지. 더구나 결혼까지 약속한 처지이고 보면 그 사랑이란 더욱 값진 것이고 반드시 보호되어야 마땅하지. 그렇지만 그 사랑 때문에 자신의 앞길을 바꾼다거나 하는 짓은 가능한 한 삼가야 해. 너는 지금 학문의 마지막 코스를 마쳐야 해. 이번 기회를 놓치면 1년이 늦어지는 거야. 1년 후에는 사정이 어떻게 변할지도 모르는 거야."

최 박사는 부드럽고 조리 있게 아들을 타일렀다.

"그건 알고 있습니다. 그러나……."

명호의 말이 끝나기도 전에 박 씨가 나섰다.

"내 눈에 흙이 들어오는 한이 있어도 살인범의 딸을 며느리로 맞아들일 수는 없어!"

박 씨는 거칠게 숨을 몰아쉬며 소리쳤다.

"어머니……."

"넌 이 집 가계를 이을 맏아들이자 외아들이야! 그런 네가 흉악범의 딸과 결혼한다는 거냐? 부모가 피땀 흘려 오늘날까지 키워주니까 결국 한다는 짓이 그런 것이냐? 내 참 기가 막혀!"

박 씨는 명호를 금방이라도 쥐어박을 것처럼 주먹을 불끈 쥐고 흔들었다.

"죄송합니다."

명호는 눈을 감았다. 뛰쳐나가고 싶은 것을 간신히 눌러 참았다. 부모님들의 반대는 충분히 이해할 수 있다. 그러나 미혜를 저버리고 미국으로 떠날 수는 도저히 없다. 그것은 바다 속에 그녀를 던져두는 것이나 다름없는 짓이다. 그건 너무나도 비열한 짓이다.

사건이 일어나기 전만 해도 미혜와의 결혼은 부모님들도 기꺼이 승낙하고 있던 일이었다. 양쪽 집에서 부모님들이 서로 만나 본 것은 아니었지만 그것은 미처 기회가 없었던 것이고 두 사람의 결혼은 하등 반대할 이유가 없었으므로 단지 시간문제로 남아 있었다.

특히 명호 어머니는 미혜가 마음에 들었고 사돈 될 사람이 R건설 상무이사라는 사실에 입이 쩍 벌어졌다. 그러던 것이 살인 사건이 나자 하루아침에 태도가 표변한 것이다. 어머니로서는 아들의 사랑 따위에 관심이 갈 리 없고, 보다 현실이 중요했던 것이다.

"살인범의 딸과 결혼하면 남들이 뭐라고 하겠니? 너는 사회로부터 매장 당한다. 장래 태어날 네 자식들을 한번 생각해봐. 자식들 몸에 살인범의 피가 흘러도 괜찮다는 거냐? 안 된다. 나는 그 꼴 못 본다."

박 씨의 질타는 격렬했다. 박 씨에 비해 최 박사는 온유하게 반대하고 나왔다.

"결혼 문제는 다음으로 미루고 예정대로 미국에 건너가거라. 우선 공부부터 해야 하지 않겠니? 괴롭겠지만 하는 수 없는 일 아니야?"

명호는 고개를 쳐들었다. 그리고 어두운 창밖을 한번 바라보고 나서 입을 열었다.

"그럴 수는 없습니다. 지금 결혼 문제를 이야기하는 게 아닙니다. 어차피 지금 결혼은 할 수 없습니다. 그런 문제보다도 그 여자를 구하는 게 제일 급한 일입니다. 제가 외면하고 떠나면 그 여자는 자살해 버릴지도 모릅니다. 그녀는 지금 절망에 빠져 있습니다."

박 부인은 기가 막힌다는 듯 입을 딱 벌리고 아들을 바라

보았다.

"지금 네가 그 여자를 걱정해 주게 됐니? 그 계집애가 자살할까 봐서 유학을 포기하겠다는 거냐? 어휴, 환장할 일이라니……."

박 씨와는 달리 최 박사는 아들의 입장을 알겠다는 듯 고개를 끄덕거렸다.

"사랑하는 사이니까 그럴 수 있겠지. 그 점은 나도 충분히 이해할 수 있다"

"아이구, 부자간에 똑같구려. 사랑이 무슨 말라비틀어진 사랑이에요! 그놈의 사랑 때문에 두 눈 뜨고 집안 망하는 꼴 보실래요?"

박 씨가 눈을 위아래로 흘리자 최 박사는 미간을 잔뜩 찌푸렸다. 그리고 입을 열었다.

"아직 시간은 있으니까 다시 한 번 생각해 봐. 내 생각에는 그 여자를 잘 타이르면 될 것 같은데……. 그 여자도 네가 유학 간다는 거 알고 있겠지?"

"네, 알고 있습니다."

명호는 고개를 숙인 채 대답했다.

"그럼, 이해를 시켜봐라."

최 박사는 다정하게 타일렀다.

"이해시키고 뭐고 없어요! 지가 알아서 물러나야 할 거 아니에요? 그 계집애, 그런 처지에 우리 아들을 붙잡고 있으

면 어쩌겠다는 거야? 살인범의 딸이 어쩌겠다는 거야?"

다시 박 씨가 호통을 치고 나왔다.

"살인범, 살인범 하지 마세요. 지금 재판 중이니까 아직 살인범이라고 단정할 수는 없습니다. 미혜는 자기 아버지가 살인범이란 걸 믿지 않고 있습니다. 저는 미혜와 함께 이번 사건을 조사해 볼 생각입니다."

명호는 자기 의사를 분명히 밝혔다.

"아이고, 기가 막힐 소리를 또 하는구나. 신문에 그렇게 대문짝만하게 났는 데도 그게 살인범이 아니란 말이냐? 자식치고 자기 애비를 죄인이라고 생각하는 사람이 어디 있겠니. 어디 있겠어?"

박 씨는 답답한지 자기 가슴을 두들겼다.

"신문에 난 건 믿을 게 못됩니다."

"뭐야?"

"신문은 과장 기사를 많이 쓰니까요."

"그럼 살인범도 아닌데 생사람을 잡고 있다는 거냐? 요즘 경찰이 옛날 같은 줄 아냐?"

"하여튼 단정은 금물입니다. 살인 용의자일 수는 있어도 범인이라고 단정하는 건 이릅니다."

"증거가 밝혀지지 않았니?"

이번에는 최 박사가 자세를 고쳐 앉으며 물었다.

"증거란 뒤바뀔 수도 있는 겁니다."

"그래 어쩌겠다는 거냐?"

"조사 해보는 데까지 해보겠습니다."

"아니 네가 수사관이라도 된단 말이냐?"

"누가 수사관이래요?"

명호는 화가 나서 톡 쏘아붙였다.

박 씨는 어이가 없다는 얼굴로 전에는 얌전하기만 하고 부모 말을 잘 듣던 아들을 노려보고 있었다.

"그 다음엔?"

"그 다음은 아직 생각해보지 않았습니다."

"도대체 웬 고집이 그렇게 세냐? 부모 말도 들어야 할 게 아니냐? 여보, 이를 어쩌면 좋지요? 저 애가 왜 저러지요. 전엔 안 그랬는데……. 만일 유학 가지 않으면 널 자식으로 생각지 않겠다! 맘대로 해!"

여자들의 말이란 으레 그러려니 하면서도 명호는 어머니의 말이 섭섭했다.

"그 여자를 버리고 떠난다는 건 인간의 도리가 아닙니다. 인간의 도리를 저버리면서까지 유학 가고 싶지 않습니다. 공부라는 것도 결국 인간을 위해서 하는 것 아닙니까? 저는 지금까지 그렇게 배워 왔습니다."

그렇게 말하고 나서 명호는 자리를 박차고 나왔다. 박 씨는 혀를 끌끌 찼다.

최 박사는 고개를 끄덕였다. 인간의 도리를 찾겠다는 아

들의 주장에 할 말을 잊은 듯했다. 아들의 주장은 남자답고 떳떳하다. 옳은 말이다.

그러나 부모의 입장으로 볼 때는 아들이 처사가 못마땅하다. 아들이 너무 손해를 보고 있기 때문이다.

밖으로 나온 명호는 어두운 길을 터벅터벅 걸어갔다. 미국 유학을 포기하고 부모의 기대를 저버린 것이 마음에 걸리지 않을 리가 없었다. 그러나 시간이 흐르면 이해해 주실 것이다. 그러나 생각하면 할수록 우울한 일이었다.

그러나 한편으로 생각하면 자신의 단호한 태도가 스스로 대견스럽게 여겨졌다. 당황하고 우물쭈물하며 미혜의 눈치만 보다가 슬그머니 도망치듯 미국으로 떠난다면 얼마나 비굴한 짓이겠는가. 그것은 도망치는 것이나 다름없다. 남자답지 못한 짓이다.

또한 미혜의 상처는 얼마나 깊어지겠는가. 아버지가 살인범으로 체포된 데다 강간까지 당한 미혜, 그녀를 일으켜 세우는 것이야말로 바로 나의 책임이 아니겠는가.

추 적

그들은 밤길을 말없이 걸었다.

4월의 미풍이 부드럽게 불어오고 있었다. 그들은 즐기듯이 걸어가고 있었지만 무거운 침묵이 그들의 심각함을 보여주고 있었다. 남자는 결코 놓치지 않으려는 듯 줄곧 여자의 손을 꼭 쥐고 있었다.

얼마 후 그들은 강변 둑 위에 나란히 앉았다. 강 위에 떠 있는 몇 척의 보트 위에서는 강태공들이 낚시를 하고 있었다. 멀리 다리 위로 차량의 불빛들이 달리고 있는 것이 보였다.

"모두 다 읽었어."

남자가 여자에게 무엇인가를 건네주며 말했다. 일기장이었다. 미혜는 그것을 받아 백 속에 집어넣었다. 그리고 명호

의 다음 말을 기다렸다.

"두 분은 몹시 사랑했더군. 말할 수 없이……."

명호는 담배를 피워 물었다. 미혜는 미동도 하지 않고 남자를 응시했다. 마침내 그가 연기를 후하고 내뿜으면서 결정적인 말을 했다.

"미혜 아버님은 범인이 아니야. 범인이 될 수 없어. 소 희 씨의 일기가 그걸 말해 주고 있어."

"고마워요."

미혜는 명호의 어깨에 얼굴을 묻었다. 명호는 팔을 돌려 미혜를 살짝 껴안았다.

"저도 그렇게 생각했어요."

"아버님도 일기를 쓰신 모양인데……."

"네, 하지만 한 번도 보지 못했어요. 전 전혀 몰랐어요."

"찾아봤어?"

미혜는 명호의 품에 더욱 얼굴을 파묻었다.

"네, 찾아봤지만 없어요."

"그걸 꼭 찾아내야 해. 아버님 일기장에 결정적인 증거가 있을지도 모르니까 말이야. 틀림없이 있을 거야. 아버님이 무죄라는 증거가 말이야. 집에 가서 함께 찾아보도록 해. 샅샅이 뒤지면 나오겠지."

분명히 어딘가 그 일기가 있을 것이라는 것은 미혜도 확신하고 있었다.

"저기, 아빠가 무죄라면…… 그럼 아빠는 왜 법정에서 모든 것을 부인하지 않고 그대로 시인했을까요?"

명호도 그 점은 이해할 수 없었다.

"아빠는 변호사의 면회도 거부했어요."

"아무래도 이해할 수 없어. 납득할 수 없는 점이 또 한 가지 있어."

그는 담배꽁초를 멀리 던졌다. 미혜는 불꽃이 흩어지면서 둑 아래로 떨어지는 것을 바라보았다.

"아버님을 범인으로 옭아매고 있는 움직일 수 없는 증거들이 바로 그거야. 아무리 우리가 아버님이 범인이 아니라고 확신하고 있어도 그 증거들이 있는 이상 아버님의 유죄를 뒤엎을 수는 없어."

증거란 형사 사건에서 가장 중요한 단서가 된다.

"아빠가 범인이 아니라면 왜 그런 증거들이 생겼을까요. 제가 만들어 준 손수건, 가죽장갑, 칼…… 그런 것들이 왜 소희 씨 아파트 쓰레기통에서 발견됐을까요?"

명호의 시선이 번쩍했다. 새로운 사실을 발견한 듯 놀란 표정이었다.

"범인이 자기의 죄를 아버님한테 덮어씌우려고 그런 게 아닐까?"

이번에는 미혜의 얼굴이 경악에 찼다. 그녀는 전혀 생각해 보지 못한 것이었다.

"그, 그럴 수가……."

"얼마든지 그럴 수 있지."

"누가, 무엇 때문에?"

그렇다. 우리 아빠처럼 좋은 사람을 누가 해치려고 그랬을까?

"아버님의 출세를 시기하는 사람이 그럴 수도 있을 거고……, 하여튼 여러 가지 가능성을 생각해 볼 수 있어."

"그렇지만 범인은 아빠의 소유물을 어떻게 손에 넣을 수 있었을까요?"

"그거야 어렵지 않아. 아버님이 아니라는 것을 전제로 했을 때, 범인은 분명히 아버님을 노린 거야. 우선 먼저 범인은 아버님과 소 희 씨의 관계를 알고 있었겠지. 그리고 그것을 이용해서 범행을 저질렀겠지. 낚시용 장갑이나 칼은 아버님과 함께 낚시하러 갔다가 자연스럽게 훔칠 수도 있을 거고 집에 놀러 와서 주인 몰래 가져갈 수도 있겠지. 손수건 같은 것은 쉬워. 그러니까 범인은 사전에 아버님 소유물을 훔쳐 두었다가 그걸 범행에 이용한 거야. 집에 손님 출입이 많았나?"

명호는 수사관처럼 조리 있게 추리하고 있었다.

"네, 비교적 많은 편이었어요."

"사건 전에 혹시 아버님이 뭘 잃으셨다고 하시는 말씀 들은 적 있어?"

"들은 적 없어요."

"집에 도둑이 든 적 없어?"

"없었어요!"

미혜는 고개를 단호하게 저었다.

"아무튼 아버님이 범인이 아니라면 아버님은 함정에 걸리신 게 분명해. 누가 아버님을 파멸시키려고 모함한 거야."

"아빠는 범인이 아니에요!"

그녀가 고개를 완강히 저으면서 말했다. 명호는 가만히 그녀를 끌어안았다.

"그래. 나도 그렇게 믿어! 우리는 아버님을 구해야 돼! 진범을 찾으면 되는 거야!"

"고마워요!"

미혜는 남자의 가슴에 얼굴을 비볐다. 남자가 없으면 생각지도 못할 일들을 그녀는 구체적으로 실천에 옮길 결심을 하고 있었다.

"현장에서 채취된 아빠의 구두 발자국은 어떻게 된 걸까요? 아빠 구두는 열 켤레쯤 되는데 모두 집에 그대로 있어요."

"구두를 그대로 두고도 발자국을 만들어 놓은 것은 얼마든지 가능해. 아버님 구두 발자국을 그려 놓았다가 그것과 똑같은 크기의 구두를 만들면 되는 거야."

미혜는 키는 크지만 가느다랗고 자그마한 아버지의 발을 생각했다.

"아빠 몰래 어떻게 구두 발자국을 그리죠?"

"기회야 얼마든지 있지. 비 오는 날 유의해서 뒤따라간다던가, 아니면 구두닦이에게 구두를 맡겼을 때 얼마든지 그 모양을 그릴 수 있지."

두 사람은 새로운 사실을 앞에 놓고 약속이나 한 듯 한동안 침묵했다.

두 사람 다 지금까지 나눈 대화 내용에 대해 갑자기 의심이 일었다. 그것을 인정하려는 듯 명호가 이렇게 말했다.

"우리는 하나의 가능성을 설정해 본 것뿐이야. 가장 큰 가능성이지만 그것이 사실이 될 때까지 싸우지 않으면 안 돼."

그들은 일어서서 강가로 내려갔다. 강바람이 조금 차가웠다. 두 사람은 꼭 껴안고 걸어갔다.

"손이 차갑군. 추워?"

미혜는 머리를 저었다.

"괜찮아요."

"참, 어머님은 어떠셔?"

"퇴원하셨어요."

"어때?"

명호는 미혜 어머니의 건강도 걱정되었다.

"통 말씀이 없어지셨어요. 실성한 사람처럼……."

미혜는 말끝을 흐렸다.

"그런 충격을 받으면 누구나 다 그러겠지. 회복되셔야 할 텐데……. 미혜가 잘 돌봐 드려야 해요."

"엄마가 걱정이 돼요. 얼마 전에 자살할 뜻을 비치셨어요. 만일 엄마가 그러시면 전……."

미혜는 머리를 저으며 명호의 가슴 속으로 파고들었다. 울음을 참느라고 가냘픈 어깨가 마구 떨리고 있었다.

"어머님을 잘 이해시켜. 아버님이 절대 범인이 아니라고 말씀드리고 희망을 가질 수 있도록 해 드려. 노력 여하에 따라서는 아버님을 구할 수 있다고 말씀드려."

등을 어루만지며 속삭이는 명호의 말에 미혜는 고개를 끄덕거렸다. 그리고 재빨리 눈물을 훔치면서 명호를 올려다보았다.

"드릴 말씀이 있어요."

"음, 뭐야? 새삼스럽게……."

명호는 걸음을 멈추고 미혜를 내려다보았다.

"저기…… 떠나실 날짜 일주일 밖에 남지 않았어요. 저는 상관 마시고 떠나실 준비하셔야 해요."

목소리가 떨리고 있었다. 기다렸다는 듯이 그는 미혜를 으스러지게 껴안았다.

"가지 않겠어."

뜻하지 않는 대답에 미혜는 깜짝 놀랐다.

"안 돼요! 가셔야 해요!"

"기회는 앞으로 얼마든지 있어. 미혜를 내버려두고 떠날 수는 없어."

"전 괜찮아요! 가셔야 해요!"

그녀는 격렬하게 외쳤다. 자기 때문에 명호의 유학이 중단되어서는 안 된다. 그의 부모들이 그녀를 얼마나 원망할 것인가. 그들에게 있어서 그이가 어떤 아들인데. 그러나 명호는 천천히 고개를 저었다.

"부모님한테도 말씀드렸어."

미혜는 남자의 가슴을 밀어냈다. 바람에 머리가 헝클어지고 있었다.

"제가…… 제가 불쌍해서 못 가시는 거죠? 싫어요! 동정받는 건 싫어요! 제발 미국으로 떠나세요! 학업을 중단할 수는 없어요."

"동정하기 때문에 그러는 게 아니야! 사랑하기 때문이야. 사랑하기 때문에 갈 수 없는 거야!"

명호는 미혜의 자존심이 상하지 않도록 조심해서 말했다.

"아, 아니에요! 당신은 가셔야 해요! 저 같은 걸 사랑해서 어쩌시겠다는 거예요?"

몸이 흔들렸다. 무릎을 꺾고 앉아 오열했다. 남자에 의해 다시 일으켜 세워져 그의 품에 안기는 순간 그녀는 비로소 사랑이 무엇인가를, 그 힘이 얼마나 위대한가를 깨달았다.

남자는 바위처럼 버티고 서서 비틀거리는 그녀를 끝까지 지켜 주고 있었다. 바로 그것이 사랑의 증명이었다.

젊은 신부가 들어왔다. 한 손에 두툼한 성경책을 들고 있었다. 사형수를 방문하고 다니는 신부였다.

조동일이 1심에서 사형 판결을 받은 것은 바로 어제 일이었다. 예상대로 내려진 판결이었다. 일반적인 범죄와는 달리 세인을 놀라게 한 엽기적인 살인 사건이었던 만큼 재판 진행 속도가 빨랐다.

그동안 입에 거의 아무것도 대지 않았기 때문에 동일은 몰라볼 정도로 무섭게 말라 있었다. 그는 담담하게 죽음을 기다리고 있었다.

"교를 믿으십니까?"

기도를 하고 나서 신부가 물었다. 여자처럼 흰 피부를 가진 신부였다. 신부는 손가락에 반지를 끼고 있었다. 동일은 천천히 고개를 저었다.

"가톨릭에 귀의하십시오. 구원을 받으실 겁니다."

"……."

손이 닿지 않는 조그만 창문으로 하늘이 보였다. 동일은 하늘이 유난히 파랗다고 생각했다.

신부가 또 뭐라고 말했다. 조용하고 부드러운 목소리가 계속 흘러나왔다. 동일의 초점 없는 퀭한 눈이 허공을 맴돌았

다. 이윽고 그 눈이 신부의 얼굴 위에 머물렀다.

"혼자 있고 싶으니 나가 주시오."

신부는 나갈 생각을 않고 그를 설득했다.

"주님은 모든 죄를 용서하여 주십니다. 지금이라도 늦지 않으니……."

"나가 주시오. 듣기 싫소."

동일은 만사가 귀찮았다.

"구원을 받으셔야 합니다."

"구원이라…… 듣기 좋은 말이군."

중얼거리고 나서 그는 갑자기 웃음을 터뜨렸다. 콘크리트 벽을 긁어 대면서 한참 동안 껄껄거리고 정신없이 웃어댔다. 어떻게나 격렬하게 웃어대는지 눈물까지 다 흘리고 있었다.

젊은 신부는 처음에는 어리둥절하다가 나중에는 연민에 가득찬 눈으로 사형수를 바라보았다. 그런 다음 조용히 밖으로 사라졌다.

"미친 놈……."

동일은 웃음을 거두면서 다시 철창 밖의 파아란 하늘을 바라보았다.

조금 후 교도관이 나타났다. 창살문에 쇠고리를 걸면서 교도관은

"신부가 당신 미쳤다고 하던데……."

하고 말했다.

동일은 잠자코 벽을 바라보았다. 벽 위에는 여자의 나체가 그려져 있었다. 못 같은 것으로 후벼서 그린 것이었는데 아주 솜씨 있게 그려져 있었다.

"항소(抗訴)할 텐가?"

"……."

교도관은 멋대로 단정했다.

"물론 할 테지."

"아니오."

그는 대수롭지 않게 대답했다. 교도관은 믿어지지 않는다는 듯 그를 바라보았다.

"안 한다구?"

그는 고개를 무겁게 끄덕였다.

"왜?"

"……."

"살고 싶지 않은가?"

그가 대답하지 않는 데도 교도관은 계속 지껄였다.

"하긴 항소하나마나지. 그렇지만 당신은 좀 별나. 사형수들을 많이 봐왔지만 당신같이 살고 싶어 하지 않는 사람은 처음이야. 가족들 면회도 거절하고…… 변호사도 거절하고 하여간 별나. 왜 그러지?"

"……."

"겉만 봐서 사람은 잘 몰라. 당신같이 점잖은 사람이 그런 흉악한 죄를 짓다니, 참 알다가도 모를 일이야.

교도관의 발소리가 들리지 않을 때까지 동일은 꼼짝하지 않고 앉아 있었다.

미혜는 시계를 들여다보았다. 밤 9시가 조금 지나고 있었다. 몹시 허기지고 피로했다.

길 건너편을 바라보았다. 바로 M극장이었다.

연일 관객이 줄을 이어 수개월째 롱런하고 있는 외화가 있었다. 아버지가 체포되기 전 마지막으로 보았다는 <나는 살고 싶다>라는 영화였다.

나는 살고 싶다…… 살고 싶다…….

미혜는 강렬한 제목이 주는 생에의 절규를 가만히 음미해 보았다. 절규하는 수잔 헤이워드의 얼굴이 간판 가득히 그려져 있다. 영화의 내용에 대해 대략 이야기는 들었지만 아직 보지는 못했다.

추적의 발길이 그녀를 M극장 앞에까지 오게 한 것이었다. 그녀는 소 희가 살해되던 날 밤의 아버지의 행적을 그대로 답습해 오고 있는 중이다.

소 희와 아버지가 그날 처음 만났던 장소를 추적의 시발점으로 잡았다.

명동에 있는 살롱 <까뮈의 집>은 쉽게 찾을 수 있었다. 안

으로 들어서는 순간 그녀는 그 조용하고 아늑한 분위기에 빨려 들어갔다. 중년 신사와 여대생의 밀회 장소로는 안성맞춤이라는 생각이 들었다. 벽에 여기저기 걸려 있는 까뮈의 사진이 인상적이었다.

살롱 여주인과의 면담은 괴로운 것이었다. 어차피 부딪칠 수밖에 없었으므로 신분을 밝히고 사진 두 장을 내놓았다. 그중 소 희의 사진은 신문에서 가장 잘 나왔다고 생각되는 것을 오려 낸 것이었다.

삐쩍 마른 모습에 검은 테의 안경을 끼고 머리를 어깨까지 길게 기른 그 여주인은 인조 속눈썹을 치켜뜨고 이쪽을 바라보았다. 벽에 걸린 까뮈의 지성과는 어쩐지 어울리지 않는 모습이라고 미혜는 생각했다. 첫마디부터가 모욕적이었다.

"그 살인자와 여대생은 거의 매일 밤 여기서 만났지. 틀림없어."

그녀는 손가락에 담배를 낀 채 반말로 쏘아붙였다.

미혜는 확인하는 것만으로 그곳을 물러 나왔다. 눈물이 나오려는 것을 참아 내면서 다음 코스로 방향을 잡았다.

일식집 <흑룡>에서는 아예 저녁을 시켜 놓고 앉아 확인을 했다. 어린 여종업원이 두 장의 사진을 들여다보고 나서 기억을 되살려 주었다.

세 번째 코스는 제일 괴로운 곳이었다. <남양호텔>은 충무로 번화가에 자리 잡고 있었다. 먼저 커피숍으로 가서 차를

한 잔 시켜 마시면서 마음을 진정시킨 다음 프런트로 다가갔다. 이미 형사들이 훑어간 뒤였으므로 그날 밤 객실 담당 직원을 쉽게 만날 수가 있었다.

직원의 끈질긴 질문에 하는 수 없이 신분을 밝히자 직원의 표정이 금방 굳어졌다. 그러나 그는 이내 가엾다는 표정을 지으면서, 두 사람은 그 호텔 단골이었다고 말했다.

"3월 2일 밤에는 707호실에 들었죠. 필요하시다면 그 방까지 안내해 드리겠습니다. 방을 나간 것은 그러니까 9시쯤 되어서지요. 틀림없습니다."

그녀는 머뭇거리다가 용기를 내어 707호실을 아예 빌렸다.

깨끗하고 아름다운 방이었다. 더블베드가 한쪽을 차지하고 있었고 바닥에는 부드러운 청색 양탄자가 깔려 있었다. 그녀는 방 가운데 서서 전 신경을 곤두세웠다. 그러나 아버지와 여대생이 남긴 흔적 같은 것은 전혀 찾을 수가 없었다. 창가로 다가가 커튼을 걷고 아래를 내려다보았다. 오고가는 사람들의 물결이 자신의 세계와는 전혀 관계없는 동떨어진 것으로 비쳐 들었다. 무서운 고독감이 엄습 해왔다.

소파에 앉아 9시가 되기를 기다렸다. 9시가 될 때까지 꼼짝하지 않고 앉아 있었다.

호텔에서 극장까지는 걸어서 10분도 안 걸리는 거리였

다. 그녀는 길을 건너 극장 앞으로 다가갔다.

영화는 이미 시작되고 있었다. 흑백영화였다. 그녀는 숨을 죽이고 화면을 응시했다. 스토리가 곧 잡혔다. 그녀는 화면 속으로 빨려 들어갔다.

영화가 끝나고 실내에 불이 켜졌을 때 그녀의 눈에는 눈물이 가득 고여 있었다. 감동적인 영화였다. 살고 싶어 발버둥 치다 가스 사형을 당하는 여주인공의 모습이 너무도 생생히 가슴을 압박해 왔다.

아버지가 마지막으로 그 영화를 본 것이 어쩐지 불안한 암시로 받아들여져 더욱 비통한 기분에 휩싸였다.

여주인공과 아버지의 신세가 너무도 비슷해 보였다. 단지 다른 것이 있다면 영화의 주인공이 살고 싶어 발버둥친 반면 아빠는 전혀 그런 노력이 없다는 점이다.

아빠는 왜 죽음을 받아들이려고 하시는 걸까. 정말로 아빠는 그 여자를 살해했고, 그래서 죄책감 때문에 죽음을 받아들이려고 하시는 것일까. 아니다. 그럴 리가 없다. 아빠는 범인이 아니다.

무슨 다른 이유, 말 못할 다른 이유가 있기 때문에 그러시는 것이다. 틀림없다. 그 이유는 무엇일까?

극장을 나온 그녀는 시계를 보았다. 10시 40분이 막 지나고 있었다. 마지막 프로가 끝난 밤거리에 스산한 바람이 불어대고 있었다.

미혜는 길을 건너 택시를 잡았다. 10시 45분이었다. 법정 진술에 따른다면 아빠는 혼자서 영화를 보고난 뒤 바로 택시를 타고 소 희 양의 집으로 갔다고 했다. 극장에서 소 희 양의 아파트까지는 택시로 약 15분 되는 거리다. 이것은 검사가 확인한 시간이다.

살인 현장이 점점 가까워 옴에 따라 미혜는 걷잡을 수 없이 가슴이 뛰는 것을 느꼈다. 이 코스에서부터는 조작된 진술일 가능성이 높다. 아빠는 거짓말을 하신 것이다. 무슨 이유 때문이었을까?

택시가 건널목 앞에서 정거했다.

"어느 길로 갈까요?"

늙은 운전사가 뒤를 돌아다보며 묻는다.

"어느 길이나 좋으니까 빨리 갈 수 있는 길로만 가 주세요. 아저씨."

미혜는 캄캄한 차창 밖을 바라보며 말했다.

"그럼 이쪽으로 가야겠군,"

왼쪽으로 커브를 튼다. 시계를 보았다. 10분이 지났다. 15분 거리니까 백화 아파트까지는 5분쯤 남았다.

"어느 쪽으로 가나 오래 걸리기는 마찬가지요."

지나가는 말처럼 하는 운전사의 말에 미혜는 정신이 번쩍 들었다.

"왜 그런가요?"

"다리 공사를 하고 있어서 차가 밀려요. 에이, 언제쯤이나 공사가 끝날런지."

운전사는 불평조로 얘기했다.

"다른 길로 갈 수는 없나요?"

미혜는 상체를 앞으로 숙였다.

"없어요. 처음 가 보는 길이우?"

"네……."

다리 공사를 하고 있다는 것은 새로운 사실이다. 그녀는 앞을 주시했다. 곧 차가 정거했다. 자동차 행렬의 끝이 눈에 보이지 않을 정도로 길게 뻗어 있었다.

"언제부터 공사가 시작됐나요?"

"공사가 언제부터 시작되었는지는 잘 모르겠고…… 하여튼 지난 겨울부터 이렇게 막혔지요. 빌어먹을 놈의 공사…… 웬 공사가 이렇게 많은지……."

운전사는 또 한 번 불평을 했다.

"이 시간에는 언제나 여기가 이렇게 막히나요? 차들이 통 빠지질 않네요."

미혜가 관심을 갖고 물어 보자, 운전사는 신이 나서 크게 떠들었다.

"하루 종일 막혀요."

"차가 빠지려면 몇 분이나 걸릴까요?"

운전사는 혀를 끌끌 찼다.

"20분 이상 걸릴 거요."

미혜는 가슴으로 차가운 냉기가 흘러드는 것을 느꼈다.

공사 중인 다리통과는 편도만 허용되고 있다. 한쪽이 지나고 난 뒤에야 다른 쪽 차량들이 통과할 수가 있었다.

미혜는 시간을 재면서 기다렸다. 정확하게 25분 만에 차가 움직이기 시작했다.

다리를 건너자 택시는 장애물을 겨우 넘긴 해방을 만끽하려는 듯 질풍같이 달려갔다. 백화 아파트에 닿은 것은 다리를 건너 5분쯤 지나서였다.

미혜는 택시에서 내리기 전에 물었다.

"여기서 G동까지는 몇 분쯤 걸릴까요?"

"다리 공사만 아니면 30분쯤 걸리죠. 지금은 너무 늦어서 못갑니다. 가다가 통금에 걸릴 거요."

"고맙습니다. 안녕히 가세요."

"안녕히 가시우."

택시는 어둠 속으로 사라졌다.

시계는 11시 25분을 가리키고 있었다.

만일 아빠가 그 여자를 죽였다면, 아빠는 그날 11시 25분에 이곳에 도착해서 저 아파트로 들어간 것이 된다. 아무리 빨리 행동했다 해도 과연 이 시간에 여자를 살해하고 통금 전에 집에 도착할 수 있을까.

불가능하다! 도저히 불가능하다! 아버지가 범인이 아니

라는 증거가 다시 밝혀졌다. 그녀는 몸이 떨려 제대로 서 있을 수가 없었다.

아파트 앞에 설치되어 있는, 벤치에 앉아 멍하니 아파트를 바라보았다. 어느 창문이 소 희네 것일까.

그녀는 가장 중요한 것이 빠져 있음을 알았다. 다리공사 때문에 백화 아파트로 오는 차량이 평소보다 20분 내지 30분 정도 늦어진다는 사실이었다.

재판정에서는 다리 공사 관계가 전혀 언급되지 않았다. 수사관이 과연 시간을 점검하기 위해 차를 타고 와 봤는지 아무래도 의심스럽다.

다리 공사 때문에 거기에 가는 시간이 지체된다는 것을 염두에 두었을까. 이 사실을 간과했거나 묵살했다면 수사를 다시 시작해야 한다.

"아빠는 분명 이곳에 오시지 않았다!"

그러나 그녀는 다시 혼란에 빠진다. 아빠가 영화를 보시지 않았을 경우에 생각이 미친 것이다. 수사관은 그 점을 지적할 것이다. 증인이 없는 이상 아빠가 영화를 관람했다는 사실을 증명할 수는 없다.

미혜의 기억에, 3월 2일 밤 아빠는 12시 10분 전에 집으로 돌아오셨다. 약간 술 냄새를 풍기고 있었다. 그리고 이튿날 아침 엄마에게 <나는 살고 싶다>를 보았다고 말씀하셨다. 그것은 엄마의 증언으로 밝혀진 것이다.

그렇다면 아빠는 3월 2일 밤 극장을 나와 어디서 시간을 보내시다가 집에 돌아오셨을까. 10시 40분 극장을 나오셨다면 11시까지는 집에 돌아오실 수 있다. 그런데 11시 50분에야 돌아오신 것이다. 아빠는 50분 동안 어디서 무엇을 하셨을까.

미혜는 벤치에서 일어나 D동 쪽으로 걸어갔다. D동 305호는 쉽게 찾을 수 있었다. 계단을 올라가 '305' 라고 쓰인 출입문을 보는 순간 눈앞이 침침해 왔다. 다시 한 번 보고 나서 몸을 돌려 계단을 내려왔다.

아파트 단지를 조금 벗어나자 마침 여관이 하나 있었다. 구겨지듯 문을 밀고 안으로 들어갔다. 현관 옆의 조그만 방에 있던 여자가 창문을 드르륵 열었다.

"방 하나 주세요."

미혜는 피곤에 지친 몸을 간신히 지탱하면서 조그만 목소리로 여자에게 말했다.

"혼자…… 주무실려구요?"

여자는 미혜를 아래위로 유심히 훑어보면서 물었다.

"네……."

미혜는 불쾌했다. 여자 혼자 여관에 들어오면 안 된단 말인가! 왜? 자살이라도 할까 봐?

"따라오세요."

여자는 이층으로 올라갔다. 미혜는 하이힐을 벗어 들고

계단을 올라갔다. 여자는 구석방 문을 열었다.

"이 방이면 되겠어요?"

이불 한 채가 한쪽에 깔려 있는 조그마한 방이었다.

"아무 방이나 주세요."

미혜는 방으로 들어가자 방문을 걸어 잠그고 이불 위에 쓰러졌다. 아, 피곤하다. 이럴 때 명호 씨가 있었으면…… 그가 안아주었으면…… 그의 품에 안겨 잠들고 싶다.

미 로

<백화 아파트 여대생 살해범 상소(上訴) 포기로 사형 확정!>

미혜는 신문 판매대 앞에 멈칫하고 섰다. 사형 확정을 알리는 기사 제목이 눈에 띄게 튀어나와 있었다. 떨리는 손으로 신문을 한 장 사서 단숨에 읽어 치웠다.

“이럴 수가! 세상에 이럴 수가! 아빠는 범인이 아닌데, 세상에 이럴 수가!”

눈앞이 캄캄해지면서 현기증이 일었다. 겨우 정신을 가다듬고 주위를 바라보다가 공중전화 부스로 달려 들어가 집으로 전화를 걸었다.

명호가 데려다 준 가정부가 전화를 받았다. 앳된 소녀로

부지런하고 깔끔한 편이었다. 한참 만에 어머니가 나왔다.

"엄마! 어떡해요?"

미혜는 울음부터 터뜨렸다.

"왜?! 왜 그러니!?"

"엄마! 아빠가…… 아빠가…… 사형 확정이 됐어요! 신문에 기사가 났어요!"

"뭐라구?!"

어머니도 놀란 것 같았다.

"아빠가 상소를 포기하시는 바람에 1심 판결로 확정이 된 거예요. 엄마, 이를 어쩌면 좋아요!?

"세상에 그럴 수가……."

신음 소리가 들려왔다. 그러나 어머니의 다음 목소리는 의외로 처분하게 가라앉아 있었다.

"나는 이미 포기했다. 네 아빠는 이미 돌아가신 것이나 마찬가지야."

"아니에요!"

미혜는 울부짖었다.

"아빠는 돌아가셔서는 안 돼요! 아빠는 범인이 아니란 말이에요! 아빠는 그 여자를 죽이지 않았단 말이에요! 아빠를 살려야 해요!"

수화기를 통해 절망적인 한숨 소리가 들려왔다.

"나로서는 어쩔 수 없다. 난 네 아빠보다는 네 앞날이 걱

정이다. 명호 그 청년이 너를 버리지 말아야 할 텐데…… 내가 없더라도 넌 굳게 살아야 한다. 넌 이제 다 컸어. 부모가 없더라도 충분히 혼자서 살아갈 수 있어. 넌 똑똑하니까."

흐느끼는 소리에 이어 전화가 찰칵하고 끊어졌다.

"엄마 무슨 말씀하시는 거예요?! 엄마! 엄마!"

전화 부스에서 뛰쳐나온 미혜는 택시를 집어타고 집으로 향했다.

집에는 그녀보다 한 발 앞서 최명호가 와 있었다. 사형 확정 소식을 듣고 달려온 모양이었다.

그녀의 어머니는 창백한 얼굴로 멀거니 앉아 있었다. 혼이 빠진 듯 한 표정이었다. 미혜는 어머니의 품으로 뛰어들면서 몸부림쳤다.

"엄마! 엄마까지 돌아가시면 전 어떡하라는 거예요?! 엄마, 제발 그런 생각하시지 마세요! 전 엄마의 심정이 어떻다는 거 잘 알고 있어요! 그렇지만…… 그렇지만…… 엄마가 돌아가시면 저도 죽을래요!"

몸부림치는 딸을 내버려둔 채 양인숙은 멍하니 허공만 바라보고 있었다.

옆에서 침통한 표정으로 앉아 있던 최명호가 보다 못해 미혜를 양 부인으로부터 떼어놓았다.

"두 분 모두 진정하셔야 합니다. 이러고 있을 때가 아닙니다. 확정 판결이 난 이상 언제 집행이 될지 모릅니다. 더구

나 사회적으로 충격을 준 사건이기 때문에 다른 사람보다 빨리 집행이 될지 모릅니다.

무서운 말이었다. 미혜는 울음을 그치고 공포의 눈으로 명호와 어머니를 번갈아 바라보았다.

"그럴 수는 없어요! 아빠는 죄가 없어요! 명호 씨도 아시잖아요!"

명호는 힘차게 고개를 끄덕거렸다. 미혜에게 힘을 주기 위해서였다.

"그래. 나도 알고 있어! 그렇지만 그것만 가지고는 판결을 뒤엎을 수 없어! 보다 정확한 증거가 필요해! 하루빨리 증거를 찾아야 해! 우리 손으로 진범을 잡을 수 있으면 좋은데……."

멍하니 허공만 바라보고 있던 양인숙의 인형 같은 눈이 비로소 무엇을 찾으려는 듯 조금 움직였다. 미혜는 어머니의 손을 꼭 쥐고 흔들었다.

"엄마! 엄마는 아빠가 미울 거예요! 저도 아빠가 미워요! 그렇지만 아빠가 다른 여자를 사귄 것과 살인한 것과는 별개 문제예요! 아빠는 그 여자를 살해하지 않았어요. 엄마, 제발 믿어주세요! 믿고 힘을 내주세요!"

"……."

미혜의 표정이 안타까운데 비해서 인숙의 표정은 조용했다. 그녀의 마음은 이미 먼 곳에 가 있는 듯했다.

"엄마, 저는 아빠가 살인을 하지 않았다는 증거를 가지고 있어요!"

인숙은 그제야 입을 열었다.

"넌 아무것도 믿고 싶지 않겠지. 내 심정도 마찬가지야."

"그런 뜻이 아니에요! 사실을 밝혀냈어요!"

"사실이라니?!"

비로소 그녀의 눈에 의혹의 빛이 나타났다.

미혜는 지금까지 조사 해온 바를 어머니에게 소상히 이야기해 주었다. 그러나 소 희의 일기장에 대해서만은 차마 이야기할 수가 없었다.

이야기를 가만히 듣고 난 인숙은 머리를 천천히 흔들었다.

"미혜야, 더 이상 비참해져서는 안 된다. 네 마음은 이해할 수 있어. 내가 너한테 바라고 싶은 것 마음의 준비를 해 두었으면 하는 거다. 네 아빠가 세상에 없게 될 때를 대비해서 마음을 단단히 먹고 있어야 해."

미혜는 엄마가 미웠다.

"엄마, 엄마는 제 말을 믿지 않으세요? 엄마는 아빠가 정말로 그 여자를 죽였다고 생각하세요?"

인숙은 한참 동안 침묵했다. 허공을 멍하니 바라보고 있다가 이윽고 미혜를 똑바로 응시했다.

"미혜야, 내가 왜 네 말을 믿지 않겠니? 난 네 말을 믿어.

그렇지만 법은 냉정해. 법은 네 말을 믿지 않아. 그런 것으로 판결을 뒤집을 수는 없어."

"아니에요! 전 판결을 뒤집어엎겠어요! 엄마, 저와 약속해주세요! 아빠가 살인하지 않았다는 거 믿으시겠다고 약속해 주세요!"

"그래, 믿어. 그렇지만 아빠가 날 배신한 건 사실이야. 난 그 점에 대해서는 용서할 수 없어!"

"엄마, 아빠는 죽음 앞에 서 계셔요! 이젠 아빠를 용서해 주세요!"

미혜가 애걸하듯 말했지만 인숙은 돌처럼 앉아서 미동도 하지 않았다.

"어머니를 괴롭혀 드리지 마. 지금 그런 말할 때가 아니야."

명호가 미혜의 손을 잡으며 말했다. 미혜는 고개를 끄덕였다.

"엄마, 죄송해요. 그런 말해서……."

미혜는 사과했다.

"아니야. 괜찮아."

"엄마, 또 하나 약속해 주세요."

"무슨 약속 말이냐?"

"절 혼자 내버려두고…… 먼저 떠나시지 않겠다고……."

미혜는 말끝을 맺지 못하고 어머니의 품으로 뛰어들었

다.

모녀는 서로 끌어안고 울음을 터뜨렸다. 그때까지 침착하게 앉아 있던 양인숙도 더 참지 못하고 흐느끼기 시작했다.

"그래, 그래. 약속하마. 너를 혼자 두고 내가 어떻게 혼자 가겠니?"

명호는 코끝이 시큰해져 잠시 고개를 돌렸다가 두 사람을 보고 말했다.

"약해지면 안 됩니다. 힘을 내야 합니다."

명호의 위로를 받고서야 두 모녀는 겨우 울음을 그쳤다. 양인숙은 눈물을 훔치고 나서 명호에게,

"볼 낯이 없네. 너무 고마워서 뭐라고 말해야 할지……."

하고 말했다.

"별말씀을 다 하십니다."

"자네가 우리 딸을 위해 유학 가는 것까지도 포기했다는 거 다 알고 있네. 정말 자네는 내 딸의 은인이네."

인숙은 명호가 정말 고마웠다.

"그런 말씀 하시지 마십시오. 저는 마땅히 해야 할 일을 하고 있을 뿐입니다."

"정말 감사하네. 그렇지만 공부는 계속해야 되지 않겠나? 여긴 염려하지 말고 유학 가게. 그게 오히려 서로를 위해서 좋은 길이 아닐까?"

그러나 명호의 각오는 단단했다.

"아닙니다. 절대 그럴 수 없습니다. 그리고 이미 늦었습니다. 그 문제는 일단락됐으니 더 이야기하지 마십시오."

"정말 뭐라고 감사해야 할지 모르겠네. 내 딸을 잘 부탁하네."

인숙의 얼굴에는 감동어린 빛이 나타나 있었다. 그것은 이윽고 신뢰의 빛으로 변했다. 그때 명호가 말머리를 돌렸다.

"아까도 말씀드렸지만 우리는 전력을 기울여 아버님을 구해야 합니다. 그것만이 앞으로 우리가 해야 할 일입니다! 그밖에 다른 것은 생각할 여지가 없습니다! 매우 촉박합니다!"

명호의 두 눈이 활활 타오르고 있었다.

"미혜와 제가 조사한 바로는 아버님은 살인하지 않았습니다. 우리는 확신합니다."

"나도 그렇게 생각해. 미혜 아빠는 그럴 사람이 아니야. 그런데 왜 범행을 시인하고 상소까지 포기했을까? 나는 그 점을 이해할 수 없어."

인숙은 처음으로 관심을 표명했다.

"엄마, 저희들도 그 점이 이해가 가지 않아요. 아빠를 면회할 수 있으면 좋겠는데, 그것도 안 되고……."

"아버님이 왜 스스로 죄인임을 자처하시는 지 그 점도 우리가 밝혀야 할 점입니다.

"자네가 그렇게 나서 주다니 정말 감사하네. 저 애 혼자

라면 상처만 입을 텐데 자네가 이렇게 자진해서 앞장서 주니 정말 다행이네."

"어머님께 한 가지 여쭤 볼 게 있습니다."

명호의 눈이 조심스럽게 상대방을 바라보았다. 상대방의 감정을 건드리지 않으려는 배려가 엿보이고 있었다.

"뭐든지 물어보게. 내가 도울 수 있는 것이면 집을 팔아서라도 돕겠네."

"저기 다름이 아니라…… 혹시 아버님께서 일기를 쓰시지 않았나요?"

그런 일기를 아무데나 두지 않았으리라고 생각하면서도, 명호는 혹시나 하고 물었다.

"아아니……."

양인숙은 고개를 설래설래 흔들었다. 그리고 되물었다.

"그건 왜?"

"사건 해결에 도움이 될까 해서 그럽니다.

인숙의 대답에도 명호는 실망하지 않았다.

"나 몰래 쓴지는 모르지만…… 난 미혜 아빠가 일기를 쓰는 건 한 번도 보지 못했어. 미혜는 본 적 있니?"

"저도 보지 못했어요."

미혜는 힘없이 고개를 저었다.

머뭇거릴 시간이 없었다. 슬퍼할 겨를도 없었다. 아버지

가 사형대의 이슬로 사라지기 전에 판결을 뒤엎을 수 있는 증거를 찾아내야 한다.

그러나 어디서부터 어떻게 손을 대야 할지 알 수가 없었다. 마음은 자꾸 초조해 지기만 했다.

무엇보다도 먼저 알리바이를 증명해 내는 일이 시급했다. 그래서 최명호는 조동일의 사진을 들고 M극장 주변의 술집과 음식점들을 더듬기 시작했다. 사건이 일어난 3월 2일 밤에 조동일이 M극장에서 마지막 프로를 감상하고 난 다음 그 부근에서 술을 마셨을 가능성이 많았기 때문이다. 그날 밤 통금 직전에 아빠가 술 냄새를 풍기며 귀가한 것을 미혜는 분명히 보았었다.

최명호가 알리바이를 증명하기 위해 M극장 주변을 헤매고 있을 때 미혜는 죽은 소 희네 아파트 부근을 서성거리고 있었다. 무엇을 어떻게 하겠다는 생각도 없이 그저 막연히 사건이 발생했던 현장 부근을 맴돌고 있었다.

백화 아파트는 모두가 15평형으로 지어진 서민 아파트였다. 5백여 가구가 들어 있는 꽤 큰 아파트 단지로 사람들이 와글거리고 있었다.

시간은 오후 2시 조금 지나 있었다. 날씨가 맑았고, 햇볕도 포근했다.

벤치에 앉아 어린이 놀이터를 바라보고 있는데, 기침 소리와 함께 50대의 초라한 남자가 곁에 다가와 앉았다. 남자

가 말을 걸고 싶은 듯 머뭇거렸으므로 미혜는 고개를 돌려 상대를 바라보았다.

"저기, 요 뒤에 복덕방에 있는데 아까부터 아가씨가 돌아다니는 것을 보았습지요. 여긴 평수도 적고 해서 단란한 식구가 살기에 좋지요. 혼자 살기는 더 좋구요. 싸고 좋은 것이 하나 있는데 한번 보시지 않겠습니까?"

남자는 눈을 가늘게 뜨고 흐물흐물 웃는다. 미혜는 미소 지으면서 고개를 가만히 흔들었다.

"아, 꼭 뭐 계약하라는 게 아니라 이왕 여기까지 오셨으니 한번 구경해보시라 이 말씀입니다. 바로 요 뒤 306호니까 가깝습니다."

미혜는 고개를 돌려 아파트를 바라보았다. 소 희네 유족들이 들어 있는 D동이었다. D동 306호라면 바로 소 희네 유족들이 들어 있는 D동이었다. D동 306호라면 바로 소 희네 아파트 305호와 바로 이웃하고 있는 게 아닌가! 미혜는 자기도 모르게 긴장했다.

"306호 옆에는 몇 호가 있죠?"

"305호가 있습지요. 서로 마주보고 있습니다. 여긴 다 그래요. 층마다 두 가구가 서로 마주보게 되어 있습지요. 그러나 출입문만 닫으면 옆집에서 뭐 하는지 전혀 모르지요. 자, 한번 보시기나 하시지요. 직접 보셔야 이야기가 될 거 아닙니까?"

미혜가 관심을 보이자 남자는 신나게 설명을 했다.

"잠깐……."

그녀는 일어서려는 복덕방 남자를 제지했다. 중개인은 주춤하고 다시 앉았다.

"저기 듣기에 305호에서 얼마 전에 살인 사건이 일어났다면서요? 신문에도 크게 난 그 끔찍한 사건 말이에요."

미혜는 305호 쪽을 바라보았다.

"아시는구먼."

사내는 안색이 달라지면서 큰기침을 했다.

"아니까 하는 말인데, 그것 때문에 사실은 아파트 값이 좀 떨어졌어요. 멀리 떨어진 데는 그래도 괜찮은데 305호와 가까운 아파트는 꽤 값이 떨어졌어요. 특히 바로 옆에 붙어 있는 306호는 다른 아파트보다 거의 한 장이나 차이가 나요."

남자는 집게손가락을 펴 보였다.

"한 장이라면……."

"백만 원 가까이 차이가 납니다. 그래서 제가 권하는 겁니다. 뭐 옆집에서 사람이 죽었으면 어떻다는 겁니까? 아무 관계도 없는 일이지요. 단지 기분이 좀 좋지 않다는 것뿐인데, 그것도 다 시간이 지나면 아무것도 아니지요. 305호라면 또 몰라도…… 정 뭣하면 도로 팔아도 되는 것이고……."

중개인은 입술에 침을 발라 가며 열심히 설명했다.

"저기, 그 집은 나온 지 얼마나 됐나요?"

"지난달에 나왔지요. 사건이 일어난 직후…… 아마 그 주인도 기분이 좋지 않아서 내놓은 모양이에요. 그때부터 쭉 비워 두었었지요."

"그럼 주인은 딴 데서 살고 있겠군요?"

"그렇겠지요. 무서워서 혼자 못살겠다고 하면서 복덕방에 내 놓고 나갔으니까요."

"혼자 사는 사람이었나 보지요?"

돈 많은 유한마담쯤 되나 보다고 생각했다. 그러니까 집도 팔리기 전에 다른 곳으로 갔을 것이다.

"과부입지요. 3개월 전에 제가 소개해서 그 아파트에 들어갔습니다. 자, 일단 한번 구경이나 하시지요."

"그럴까요."

미혜는 사내를 따라 일어섰다. 상대에게 미안한 생각이 들었다. 그러나 내친김에 잠자코 그 뒤를 따라갔다.

지저분한 출입구를 들어서서 계단을 걸어 올라갔다.

306호는 오른켠에 자리 잡고 있었다. 왼쪽이 소 희네 유가족들이 살고 있는 305호였다. 305호를 보자 그녀는 몸이 굳어지는 것을 느꼈다. 소 희의 남동생인 소문호라도 만나면 어쩌나 하는 생각에서 그녀는 남자를 따라 얼른 306호로 들어갔다.

실내는 깨끗이 청소되어 있었다. 방이 두 개에 마루가 꽤

켰다. 마루에는 낡은 응접세트가 한 벌 놓여 있었다. 가구라곤 그것뿐이었다. 텅 빈 집안을 둘러보는 동안 중개인은 쉬지 않고 입을 놀리고 있었다.

"이 응접세트도 그냥 드리는 겁니다. 좀 쓰다 만 것이지만 이런 것도 돈 주고 사려면 몇 만 원을 줘야 살 겁니다. 하여간 통틀어서 8백이면 떨어질 겁니다. 요즘 15평짜리 아파트 하나 사려면 천만 원 정도는 주어야 삽니다. 참, 내가 아까부터 실례를 했는지 모르겠는데…… 혹시 신혼살림 차리실 거 아닙니까?"

"아, 아니에요."

미혜가 얼굴을 확 붉히자 중개인은 흐물흐물 웃었다.

"그럼 아가씨가 맞군요?"

미혜는 아가씨라는 말에 조금 불쾌했다.

"네……."

"혼자 사실 건가요?"

"아니에요. 엄마하고……."

사내는 끈질기게 물어 왔다.

"단 두 식군가요?"

"네……."

"두 식구라면 이 정도 아파트면 충분하지요."

과부가 이런 아파트에 혼자 살다니, 무척 외로웠겠다고 그녀는 생각했다.

"이 집 주인은 자식도 없었나 보지요?"

집 주인에 대해서만 질문을 하자, 중개인은 약간 실망한 표정을 지었다.

"글쎄, 남편한테 소박맞고 쫓겨난 여잔지도 모르지요."

아파트를 막 나왔을 때 305호의 문이 열리면서 40대의 부인이 나왔다. 그 부인을 보는 순간 미혜는 그녀가 소 회의 어머니란 것을 직감적으로 느꼈다.

부인은 초췌한 모습에 어두운 눈길을 하고 있었다. 얼굴에는 고생에 시달린 빛이 역력히 드러나 있었다. 미혜는 목이 메이고 가슴이 꽉 막혀 왔다. 어쩔 줄 모르며 시선을 피하는데 부인과 중개인이 서로 인사를 나누었다.

"오랜만에 뵙겠습니다. 좀 놀러도 나오고 그러십시오. 모든 것 다 잊으시고……."

중개인은 정중하게 인사했다.

"고맙습니다."

병약한 목소리로 부인이 말했다.

"아드님은 학교에 잘 나가지요?"

"네, 그럼요."

부인은 머뭇거리더니 어렵게 입을 열었다.

"저기, 저희 집도 좀 팔아 주세요."

"제값을 못 받을 텐데요?"

"하는 수 없지요. 뭐."

부인은 그 정도는 감수하겠다는 듯 한 표정이었다.

“팔드래도 시간이 좀 지나야 될 겁니다. 지금은 좀…….”

“알고 있습니다. 아무 때라도 좋으니…….”

미혜는 돌아서서 눈물을 삼켰다. 죄의식이 소용돌이쳤다. 딸을 잃은 부모의 심정이 어떠하리라는 것은 당해보지 않는 사람은 모를 것이다. 얼마나 비통했을까. 거기다 이제는 아파트마저 싸게 팔고 어딘가로 떠나려고 하고 있다. 다시 말소리가 들려왔다.

“그리고 하나 부탁이 있는데요.”

부인은 미혜는 거들떠보지도 않고 조심스럽게 말했다.

“네네, 말씀하십시오.”

“저기, 이 집 주인 연락이 되나요?”

“네, 그럼요. 복덕방으로 자주 연락이 오고 있습니다. 왜 그러시나요?”

“다름이 아니고 돈을 좀 빌린 게 있어서요…….”

“아주머니께서 그 과부한테 돈을 빌리셨다 이 말씀인가요?”

“네, 그런데 만나지를 못해서 갚지 못하고 있어요.”

부인은 부끄러운 듯 한 얼굴로 말했다.

“얼마나 빌리셨는데요?”

“5만 원이에요. 지난 2월에 빌렸는데 갑자기 그런 일이 일어나서…….”

"원, 아주머니도…… 본인이 나타나지 않아서 못 갚고 있는 건데, 억지로 찾아 나설 필요가 있습니까? 나타나서 달라면 주는 거고, 안 그러면 관두는 거지요."

중개인이 어이없다는 듯 부인을 한참 바라보다가 그렇게 말했다.

"아니에요. 그럴 수는 없어요. 이자는 못 드릴망정……."

"차암, 아주머님도 고지식하시군요. 알았습니다."

"이쪽에서 연락을 드릴 수 없을까요?"

"저쪽에 전화가 없는 모양이에요. 뭐, 자주 전화가 오니까 상관없습니다."

"부탁하겠습니다."

차마 부인을 바라볼 수가 없어서 미혜는 고개를 숙인 채 먼저 계단을 내려왔다. 빚 5만 원을 못 갚아서 걱정이 많은, 저런 착한 부인의 딸을 죽게 했으니…….

밖으로 나오자 중개인은 미혜를 복덕방으로 데리고 가려고 했다. 미혜는 사양했다.

"저 혼자 결정할 수는 없고…… 다음에 어머니를 모시고 다시 한 번 오겠어요. 수고 많으셨습니다."

미혜는 정중하게 말하고 나서 돌아섰다.

"그래요? 그럼 할 수 없지요. 어머님 모시고 한번 오세요."

중개인은 돈을 쥐었다. 놓친 듯 섭섭한 눈치를 보이며 물

러갔다.

미혜와 명호는 후줄근한 모습으로 다방에서 만났다. 두 사람 다 피로에 젖은 모습이었다.

명호는 커피를 물마시듯 벌컥벌컥 들이키고 나서 먼저 입을 열었다.

"M극장 주변에는 술집도 많더군. 워낙 넓게 술집들이 펴져 있어서 다 뒤질 수가 없었어. 좀 괜찮다 싶은 곳을 다녀봤는데 소득이 없었어. 더구나 두 달 전 일이라 정확히 날짜를 짚어서 기억할 수 있는 사람이 있어야지."

"수고하셨어요."

"이따가 밤에 또 다녀 봐야겠어. 밤에만 영업을 하는 데가 많으니까……. 미혜는 어땠어?"

미혜는 고개를 가만히 저었다.

"아무것도 얻지 못했어요."

"지금까지 거기 있었나?"

"네……."

"뭘 하면서……?"

미혜는 복덕방 중개인을 따라 306호까지 들어갔다 나온 이야기를 했다. 소 희의 어머니를 본 것까지 이야기하자 명호의 눈이 휘둥그레졌다. 그리고 주의를 주었다.

"조심해. 만일 미혜가 누군지 알았다면 그 부인, 가만있

지 않았을 거야. 아무 일 없었다니 다행이군. 미혜. 자, 나가지."

미혜는 명호를 따라 일어섰다.

"어디 가실려구요?"

"음, 한 군데 다녀올 데가 있어. 함께 가지."

다방에서 나온 그들은 택시를 탔다.

"어디 가시는 거예요?"

궁금해서 다시 물었다.

"음, 해부학 하는 친구를 좀 만날까 해서……."

미혜는 더 물으려 하다가 입을 다물었다. 명호가 쉬지 않고 뛰어다니는 것은 고마우면서도 한편으로는 더없이 미안했다.

대학병원에서 차를 내린 그들은 신축된 병동으로 들어갔다. 수위실에서 일단 구내전화를 건 다음 엘리베이터를 타고 5층으로 올라갔다.

가운을 입은 말쑥하게 생긴 젊은 의사가 엘리베이터 앞에 서 있다가 반갑게 명호와 악수를 나누었다.

"아아, 이거 오랜만이군. 소식은 종종 듣고 있었지."

"제법 의사 티가 나는데……."

그들은 젊은 의사를 따라 한 방으로 들어갔다.

창가에 조그만 책상이 하나 놓여 있었고 여기저기에 원서들이 쌓여 있었다.

명호의 소개에 따라 미혜는 다소곳이 고개를 숙여 인사했다. 젊은 의사도 인사를 하면서 호기심 어린 미소를 보내왔다.

한동안 남자들만의 시원시원한 이야기들이 오가고 있었다. 미혜는 창밖으로 시선을 던진 채 멍하니 앉아 있었다.

"다름이 아니고…… 뭐 하나 알아볼 게 있어서 왔어."

마침내 명호는 용건을 꺼냈다.

"내가 뭘 알아야지, 뭔데……."

담배에 불을 붙이는 소리가 났다. 미혜는 고개를 돌려 남자들을 바라보았다. 두 사람이 동시에 담배에 라이터불을 붙이고 있었다.

"시체 많이 다뤄 봤지?"

명호가 물었다.

"갑자기 그건 왜?"

"글쎄, 대답이나 해."

"밤낮 하는 짓거리가 시체하고 씨름하는 거지. 왜?"

의사는 지겹다는 표정을 지었다.

"시체를 검진할 경우 사망 시간은 어떻게 해서 나오나?"

"그러니까 죽은 지 몇 시간이 됐는가 하는 거 말인가?"

"그, 그렇지."

젊은 의사의 눈에서 미소가 사라지는 것 같았다. 그는 심각한 얼굴로 입을 열었다.

"그거야 여러 가지 종합 진단 결과로 알아내는 거지. 혈액의 응고 정도, 피부 색깔의 변화라든가 체온의 변화, 강직의 정도, 눈동자의 변화 등 여러 가지를 종합해서 추출해 내는 거지."

"일정한 공식이 있나?"

"공식? 수학 공식같이?"

"그래, 어리석은 질문인 줄은 알아. 그러나 답을 듣고 싶어."

"공식은 없어. 대충 짐작으로 두드려 맞추는 거야. 그 정도는 쉽게 알 수 있지."

"오차는?"

"물론 있지. 시체가 부패할 경우에는 오차가 며칠씩 날 수도 있고, 죽은 지 얼마 안 된 경우에는 한두 시간 정도 날 수 있지."

"한마디로 사망 시간을 정확히 맞춘다는 건 어려운 일이군."

"그렇지. 살인 사건 같은 경우에는 사망 시간이 매우 중요하게 평가되지. 그것으로 생사람이 범인이 될 수도 있고 범인이 무죄로 둔갑할 수도 있지. 그래서 정확을 기하려고 노력하지만 어디 뜻대로 되나."

"음, 알았어. 고마워."

의사는 아무래도 의아스럽다는 표정이었다.

"헌데 왜 그래? 오랜만에 만나서 그런 거 알아보자는 건가? 곧 퇴근할 거니까 함께 어디 가서 한 잔 하지. 조금만 앉아서 기다리게."

"아, 아니야. 나중에 내가 한 잔 사지. 나 바빠서 가 봐야겠어."

붙잡는 친구를 뿌리치고 명호와 미혜는 서둘러 나왔다. 젊은 의사는 무슨 일인지 알 수 없다는 듯 고개를 갸웃거렸다.

부랑 일기

미혜는 시간이 흐를수록 불안하고 초조하기만 했다. 명호와 함께 이른 아침부터 밤늦게까지 아버지의 알리바이를 증명하기 위해 돌아다녀 보았지만 전혀 성과가 없었다.

그녀는 재판 결과에 영향을 줄 수 있는 기관이나 사람들을 찾아가 호소해 보려고 했다. 그러나 한 발 들여놓기도 전에 내쫓기곤 했다. 하는 수 없이 아버지의 몇몇 친구들한테 찾아가 도움을 청했지만 하나같이 슬슬 피하기만 했다. 그런 엽기적인 살인 사건에 개입하는 것 자체를 창피스럽게 생각하는 것 같았고 그녀를 마치 벌레 보듯이 대하는 것이었다.

각오한 것이었지만, 미혜는 그런 돌변한 태도를 볼 때마다 가슴이 찢어지는 것만 같았다.

생각 끝에 그녀는 요로(要路)에 진정서를 보냈다. 그러나 어디서도 응답이 없었다. 재고할 가치조차 없다고 묵살 당한 것이 뻔했다.

그날은 몹시 비가 내렸다. 명호와 함께 비에 후줄근히 젖어 집으로 돌아온 미혜는 너무 피곤해서 아버지의 서재로 들어가 소파에 누워버렸다.

아버지가 사형 확정 판결을 받은 날부터 명호는 미혜네 집에서 기거하고 있었다. 미혜의 주장에 따라 그는 미혜의 방에서 기거하고 그 대신 미혜는 아버지의 방을 이용했다. 그녀가 아버지의 방을 택한 것은 거기에 아버지의 물건들이 그대로 보관되어 있었기 때문이다. 아버지의 손때와 체취가 서린 물건들을 볼 때마다 그녀는 눈물을 짓곤 했다.

외출했다 돌아오면 그녀의 어머니는 몹시 궁금한 눈치를 보였다. 전에 없는 관심이었다. 그러나 미혜는 어머니를 기쁘게 해드릴 말이 없었다. 그럴 때면 집안은 절망감에 싸여 숨쉬기조차 힘들 지경이었다.

소파에 드러누운 채 그녀는 창문을 때리듯 쏟아지는 빗소리에 귀를 기울이고 있었다. 불도 켜지 않은 어두운 방안에서 그녀는 올빼미처럼 눈을 뜨고 있었다.

잠이 올 리가 없었다. 온몸은 피곤에 젖을 대로 젖어 마치 물에 젖은 솜처럼 축 늘어져 있었지만 신경은 오히려 날카로워져 있었다.

아빠는 이 시간에 옥중에서 무슨 생각을 하고 계실까. 물론 잠을 못 이루고 계시겠지. 차가운 독방에서 빗소리를 들으며 죽음을 생각하고 계실까. 아빠가 사형당하시다니 생각할 수 없는 일이다. 안 돼! 절대 그럴 수는 없어!

그녀는 소파에서 벌떡 일어나 앉았다.

벽시계가 열두 점을 치는 소리가 들려왔다. 그때 천정에서 쥐 소리가 났다. 기분 나쁜 음산한 소리였다. 찍찍거리는 소리, 무엇인가 갉아먹는 소리. 기어가는 소리, 종이를 찢는 소리 등이 한데 뒤섞여 들려왔다.

듣지 않으려 해도 그럴수록 그것들은 또렷이 들려오고 있었다. 다시 종이가 북 하고 찢어지는 소리가 났다. 저쪽 구석진 천정에서 들려오고 있었다.

천정을 잡아 찢는 모양이다. 아니다. 천정은 나무로 되어 있다. 웬 종이일까. 이상한 생각에 그녀는 불을 켰다.

계속 종이 찢는 소리가 들려오고 있었다. 소리가 나는 쪽에는 책장이 세워져 있었다. 책장에는 경제 관계의 전문서적들과 교양서적들이 빽빽이 들어차 있었다. 그녀의 아버지는 독서광이라고 할 정도로 책을 좋아했다.

그녀는 의자를 끌어다 놓고 올라섰다. 천정의 구석진 곳은 책상 위에까지 쌓아올린 책으로 해서 가려져 있었다. 그녀는 바싹 귀를 기울였다. 여전히 쥐새끼들이 종이를 잡아 찢는 소리가 들려오고 있었다.

천정에 맞닿아 있는 책을 찢는 게 아닐까. 맨 위에 놓여 있는 책을 빼 보았다. 말짱하다. 천정에도 구멍이 나 있지 않다. 쥐를 쫓을 생각으로 얇은 책을 하나 말아 쥐고 구석진 곳을 툭 쳐보았다. 그러자 놀랍게도 네모진 나무 판때기가 천정 안으로 튕기듯 쑥 들어갔다. 천정은 네모진 판자들로 조립되어 있었다. 그렇지만 툭 친다고 해서 떨어져 나갈 정도로 그렇게 허술하게 만들어져 있지는 않았다.

이상하다고 생각한 것도 잠깐이었다. 뻥 뚫린 구멍 사이로 먼지와 함께 종잇조각들이 우수수 흩어져 내려왔다. 반사적으로 종잇조각들을 집어서 들여다보았다. 잉크로 쓴 글자들이 보였다. 눈에 익은 아버지의 글씨였다.

그녀는 소스라치게 놀라며 시커먼 구멍을 응시했다.

구멍 속으로 손을 넣기까지는 한참 시간이 걸렸다.

손에 만져지는 것이 있었다. 집어내어 보니 조그만 노트 꾸러미였다. 먼지에 쌓이고 쥐가 물어뜯어 휴지 뭉치처럼 되어 있었다.

팔다리가 마구 떨려 왔다. 문을 걸어 잠근 다음 천정의 불을 끄고 스탠드를 켰다. 먼지를 털어 내고 꾸러미를 풀었다. 모두가 열 권이나 되었는데, 겉장에 년도가 기입되어 있었다. 놀랍게도 일기장이었다. 그것들을 모두 책상 위에 올려놓았다.

아버지의 과거가 담겨 있는 그것들을 보면 손대기가 두

려울 정도로 신비스러운 느낌이 들었다. 그렇게도 찾던 일기장이 천정 구석에 있을 줄이야 정말 생각지도 못했다.

그것들을 한참 바라보다 말고 그녀는 방을 나가 욕실로 들어갔다. 그리고 비누로 손을 깨끗이 씻은 다음 다시 방으로 돌아와 문을 닫아걸었다.

망설인 끝에 마침내 일기장에 손을 가져갔다. 아빠, 용서해 주세요. 이렇게 빌면서 그녀는 년도가 제일 오래된 일기장의 첫 장을 펴 보았다.

그것은 27년 전인 1951년부터 53년까지의 일기였다. 첫머리에, <아무에게도 보이고 싶지 않은 이 기록은 나의 죽음과 함께 사라져야 한다>라고 되어 있었다. 27년 전이면 아빠의 나이 22세였다. 일기장은 온통 누렇게 바래져 있었고, 종이를 넘길 때마다 허연 종이 가루가 떨어져 내렸다.

●1951년 6월 9일.

총소리가 자장가처럼 들린다. 죽음의 전주곡일까. 나는 죽을 것이다. 22세의 나이에 꿈을 안고 죽은 병사의 얼굴 모습은 어떤 것일까. 나에게 사랑하는 여인이라도 있다면 편지를 보내고 싶다. 이름 모를 새에게 부탁하면 들어주겠지.

●1951년 6월 11일

나는 아직 죽지 않고 있다. 모두가 죽어가고 있는데, 나는 아직도 살아 있다. 내가 총알을 피하는가, 총알이 나를 피하는가. 아, 언제쯤 전쟁은 끝날까.

그것은 전장에서 쓴 일기였다. 전쟁이 치열하던 시기에 전장에서 죽음을 앞에 놓고 쓴 것인 듯했다.

미혜는 급한 마음에 최근의 일기를 찾았다. 27년 전이나 지금이나 아버지의 글씨는 똑같아 보였다. 달필이었다. 소 희 양과의 관계를 기록한 일기는 맨 마지막 노트에 있었다. 그것은 쥐새끼들이 제일 많이 뜯어먹은 노트였다.

●1977년 1월 15일

언제나 탈출하고 싶은 심정이다.

이것을 무엇이라고 설명해야 옳을까. 부산까지 꼭 가야 할 것까지는 없었다. 그러나 나는 도망치다시피 집을 나와 고속버스에 오른 것이다.

옆자리에 앉은 여대생에게 머리를 기댄 채 졸고 있는 동안 나는 처음으로 평화를 느꼈다. 그와 함께 내 청춘이 얼마나 멀리 도망쳐 버렸는가 하는 것도 느꼈다. 그 여대생의 머리 냄새에 취한 탓일까. 나는 내내 졸았다. 그녀는 아름다운 여대생이었다.

내 딸과는 다른, 아내와는 더욱 다른, 자극적인 여대

생이었다.

●1977년 1월 17일

파도가 높다. 겨울 바다 위로 눈보라가 날린다. 갈매기 울음소리가 가슴을 갈가리 찢어 놓는다.

그녀를 S라고 부르자. 만난 지 사흘째 되는 날 우리는 충무(忠武)에서 마침내 함께 하룻밤을 보냈다. S는 의연하게 나를 받아들였다. 나는 죄의식을 느꼈다. 그러나 아내 때문에 느낀 것은 아니다. S의 몸을 더럽힌 나의 야만이 저주스러운 것이다.

●1977년 1월 18일

47년 동안 세상을 살아오면서 사랑을 몰랐다면 사람들은 아마 웃을 것이다. 그러나 나는 사랑을 몰랐다. 아니, 솔직히 말해서 사랑을 느낄 수 있는 상대가 없었다.

●1977년 1월 19일

아내와의 관계에 있어서 나는 가면의 생을 살아왔다고 할 수 있다. 아내는 그것을 모를 것이다. 아마 영원히 모를 것이다. 나는 가정이 파괴되는 것을 바라지 않는다.

●1977년 2월 10일

안주하지 못한 채 정처 없이 떠돌아다니는 부랑인생(浮浪人生). 내 자신이 불쌍한 생각이 든다. 사람들은 나를 출세했다느니 모범적인 가장이라느니 하면서 미화시켜 부른다. 그때마다 나는 고소를 금치 못한다. 나 같은 위선자도 없을 것이다.

S는 이제 나에게 없어서는 안 될 존재다.

●1977년 7월 29일

S와 제주도에 갔다. 작열하는 태양, 푸른 바다, 소금냄새, 조개껍질, S의 눈부신 미소, 47세의 몸부림.

나에게 저 푸른 바다 같은 순수가 남아 있다면 S를 사랑한다고 말할 수 있는 것 같다.

미혜의 눈에서 뜨거운 눈물이 방울져 떨어졌다. 잉크가 번지는 것을 보자 그녀는 황급히 눈물을 닦아냈다.

아빠는 엄마를 사랑하지 않았다. 아빠는 지금까지 방황만 하신 것이다. 스스로를 부랑인생이라고 부르시고 있지 않은가. 소 희는 아빠에게 새로운 생명을 불어넣어 준 연인이다. 그러나 그녀와의 관계가 깊어질수록 아빠는 더욱 방황할 수밖에 없었을 것이다. 불쌍한 아빠.

미혜는 더 읽을 수가 없었다. 아빠에게 너무 욕되는 짓일 것 같았다. 그러나 읽어야 했다. 끝까지 읽고 확인해야 했다.

그녀는 일기장을 건너뛰어 뒷부분을 읽기 시작했다.

●1978년 1월 1일

내 나이 이제 48세. 어느새 흰머리가 많이 섞인 것을 발견하고는 서글픈 생각이 들었다.

S와의 관계에 연륜이 쌓여간다. 뜨거웠고, 순수했고, 그래서 아무것도 후회할 수 없는 사랑이었다.

●1978년 1월 27일

아내의 태도가 얼음장처럼 차갑다. 전에 없던 일이다. 혹시 S와의 관계를 눈치 챈 게 아닐까. 그럴 리가 없다.

인형 같은 아내의 얼굴이 역겨워질 때가 있다. 그래서는 안 되는 줄 알면서도 자꾸만 그렇게 느껴진다. 실로 괴로운 일이다.

그때 노크 소리가 났다. 미혜는 읽던 페이지를 접은 다음 일기를 재빨리 서랍 속에 감추고 일어섰다.

문을 열자 어둠 속에 명호가 서 있었다. 그는 말없이 안으로 들어서더니 가만히 그녀를 껴안아 주었다.

"자지 않고 있군."

"웬일이세요?"

"깨어 있을 줄 알았어. 나도 잠이 안 와."

두 사람은 절망적인 기분에 휩싸인 채 포옹했다.

"미혜, 마음을 굳게 먹어야 해. 각오하지 않으면 안 돼."

그녀는 그럴 수 없다는 듯 고개를 저었다. 그러다가 갑자기 고개를 쳐들고 명호를 쳐다보았다.

"드릴 말씀이 있어요."

"뭔데?"

명호의 두 눈이 애처로운 듯이 그녀를 내려다보았다.

"일기…… 아빠의 일기를 발견했어요."

"뭐, 뭐라구?"

깜짝 놀라는 명호에게 그녀는 천정 구석을 가리켰다.

"저기, 바로 저 위에 있었어요."

"용케 찾았군! 어떻게 찾았지?"

명호는 몹시 흥분하고 있었다.

"쥐 때문이에요."

미혜는 일기를 찾게 된 경위를 대충 말해 주었다. 이야기를 듣고 난 명호는 몹시 감탄하는 빛을 보였다.

"다른 사람이라면 찾을 수 없었을 거야. 그건 쥐 때문이 아니고 영감으로 찾은 거야. 읽어봤어?"

"네, 대강……."

명호의 두 눈이 무엇인가 찾아내려는 듯 날카롭게 빛났다.

"뭐 없어!? 도움이 될 만한 증거 같은 거……?"

"다 읽어보지는 않았지만…… 그런 건 없어요. 아빠가 몹시 방황하셨다는 것…… 그리고 소 희 씨를 몹시 사랑하셨다는 것…… 그것뿐이었어요."

그녀는 고개를 내젓다 말고 명호의 품에 안기며 오열했다. 명호는 그녀의 등을 어루만지며 잠긴 목소리로 말했다.

"내가 그 일기 좀 볼 수 없을까? 아버님한테는 죄스러운 일이겠지만 자세히 검토해 보고 싶어."

미혜는 울음을 삼키며 서랍 속에서 열 권의 일기장들을 꺼내 놓았다. 명호는 그것이 27년에 걸친 기나긴 기록임을 알자 몹시 놀라고 감동하는 표정을 지었다.

"밤새워 읽겠어. 미혜는 자라구. 자지 않으면 안 돼. 억지로라도 자야 해."

"잠이 오지 않아요."

"그래도 자야 해!"

"알았어요. 그 일기, 엄마한테 보여서는 안 돼요."

미혜는 괴롭게 말했다.

"알았어. 어머님이 보시면 충격을 받으시겠지."

명호는 일기장을 소중하게 품속에 안아 들고 조용히 밖으로 나갔다.

이튿날 명호는 일찍 미혜를 데리고 밖으로 나갔다.

그는 몹시 창백한 표정이었다. 미혜는 그가 일기에 대해서 얼른 이야기해 주었으면 하고 바랬다. 그러나 웬일인지 그는 거기에 대해 한마디도 하지 않았다.

차도로 나온 명호는 택시를 잡았다. 그리고 택시에 오른 다음 운전사에게,

"백화 아파트로 갑시다!"

하고 말했다.

그 말을 듣고 미혜는 깜짝 놀랐다. 그는 어제와는 달리 어떤 확신에 차 있는 듯했다. 아빠의 일기에서 무슨 증거를 잡은 게 아닐까.

그는 굳은 표정으로 정면만 응시하고 있었다. 미혜는 참을 수가 없었다.

"거긴 왜 가시는 거예요?"

"그럴 일이 있어! 확인해 볼 일이 있어서 그래!"

"무슨 일인데요?!"

"곧 알게 될 거야."

미혜는 화난 듯 한 얼굴로 그를 마주보았다.

"뭘 숨기시는 거예요? 우리 아빠의 일기장에서 뭘 발견하셨어요?"

"……."

명호의 얼굴이 그녀 쪽으로 돌아왔다. 연민에 찬 눈으로 그녀를 바라본다. 조금 후 얼굴은 비통한 빛에 잠기고 만다.

"미혜, 좀 기다려 줘. 부탁이야!"

"일기는 어디다 두셨어요?"

그녀의 얼굴에 의혹의 빛이 나타났다.

"내가 잘 감춰 뒀으니까 염려하지 마."

명호는 미혜를 달랬으나 그녀는 계속 졸랐다.

"지금 말씀해 주세요."

"말할 수 없어!"

칼로 자르듯이 내뱉은 말에 미혜는 당황했다. 그대로 잠자코 있을 수가 없었다.

"왜 그러시는 거예요? 왜 혼자서만 그러시는 거예요? 우리는 서로 모든 걸 알고 있어야 하지 않아요?"

"……."

명호의 짙은 눈썹이 꿈틀하고 움직인다. 옆모습의 선이 너무도 뚜렷하다.

"도대체 뭘 숨기시는 거예요?"

"숨기는 게 아니야!"

"일기에서 뭘 발견하셨어요? 말씀해 주세요!"

그녀는 가슴이 타는 듯 했다. 명호가 가슴 속에 품고 있는 정체를 즉시 알아내지 않고는 미칠 것만 같았다. 그러나 명호는 거기에 대해서 결코 입을 열려고 하지 않았다. 미혜의 손을 꽉 움켜쥔 채 기다려 달라고만 말했다.

그런데 백화 아파트 단지 앞에서 택시를 내렸을 때 명호

는 더욱 이상한 말을 했다.

"지난번에 여기 왔을 때 소 희네 아파트 옆에 있는 아파트를 팔려고 내놨다고 그랬었지?"

"네, 그랬어요."

미혜는 고개를 끄덕거렸다.

"그게 몇 동 몇 호였지?"

그녀는 궁금해서 미칠 지경이었다.

"D동 306호였어요."

"그 주인이 누구라고 그랬지?"

"만나 보지는 못했어요. 혼자 사는 과부라고 그랬어요."

미혜는 갈수록 명호의 태도가 이상했다. 그러나 묻고 싶은 것을 참으면서 그를 주시했다.

"지금 그 아파트가 비어 있다고 그랬지?"

"그동안 팔렸는지도 몰라요."

"팔려? 그럼 안 되지. 팔렸으면 안 돼!"

명호는 눈을 크게 뜨고 고개를 세차게 내저었다.

"왜 그러시는 거예요?"

명호는 단호하게 말했다.

"내가 그 아파트를 계약하겠어!"

미혜는 더 이상 참을 수가 없었다. 명호에게 매달려 다그쳐 캐물었다.

"그게 무슨 말씀이세요? 사시겠다니. 왜 그러시는 거예

요. 왜 하필이면 소 희네 옆에 있는 아파트를 사시려고 하는 거예요? 이유가 뭐예요?"

명호는 미혜의 팔을 잡으면서 입술을 오므려 보였다.

"쉿! 너무 소리가 커. 내가 시키는 대로만 해. 그때 소개하겠다던 복덕방이 어디 있지?"

미혜는 어이가 없었다.

"싫어요! 말씀해 주지 않으면 가르쳐 주지 않겠어요!"

"미혜, 나를 믿지 않는 거야?"

거기에는 여러 가지 뜻이 함축되어 있는 듯했다.

두 사람의 시선이 뜨겁게 부딪쳤다. 미혜의 눈이 의혹에 차 있는 데 반해 명호의 눈길은 깊고 진지했다. 그 눈길을 대하자 미혜는 가슴이 미어지면서 눈물이 쏟아질 것만 같았다.

"죄송해요. 믿겠어요."

"고마워."

미혜가 가리키는 복덕방은 아직 이른 시간이라 문을 열지 않고 있었다. 미혜는 명호를 따라 아파트 단지 밖에 있는 다방으로 갔다.

커피를 한 잔씩 시켜 마시고 나자 명호가 조심스럽게 입을 열었다.

"이따가 그 중개인을 만나면 우리…… 부부라고 하지."

미혜는 고개를 숙였다.

"전 아직 결혼하지 않았다고 그랬어요."

"그럼 약혼한 사이라고 하지. 그리고 306호를 계약할 테니까 주인을 불러 달라고 해. 내가 말할 테니 미혜는 가만 있어. 알았지?"

미혜는 고개를 끄덕거렸다.

"네, 알았어요. 정말 계약하실 건가요?"

"글쎄…… 봐서……. 팔리지 않아야 하는데……."

명호의 얼굴이 순간적으로 비참하게 일그러지는 것을 그녀는 놓치지 않고 보았다.

그는 연달아 담배를 세 대나 피우고 나서 일어났다. 시간은 10시 가까이 되어 가고 있었다.

그들이 복덕방에 도착했을 때 주인이 마침 문을 열고 있다가 그들을 맞았다. 50대의 초라한 그 중개인은 금방 미혜를 알아보았다.

"어이고, 어서 오십시오. 그렇지 않아도 소식이 없나 하고 기다리던 참인데 잘 오셨습니다."

안으로 안내되어서 낡은 소파에 나란히 앉자 중개인은 흐물흐물 웃으며 그들을 의미 있게 번갈아 보았다.

"그때는 결혼하시지 않았다고 들은 것 같은데, 내가 잘못 들었나요?"

미혜는 얼굴을 붉혔다.

"약혼한 사이입니다."

명호가 환하게 웃으며 말하자 중개인은 알겠다는 듯 고

개를 크게 끄덕였다.

"그러니까 두 분이 결혼해서 함께 사실 집을 찾으시는 거군요?"

"네, 뭐…… 그렇다고 볼 수 있죠."

"이거, 어젯밤 꿈자리가 좋더니만 아침부터 좋은 손님들을 만나게 됐군요. 개시니까 꼭 성사를 시켜야겠습지요?"

"아, 좋습니다. 우리도 작정하고 온 거니까……."

중개인은 기분이 좋은지 껄껄거리고 웃었다. 그리고 미혜를 바라보면서,

"그럼, 그 때 그…… D동 306호를 하시겠습니까?"

하고 물었다. 명호가 지체하지 않고 끼어들었다.

"이야기는 자세히 들어서 알고 있습니다. 그 정도면 적당할 것 같습니다."

두 사람은 아파트 쪽으로 갔다.

미혜는 소 희네 식구들을 만날까 봐 그대로 복덕방에 앉아 기다렸다.

명호는 정말 아파트를 살 것처럼 행동하고 있었다. 왜 그럴까. 아무리 생각해도 이유를 알 수가 없었다.

10분 쯤 지나자 그들이 돌아왔다.

명호는 그 자리에서 쾌히 사겠다고 말했다. 값은 대충 8백만 원 선으로 정하되 아파트 주인과 직접 만나서 최종적으로 결정하기로 합의를 보았다. 계약도 그때 하기로 했다.

"그럼 주인한테 빨리 연락하시죠."

거기서 중개인은 머뭇거렸다.

"연락이 되지 않고 그쪽에서 연락이 오기를 기다려야 합니다. 하지만 그건 염려 마십시오. 하루에도 몇 번씩 전화가 오니까 염려 마십시오."

"그래요?"

명호는 당황하는 표정을 지었다. 그러나 이내 침착성을 되찾으면서 물었다.

"그럼 어떻게 시간 약속을 할까요?"

주인은 신이 나서 설명했다.

"이렇게 하시면 됩니다. 주인한테서 전화가 걸려 오면 제가 시간 약속을 하고 선생한테 알려드리겠습니다. 그게 좋겠죠?"

"좋습니다."

"그럼 어디로 연락을 드릴까? 전화로 연락할 수 있어야 하는데……."

"제가 지금 호텔에 손님이 와 있어서 거기에 가야 합니다. 거기 가서 호텔 전화번호를 알려드릴 테니 나중에 그쪽으로 전화를 주십시오. 제가 기다리고 있겠습니다.

"그렇게 되면 좀 복잡한데요."

중개인은 거래가 실패할까 봐 적이 걱정하는 눈치를 보였다. 그러자 기다렸다는 듯이 명호가 만 원짜리 지폐 다섯

장을 꺼내 중개인 앞에 내놓았다.

"이건 뭡니까?"

중개인은 어리둥절한 표정을 지었다.

"아, 받으십시오. 소개료의 일부를 미리 드리는 겁니다. 이젠 믿으시겠죠?"

그런 일은 처음이기 때문에 중개인은 눈이 휘둥그레졌다. 이윽고 그는 만면에 웃음을 띠면서 꼭 성사시켜 드리겠다고 다짐했다.

"참, 아저씨, 이 아파트 주인한테서 혹시 집을 살 사람이 누구냐 하고 물어 오면 딸 하나 데리고 사는 할머니라고 대답해 주십시오."

명호의 말에 미혜는 어리둥절해졌다.

"그건 또 왜 그러지요?"

중개인도 어리둥절한 표정을 지었다.

"사실이 그러니까요. 실은 장모되실 분이 여기서 사시는 거니까요."

미혜는 갈수록 이해할 수 없었다.

"아, 그렇습니까?"

"이따가 장모님이 계약하러 오실 겁니다. 저도 시간이 나면 오겠습니다만…… 잘 좀 부탁하겠습니다."

중개인은 알겠다는 듯 고개를 크게 끄덕였다.

"아, 염려하시지 않아도 됩니다."

복덕방을 나온 명호는 미혜의 손을 잡고, 막 도착한 택시 쪽으로 급히 걸어갔다.

그때까지 미혜는 내내 침묵을 지키고 있었다. 그녀는 자신이 점점 미궁 속으로 빠져들어 가는 듯 한 느낌이었다.

시내로 들어간 그들은 P호텔 앞에서 택시를 내렸다. 명호는 미혜의 손을 잡고 호텔 안으로 들어갔다.

명호는 곧장 프런트로 갔다. 미혜는 로비 한가운데 서서 그를 멍하니 바라보았다.

5분 후에 그들은 5층 1호실에 앉아 있었다. 미혜는 명호의 움직임 하나하나를 주시하고 있었다. 명호는 약속대로 복덕방에 전화를 걸고 있었다.

"……501호실을 바꿔달라고 하십시오. 제 이름 말입니까? 손정기라고 합니다. 그럼 기다리고 있겠습니다. 자, 수고하십시오."

수화기를 내려놓은 명호의 얼굴에 땀이 번지고 있었다. 눈은 무섭게 광채를 띠고 있었다.

마지막 얼굴

12시가 지났다.

명호는 초조한 눈으로 자꾸만 시계를 들여다보곤 했다. 그러한 그의 모습을 미혜는 입을 꼭 다문 채 하나도 놓치지 않겠다는 듯 뚫어지게 응시하고 있었다.

그가 일부러 말해 주지 않는 한 절대 묻지 않겠다고 그녀는 다짐하고 있었다.

그들이 들어 있는 P호텔 501호실은 팽팽한 긴장과 무거운 침묵에 짓눌려 있었다. 명호는 잠시도 전화통 곁을 떠나지 않았다. 어떻게나 그가 긴장된 모습으로 앉아 있는 지 미혜는 말을 걸어 보기가 두려웠다.

전화가 걸려 온 것은 1시가 거의 다 되어서였다. 두 사람

은 소스라치게 놀라며 전화통을 바라보았다.

"아, 네네…… 기다리고 있었습니다."

"……."

"몇 시로 약속하셨나요?"

"……."

"두 시라면 한 시간밖에 안 남았군요. 좋습니다. 시간 맞춰 나가겠습니다."

"……."

명호의 목소리는 평소보다 조금 컸다.

"아, 저는 못 나가고 제 장모되실 분하고 약혼녀하고 나가게 될 겁니다. 그 복덕방으로 나가면 되겠죠?"

"……."

"잘 좀 부탁드립니다."

"……."

수화기를 철컥 내려놓는 명호는 창백하게 굳은 표정이 되어 미혜를 바라보았다.

"두 시에 복덕방에서 집주인과 만나기로 했어."

"……."

미혜는 그를 가만히 응시하기만 했다. 여전히 그녀는 무엇이 어떻게 돌아가고 있는지 이해할 수가 없었다. 단지 그가 하는 대로 내버려두고 있을 뿐이었다. 그녀의 그에 대한 믿음은 이제 신앙 같은 것이었다.

"지금 바로 가야겠어."

명호는 벗어 놓았던 웃옷을 들고 일어섰다.

"계약 하려면 돈을 가져가야 하지 않아요?"

그녀는 처음으로 반문했다. 명호의 깊은 눈길에 안타까운 빛이 나타났다.

"그런 걱정하지 않아도 돼. 곧 알게 될 거야. 자, 나가지."

미혜는 입을 다물고 일어섰다.

택시를 타고 백화아파트까지 갈 때에도 명호는 그녀에게 아파트를 계약하려는 이유를 설명하지 않았다.

미혜는 문득 의식이 몽롱해졌다. 긴장과 불안 속에서 너무 오래 시달린 탓으로 이제는 체력의 한계점에 다다라 있었다.

몽롱한 의식 속에서 그녀는 일순 아버지를 보았다. 아버지는 컴컴한 곳에 무릎을 꿇고 앉아 있었다.

그녀가 울부짖으며 아버지를 부르자 그의 얼굴이 천천히 쳐들려졌다. 수염으로 뒤덮인 초췌한 얼굴이 힘없이 흔들렸다. 아버지는 눈을 감고 있었다. 힘껏 불러댔지만 감은 눈을 뜨려고 하지 않았다.

그녀가 다시 목청껏 불렀을 때 아버지의 모습이 어둠속으로 떨어져 내렸다.

'쿵!' 하는 이상한 음향과 함께 밧줄이 팽팽해지는 것이 보였다. 그녀는 소스라치게 놀라며 눈을 떴다.

차가 막 정차하고 있었다. 너무도 생생한 악몽에 그녀는 잠시 넋을 빼고 앉아 있었다.

얼굴은 온통 땀으로 젖어 있었다. 명호가 부축해 주어서야 그녀는 겨우 차에서 내릴 수가 있었다.

"괜찮겠어?"

비틀거리는 그녀를 바라보며 명호가 걱정스러운 눈치를 보였다. 미혜는 머리를 저었다.

"괜찮아요. 조금 어지러울 뿐이에요. 걱정하지 마세요."

명호는 가게를 가리켰다.

"저기 들어가서 시원한 거 한 잔 마실까?"

그들은 슈퍼마켓 한쪽 모퉁이에 있는 작은 가게 쪽으로 걸어갔다.

그 가게에서 복덕방까지의 거리는 1백 미터쯤 되었다. 가게에서 비스듬히 대각선을 그은 거리였다. 그래도 가게 앞에서 보면 복덕방이 잘 보이는 편이었다.

젊은 두 남녀는 사이다를 한 병 사서 나누어 마셨다.

명호는 자주 손목시계를 들여다보면서 복덕방 쪽을 바라보곤 했다.

시간은 2시를 10분을 앞두고 있었다. 사이다를 다 마시고 나서도 명호는 가게 앞에서 머뭇거렸다. 의아해 하는 그녀에게 그는

"여기서 누가 복덕방에 들어가는지 잘 봐둬야 해."

하고 말했다.

그렇게 말하는 그의 표정은 얼음장처럼 차갑게 굳어 있었다.

"알았어요."

미혜는 햇빛 속에 서 있으려니 현기증이 일었다. 시야가 뿌우옇게 흐려지면서 잘 보이지가 않았다.

5분이 지났다. 명호는 계속해서 복덕방을 주시하고 있었다. 눈을 부릅뜨고 있는 모습이 흡사 무엇을 노리고 있는 사냥개 같았다. 미혜는 숨이 막혀 왔다. 숨을 깊이 들이키면서 복덕방 쪽을 바라보는데, 그 앞으로 막 택시 한 대가 다가와 멎는 것이 보였다.

짙는 선글라스를 낀 여인이 차에서 내리자 복덕방 안에서 중개인이 뛰어나오면서 허리를 굽힌다.

2시 정각이었다. 명호의 손이 미혜의 손을 꽉 움켜쥐었다. 그가 경련하는 것이 그대로 느껴졌다.

"바로 저 여자야!"

그가 날카롭게 쏘아붙였다.

"네?! 무슨 말씀이세요?!"

그때까지도 미혜는 무엇이 일어나고 있는지 전혀 모르고 있었다.

명호는 복덕방 쪽을 날카롭게 쏘아보면서 소리쳤다.

"바로 저 여자가 범인이야!"

그것은 하늘에서 울려오는 천둥소리 같은 것이었다. 그녀는 자신이 잘못 들었다고 생각했다. 그러나 멍하니 서 있는 그녀에게 명호는 분명한 어조로 다시 이렇게 말했다.

"방금 복덕방에 들어간 여자가 범인이란 말이야!"

명호는 몸을 떨고 있었다. 여자는 이미 안으로 들어가 버려 보이지 않았다.

잠깐 보았을 때, 여자는 선글라스를 끼고 있었고, 크림색 양장차림이었던 것 같았다. 머리는 틀어 올리고 있었다.

미혜는 입이 얼어붙어 한마디도 할 수가 없었다. 여전히 멍하니 남자를 바라보기만 했다.

"자 복덕방으로 가자구! 가서 두 눈으로 똑똑히 확인하라구!"

명호가 손을 잡아끄는 것을 그녀는 뿌리쳤다. 갑자기 두려운 생각이 들었던 것이다.

"왜 그래? 자, 가자구!"

"싫어요! 혼자 가세요!"

두 사람의 시선이 격렬하게 부딪쳤다. 이윽고 명호의 얼굴이 형언할 수 없는 괴로움을 드러내면서 잔뜩 일그러졌다. 그는 고개를 끄덕이며 주춤주춤 뒤로 물러서더니 절망적인 어조로 말했다.

"그래. 미혜는 모르는 게 나아. 알아서는 안 돼. 그렇지만…… 미혜 아버님은…… 미혜 아버님은…… 어떻게 하

지?"

미혜가 뭐라고 말할 사이도 없이 그는 휙 돌아서더니 미친 듯이 뛰어갔다. 복덕방과는 반대되는 방향으로 뛰어가 버렸다. 미혜는 몇 걸음 앞으로 나아가다가 멈칫하고 서 버렸다. 비로소 정신이 확 드는 것 같았다. 명호는 이미 사라지고 없었다.

그녀는 걷잡을 수 없이 가슴이 뛰고 머리로 피가 몰리는 것을 느끼면서 복덕방 쪽으로 주춤주춤 걸어갔다. 도중에 돌아설까 하고 생각했지만, 그때 아버지의 모습이 떠올랐다. 불길한 꿈이 생각나자 머뭇거리고 있을 수가 없었다.

자신이 마치 불길 속으로 뛰어드는 것 같은 기분이 들었다.

햇빛이 흡사 불길처럼 보였다. 물러설 수 없다! 부딪쳐야 한다! 그 얼굴을 확인해야 한다! 가슴 속에서 무엇인가 뜨거운 것이 뭉클하고 솟구쳤다.

마침내 복덕방 앞에까지 간 그녀는 숨을 한번 깊이 몰아쉰 다음 떨리는 손으로 문을 드르륵 열었다.

그녀가 안으로 들어서는 것과 동시에 소파에 앉아 있던 중년 여인이 벌떡 몸을 일으켰다. 선글라스를 이마 위에 걸치고 있었는데, 두 눈이 찢어질 듯이 확대되어 있었다.

"아니, 네가……?!"

양인숙의 입에서 신음 소리가 흘러나왔다.

"네, 엄마…… 저예요."

모녀는 서로 쏘아보면서 부들부들 경련했다.

"아니, 두 분이 서로 아는 사이신가요?"

중개인이 두 사람을 번갈아 바라보면서 물었다.

하얗게 질린 양인숙의 얼굴에서 표정이 사라졌다. 인형 같이 표정 없는 얼굴로 돌아간 그녀는 미묘한 미소를 지어 보였다. 그 바람에 뺨이 실룩거렸다.

"아니, 네가…… 여, 여긴 웬일이니?"

"엄마가……."

필사적인 그 안간힘을 보자 미혜는 더 이상 버티고 있을 수가 없었다. 저주스런 눈길로 어머니를 쏘아보던 그녀는 두 손으로 얼굴을 싸쥐면서 밖으로 뛰쳐나왔다.

"미혜야! 미혜야!"

어머니가 뒤쫓아 오면서 부르는 소리가 들렸지만 미혜는 정신없이 뛰어갔다.

얼마 가지 못해 길바닥 위에 나동그라진 그녀를 양인숙이 잡아 일으켰다. 미혜가 전율하면서 뿌리쳤지만 그녀는 악착스럽게 딸의 손목을 움켜쥐고 놓아주지 않았다.

"미혜야!"

"놔요! 놓으란 말이에요!"

미혜는 울부짖었다. 양인숙의 인형 같은 눈이 그녀를 무섭게 노려보았다.

"너 뭔가 오해하고 있구나! 가자! 집으로 가자."

미혜는 인숙의 눈길을 피했다.

"싫어요! 놓으세요!"

끌고 당기는 여자들의 싸움을 보고 아파트 주민들이 몰려들었다. 당황한 양인숙은 마침 아파트 단지를 빠져나가는 빈 택시를 잡아서 미혜를 그 안에 밀어 넣었다.

차가 달리는 동안 미혜는 두 손으로 얼굴을 싸쥐고 격하게 흐느껴 울었다. 그 곁에 앉아서 양인숙은 거칠게 숨을 몰아쉬고 있었다.

"넌 뭔가 오해하고 있어! 이 에미를 너는…… 너는……."

미혜는 번쩍 얼굴을 쳐들었다. 충혈된 눈으로 어머니를 쏘아보면서 그녀는 울부짖었다.

"그렇게도…… 그렇게도 살고 싶으세요? 아빠가 억울하게 돌아가신다는 걸 모르세요?"

"아빠는 억울하게 죽는 게 아니야!"

"엄마는, 엄마는 악마의 탈을 쓰고 있군요!"

그녀는 다시 얼굴을 싸쥐고 흐느껴 울었다. 피눈물이었다.

운전사는 이 기묘한 광경을 백미러로 바라보면서 어리둥절한 표정을 지었다.

어머니가 그녀를 붙들고 계속 뭐라고 말했지만 그녀의 귀에는 아무것도 들리지가 않았다. 그녀는 자신이 캄캄한 바

다 한가운데로 떨어지고 있다고 생각했다. 격렬하게 나오는 절규를 막으려고 그녀는 왼쪽 새끼손가락을 질끈 깨물었다. 손가락이 으스러지면서 피가 흘러내렸지만 그녀는 조그마한 고통도 느끼지 못하고 있었다.

미혜는 비로소 모든 것을 알 수 있을 것 같았다.

이제 막다른 골목이었다. 경악이 지나쳐 지금은 오히려 허탈한 상태였다. 절망의 끝이란 바로 이런 것일까, 하고 그녀는 생각했다.

모녀는 탁자를 사이에 두고 소파에 마주 앉아 있었다. 실내에는 두 사람뿐이었다.

양인숙은 표정 없이 인형 같은 모습으로 앉아 있었다. 그러나 경련하고 있는 것을 보니 몹시 충격을 받은 것이 분명했다.

미혜는 지금까지 보아 온 어머니와는 전혀 다른 생소한 얼굴을 보고 있었다. 맞은편에 앉아 떨고 있는 그 얼굴은 감정이라고는 털끝만치도 없는 식물인간 같은 모습이었다. 인형처럼 동그란 두 눈은 마치 두터운 막에 싸인 듯 초점 없이 뿌옇게 떠 있었다.

"결국 아빠한테 복수하신 거군요. 아주 잔인하게……."

비웃는 듯 한 말투였다.

"넌 잘못 알고 있는 거야."

양인숙은 거듭 부인하고 있었다. 그러나 미혜는 흔들리지 않았다.

"아빠가 모든 것을 인정하고 죽음을 받아들이려고 한 이유를 이제 알겠어요. 아빠는 엄마가 범인이라는 것을 아셨던 거예요! 그리고 차마 엄마를 고발할 수가 없어서 모든 죄를 스스로 뒤집어쓰신 거예요! 그런데도 엄마는 자기 목숨이 아까워 아빠를 그대로 방치해 두었어요! 정말 미워요!"

미혜는 증오의 눈길로 인숙을 노려보았다.

"아니야! 아니야!"

"끝까지 살고 싶어 부인하시는군요! 엄마는 아빠가…… 이중생활을 하는 것을 눈치 채고 아빠를 미행했어요. 그리고 소 희라는 여대생의 집까지 알아냈어요. 유난히 질투가 많고 집념이 강한 엄마니까 그 여자를 죽이고 싶었겠죠. 그래서 계획적으로 살인극을 꾸민 거예요!"

"아니야! 아니야! 이제 그만……."

양인숙은 몸을 일으켰다가 도로 털썩 주저앉았다. 미혜는 눈물을 흘리면서도 할 말을 멈추지 않았다.

"들어야 해요! 끝까지 들어야 해요! 엄마는 아빠로부터 배신당한 것을 알고 복수하기도 결심했어요! 그래서 아빠가 범인이 되도록 꾸민 거예요! 엄마가 얼마나 치밀하게 일을 꾸몄는가 하는 것은 소 희네 아파트 옆집을 사들인 것만 보아도 알 수 있어요! 엄마는 낮에 외출할 때마다 아파트에 와서

는 소 희네와 친해지려고 노력했어요. 그건 아주 쉬운 일이었겠죠. 엄마는 돈까지 빌려줄 정도로 선심을 썼으니까요!"

"망할 것 같으니! 그래, 나는 네 아빠를 저주했다."

얼굴이 붉어진 양인숙은 벌떡 몸을 일으키더니 미혜의 얼굴을 후려쳤다.

갑자기 한 대 얻어맞은 미혜는 코피를 흘렸다. 앞으로 흘러 떨어지는 선명한 핏방울을 보자, 그녀는 더욱 결심이 굳어졌다. 죄악을 덮어둠으로써 아버지를 죽음 앞에 내버려둘 수 없다고 생각했다.

"끝까지 들으셔야 해요! 엄마는 복수를 위해 악마가 된 거예요! 엄마는 악마예요!"

"뭐라고? 이 못된 것이 누구 앞에서……."

인숙이 다시 후려치려는 손을 미혜가 붙잡았다.

"그렇게도 살고 싶으세요?"

"난 아니야! 범인은 네 아빠야! 난 아무 죄도 없어! 네 아빠는 천벌을 받은 거야! 천벌을 받아 마땅해!"

"살인마! 엄마는 살인마예요! 소 희가 집으로 돌아오자 엄마는 그 집으로 자연스럽게 놀러갔어요! 그리고 소 희가 혼자 있는 것을 확인하고는 잔혹하게 그녀를 살해했어요! 그리고 아빠가 살해한 것처럼 꾸몄어요!"

미혜는 인숙을 몰아붙였다.

"그년은 죽어 싸! 죽어 싸단 말이야!"

인숙의 입에서 허연 침이 튀었다. 광기로 눈이 뒤집히는 것 같았다.

"아빠는 엄마를 사랑하지 않았어요! 소 희를 사랑했어요!"

미혜는 마침내 하지 않으려던 말까지 하고 말았다.

"모두 지난 이야기야! 모든 건 끝났어!"

인숙은 허탈한 심정으로 말했다.

"끝나지 않았어요! 아빠한테 십자가를 지우지 마세요! 아빠가 불쌍해요!"

"난 불쌍하지 않니? 아빠한테 버림받은 내가 불쌍하지 않니?"

인숙은 미혜 쪽으로 다가앉았다.

미혜는 미친 듯이 머리를 흔들었다.

"불쌍하지 않아요! 하나도……!"

"난 소 희를 죽이지 않았어! 네가 잘 알거야! 그날 밤 소 희가 죽은 것은 11시 전후였어! 그때 나는 너와 함께 있었어! 그래도 나를 의심하니?"

그때 문이 열리면서 최명호가 들어왔다. 그는 모든 이야기를 엿들은 듯 얼굴이 붉게 달아올라 있었다. 그의 두 눈이 곧장 양인숙을 쏘아보았다.

"더 이상 따님을 괴롭히지 마십시오! 다 드러난 사실을 왜 부인하십니까?"

인숙이 소리쳤다.

"뭐라고! 자넨 나가 있어! 썩 나가라고! 나가지 않으면 경찰을 부르겠어!"

인숙의 호통에는 아랑곳하지 않고 명호는 울고 있는 미혜를 똑바로 바라보았다.

"미혜, 그날 어머니가 집에 들어오신 게 몇 시였지?"

"11시경이었어요."

"어머니, 아무리 큰 죄를 지으셨다 해도 어머니라고 부르겠습니다. 저한테는 장모님이 되실 거니까요."

충혈된 명호의 눈에 눈물이 비쳤다. 그는 고통에 못 이겨 주먹을 부르쥐고 있었다.

"어머니, 잘 들으십시오, 경찰은 소 희의 사망 시간을 11시로 잡고 있지만, 그것은 정확한 시간이 아닙니다. 해부학을 전공하는 제 친구의 말에 의하면 한 시간 정도의 오차는 얼마든지 있을 수 있답니다. 그러니까 소 희가 살해된 시간을 10시로 잡을 수도 있다는 말입니다."

도사리고 앉아 있던 양인숙은 다시 벌떡 일어났다. 그리고 두 손을 움켜쥐고 고함을 질렀다.

"생사람 잡지마! 너희들이 함께 짜고 나를 쫓아내려고 그러는 거지? 이 나쁜 것들?! 경찰에 알릴 테다!"

머리를 쥐어뜯으며 울부짖는다. 인형 같은 눈이 광기로 번득인다. 그녀의 필사적인 자기 방어에 젊은 남녀는 한동안

떨며 서 있었다.

양인숙은 한참 동안 미친 사람처럼 발광하다가 도로 털썩 주저앉았다.

그리고 떨리는 손으로 담배를 피워 물었다. 너무 손이 떨려 담배를 피울 수가 없자 그것을 재떨이에 비벼 끄고 어깨를 웅크렸다.

기회를 놓치지 않고 명호가 호주머니에서 낡은 노트를 한 권 꺼내 그녀 앞에 내밀었다. 그는 노트를 펴더니 한 곳을 가리킨다.

"이건 아버님의 일기장입니다. 아버님께는 죄스러운 일이지만 공개하지 않을 수 없습니다. 여기를 읽어보시면 모든 걸 알게 되실 겁니다."

양인숙은 부릅뜬 눈으로 일기장을 노려보다가 발악적으로 그것을 집어 들고 읽기 시작했다.

이윽고 일기장이 그녀의 손에서 굴러 떨어졌다. 그녀는 헐떡거리며 두 사람을 보면서,

"이거…… 이거…… 어디서 났지?"

하고 물었다.

"제가 찾아냈어요."

미혜가 잠긴 목소리로 대답했다.

양인숙은 거칠게 숨을 몰아쉬더니 갑자기 두 손으로 얼굴을 가리면서 울음을 터뜨렸다.

처절한 울음이었다. 그러나 누구한테도 위로받을 수 없는 울음이었다.

미혜는 아버지의 일기장을 집어 들고 어머니가 읽은 부분을 읽어보았다. 그것은 지난밤에 그녀가 채 읽지 못한 부분이었다.

● 1978년 2월 10일

우연히 아내가 부동산 투기에 손을 대고 있는 것을 알았다. 숨겨 놓은 아파트 계약 문서를 보고서야 알게 된 것이다. 왜 그런 짓을 할까. 뭐가 아쉬워서 그런 짓을 할까. 나 몰래 부동산 투기로 돈을 벌어 어쩌겠다는 것일까? 생활이 쪼들린다면 별문제다. 충분히 생활비를 주는데도 그런 짓을 하다니 왜 그렇게 아내는 속물일까.

백화 아파트라면 소 희가 살고 있는 곳이다. 우연치고는 좀 지나친 우연이다. 혹시 소 희와의 관계를 눈치 채고 그녀에게 접근하려고 아파트를 구입한 게 아닐까. 그럴 리가 없다. 우리들의 사이는 하늘의 달과 별들밖에 모른다.

미혜는 일기장을 내려놓고 어머니를 노려보았다.

"이래도…… 이래도 부인하실 거예요?! 아빠는 모든 걸 알면서도 죽음을 택하시려는 거예요! 죽어야 할 사람은 아버

지가 아닌 어머니예요! 지금 당장 경찰에 자수하세요! 아버지를 빨리 살려야 해요!"

모녀의 흐느끼는 소리로 실내는 소란스러웠다.

양인숙은 흐느끼는 사이사이로 띄엄띄엄 말을 토해냈다.

"너희들 말이 맞아…… 내가 소 희를 죽인 거야…… 너희들은…… 너희들은…… 남편한테 배반당한 여자의 심정이 어떤 것인가를 모르겠지…… 너희들은 사랑이 고귀한 것이라고 말하겠지…… 그래서 아빠와 소 희의 사랑을 미화시킬 셈이냐? 사랑이라는 이름 밑에 인간은 너무 많은 죄악을 저질러 왔어…… 너희 아빠도 사랑이라는 이름 밑에 소 희를 택하고…… 나를 버린 거야…… 그걸 알면서도 아빠와 잠자리를 같이 한다는 것은 위선이야…… 나는 그런 생활을 할 수 없었어…… 아빠가 미웠어…… 모두 죽이고 싶었어…… 소 희도 미웠어…… 내 자신도 제 명에 못살 거란 거 알고 있었어…… 남들에겐 우리 생활이 그럴 듯하게 행복하게 보였겠지…… 그러나 우리는 모두 방황한 거야…… 서로 고민을 안고…… 괴로워하며 증오하며 방황한 거야…… 자, 경찰에 전화를 걸어 줘…… 아빠를 살려야지…… 아빠가 죽어야 할 이유가 없으니까…… 왜 그러고 있지…… 내가 그럼 전화를 걸지……."

"엄마!"

인형 같은 얼굴이 벗겨지면서 처음으로 고뇌에 찬 여인

이 나타났다.

모든 것을 포기하고 운명을 돌이킬 수 없다고 판단한 여인, 인숙은 잠자코 전화통을 끌어당기더니 수화기를 들고 다이얼 112를 돌렸다.

미혜는 전신을 떨며 어머니가 전화 거는 모습을 지켜보고 있었다. 아버지와 어머니 중 어느 쪽을 살려야 할지 그녀는 갈피를 못 잡고 있었다.

"경찰이죠? 범죄 신고를 합니다. 백화 아파트 여대생 살인 사건 진범은 조동일 씨가 아니라 그 사람 아내인 양인숙입니다. 네, 바로 접니다. 자수하는 겁니다. 네, 집에서 기다리고 있겠습니다."

어느새 인숙의 목소리는 차분하게 가라앉아 있었다. 모든 것을 털어놓았기 때문일 것이다.

그때 명호가 구겨진 신문을 탁자 위에 펴놓았다. 그는 울먹이는 소리로 말했다.

"이미 늦었습니다. 아버님은 오늘 아침에 사형 집행을 당하셨습니다!"

명호가 가리키는 신문 사회면 한쪽 구석에는 조동일에 대한 사형 집행 기사가 조그맣게 나 있었다. 미혜는 얼른 신문을 들여다보았다.

"아니에요! 그럴 리가 없어요!"

신문 기사를 읽고 난 미혜는 울음을 터뜨리고 양인숙의

품으로 뛰어들었다.

인숙은 멍한 얼굴로 탁자 위에 떨어져 있는 신문 조각을 바라보았다.

"엄마, 미워요! 미워요! 미워요!"

모녀는 서로 끌어안고 소파 위로 뒹굴었다. 명호는 창밖을 바라보며 말없이 울었다. 거실 한켠에 매달아 놓은 새장의 카나리아 한 쌍도 불행을 알았던지 놀란 목소리로 울부짖었다.

띵동! 띵동!

벽시계가 4시를 쳤을 때 초인종 소리가 요란스럽게 들려왔다.

양인숙은 울음을 그치고 일어났다.

"경찰일 거야. 방으로 안내해 줘. 나는 옷을 갈아입고 나오겠다."

미혜도 울음을 그치고 일어섰다. 그녀는 다시 어머니의 품에 와락 안겼다.

"엄마, 정말 가실 거예요? 저는 어떡하라고 가시는 거예요?!"

어머니는 딸의 헝클어진 머리를 쓰다듬었다.

"가야하고 말고. 사람을 죽였으니까 벌을 받아야지. 죄값을 해야지."

"엄마, 가지 말아요. 저는 어떡해요? 내가 잘못했어요! 가지 말아요!"

인숙은 명호를 돌아보았다.

"불쌍한 내 딸을 잘 부탁하네. 걔는 이제 천애 고아가 됐어. 자네만 믿겠네. 자넨 정말 훌륭한 청년이야."

"죄, 죄송합니다."

명호는 터져 나오는 울음을 참아내느라고 무진 애를 쓰고 있었다.

양인숙은 딸을 떼어놓고 안방으로 들어갔다. 미혜가 인숙을 따라갔으나 인숙은 방으로 들어가자마자 문을 닫아걸었다. 미혜는 문 앞에 서서 울었다. 그것을 보고 명호는 밖으로 나가 대문을 열었다.

집 앞에는 경찰 패트롤카와 오토바이가 와 있었다.

조동일을 체포했던 김두식 형사가 다른 형사 한 명과 함께 집안으로 뛰어들었다.

"옷을 갈아입고 나오실 겁니다. 여기에 앉아서 좀 기다리십시오."

명호가 안내하는 대로 형사들은 거실의 소파에 앉아서 기다렸다.

초라한 모습의 김 형사는 창백한 표정으로 말없이 앉아 있었다. 담배를 피우는 앙상한 손끝이 조금씩 떨리고 있었다.

거의 10분이 지나도록 양인숙은 나오지 않았다. 김 형사

는 새 담배에 불을 붙이다 말고 벌떡 일어나 안방 쪽으로 다가갔다.

문은 안으로 굳게 잠겨져 있었다. 형사들이 문을 부수고 겨우 안으로 들어갔을 때 방안은 온통 검붉은 피로 흥건히 젖어 있었다.

양인숙은 자신의 심장에 가위를 깊이 박은 채 마지막 가쁜 숨을 몰아쉬고 있었다. 그 피투성이가 된 어머니의 몸 위로 미혜의 몸이 힘없이 허물어져 내렸다.

"엄마! 엄마! 미워요! 미워요!"

<끝>

김성종

1941년 중국 제남시 출생. 전남 구례에서 성장기를 보냈다.
구례 농고와 연세대학교 정외과 졸업한 후 언론매체에 종사하다가
전업 작가로 전업.
1969년 조선일보 신춘문예 단편소설 당선
1971년 현대문학 소설추천 완료
1974년 한국일보 장편소설 공모에 「최후의 증인」 당선
장편 대하소설 「여명의 눈동자」(전10권)는 TV드라마로 방영
장편 추리소설 「제5열」, 「부랑의 강」 등 50여 편의 작품을 발표하였다.

부랑의 강

김성종 장편소설

초판발행——1987년 10월 25일
3판 1쇄——2015년 11월 01일
저 자——金聖鍾
발 행 인——金仁鍾
발 행 처——도서출판 남도
등 록 일——서기 1978년 6월 26일(제2009-000039호)
주 소——경기도 성남시 중원구 둔촌대로 464
중일아인스플라츠 507호
전 화——031-746-7761 서울 02-488-2923.
팩 스——031-746-7762 서울 02-473-0481
Email——ndbook@naver.com

ISBN 978-89-7265-577-0 03810
파본이나 잘못된 책은 교환하여 드립니다.

정가: 16,000원

이 도서의 국립중앙도서관 출판예정도서목록(CIP)은 서지정보유통지원시스템 홈페이지(http://seoji.nl.go.kr)와 국가자료공동목록시스템(http://www.nl.go.kr/kolisnet)에서 이용하실 수 있습니다. (CIP제어번호 : CIP2015027102)